아! 무적

국립중앙도서관 출판시도서목록(CIP)

아! 무적 : 한승연 장편실화소설 / 지은이 : 한승연. --
서울 : 한누리미디어, 2007
p. ; cm

ISBN 978-89-7969-301-0 03810 : ₩ 10000

813.6-KDC4
895.734-DDC21 CIP2007001235

아! 무적 無敵

한승연 장편실화소설

오늘도 한강물은
남북을 묻지 않고 유유히 흐르는데…
조국 분단의 비극은
처절하게 절규하고 있다.
"어머니, 왜 나를 낳으셨나요!"

한누리 미디어

자랑스러운 배달민족의 혼

붓다는 세상을 빗대어 '고통의 사바세계' 라고 했다. 그만큼 인간의 삶이란 누구에게나 아픔을 동반한다는 말일 것이다.

그래서 사람들은 저마다 살아온 세월만큼 고통에 익숙해지면서 거기에 달관한 철학자의 가슴을 닮아가는 것인지도 모른다.

그러나 여기 한 남자 이질범의 가슴 깊이 비밀하게 묻어 두었던 지난날의 악몽 같은 이야기는 어느 한 개인의 범주를 넘어 국가적인 비극이었다는 점에서 온몸에 전율을 느끼게 한다.

"오늘도 유유히 흐르는 한강물은 남북을 묻지 않고 흐르는데……."

그렇게 시작된 그의 자조 섞인 이야기는 우리 일반인들이 도무지 상상할 수조차 없었던 일들이 대한민국 국민으로서 국방의 의무를 해야 했던 기간 동안에 겪었다는 사실에 경악을 금치 못하게 했다.

참으로 천운(天運)이 아니었다면 결코 살아남을 수 없었다는 말을 할 정도로 전율스러운 이야기를 풀어내는 그의 눈빛 속에는 과거의

해병대에서 조련된 북파공작 특수요원 'MIU'의 실체에 대하여 이제는 말할 수 있다고 낱낱이 밝히는 이질범 씨. 그는 현재 사단법인 무궁화봉사회 회장으로 민족정신운동을 주도하고 있다.

고통이 물씬 배어 있었다.

망연자실한 채 듣고 있던 나는 그런 일이 어느 한 시기에 국가 1급 비밀로 정보기관에서 그처럼 철저하게 숨겨진 채 진행되었다는 사실에 기가 막히다는 말 이외는 달리 표현할 수가 없었다. 더 없이 잔인한 인간의 동물적 야수성을 눈앞에서 보는 듯했기 때문이다.

참으로 불우한 시대에 태어나 대한민국 청년이라면 누구나 감당해야 했던 국방 의무, 그러나 불행하게도 그 때문에 평생을 고통을 짊어진 채 옹이진 가슴에 아픈 사연들을 깊이 접어두고 지금까지 함구하고 살아야 했던 그들이, 대한민국 무적(無敵)을 자랑하는 해병대에서 조련된 MIU 북파공작 특수요원들이었다니…….

그때 그들이 받아야 했던 지옥 같은 훈련은 이미 한 인간으로서의 꿈과 희망을 송두리째 저 검은 칠흑의 바다 속에 국가의 소모품으로 수장(水葬) 당하고 말았던 것인지도 모른다.

더러는 어쩌다가 살아남은 질긴 명줄로 다시 뜨는 아침 태양을 기적처럼 바라보고 있다지만, 그러나 육체적인 불구 아니면, 정신적인 불구자로 지난날의 악몽에 시달리며, 다만 살아있다는 이름뿐으로 살아가고 있는 그들이라니. 어느 누가 한 인간으로서 당연히 누릴 삶을 포기하겠는가. 누가 일부러 그처럼 위험한 곳에 자신을 던지려 했겠는가.

그것은 분명 남북분단이 가져다 준 우리 민족의 비극이라고 할 수밖에 없을 것이다. 하지만 국민 개개인의 권익을 보호해야 하는 국가적인 차원에서는 대한민국 헌법이 제정한 국방 의무 기간 동안 무참하게도 잃어버려야 했던 그들만의 인간 존재 이유의 상실감이라면, 국가는 잃어버린 그들의 꿈과 삶을 무엇으로든지 보상해 주어야 하는 책임과 의무가 뒤따라야 할 것이다.

그들은 오늘도 "아, 내가 아직 살아있구나!" 하는 절규로 지난날의 지옥 같은 악몽에 시달리며 무색해진 삶을 영위해 가고 있다고 했다.

그러나 그들에게 국가가 한 인간으로서 당연히 누릴 삶을 인도적(人道的)으로 마련해 주지 못한다면, 국가는 그들의 고통에서 자유스러울 수 없는 영원한 죄인일 수밖에 없을 것이다.

그리고 그들의 한숨 섞인 고통의 몸부림이 우리 국민 모두에게 있어서 결코 남의 이야기만은 아닐 것이다.

민족비극으로 군사경계선을 긋고 남북으로 갈라져 살아야 하는 국토에서 내 형제가, 그리고 사랑스러운 내 아들, 손자들이 그런 일들을 다시 겪지 않으리라는 보장이 없기 때문이다.

그래도 지금은 옹이진 채 묻어둔 가슴 속 이야기들을 풀어놓을 수 있는 정부 체제이기에 살마다 금간 이야기를 풀어놓는 주인공 이질범의 피로 얼룩진 눈물의 언어들은 슬프다 못해 눈시울을 붉어지게 하면서 마치 남북분단의 아픔처럼 목메는 절규로 가슴을 젖게 했다.

그리고 오늘도 남북으로 갈라져 우리를 슬프게 하는 그 사상이란 과연 무엇인가를 깊이 생각해 보게 했다.

어느 시대나 그 나라 지배계급의 사상은 그 나라 전체를 지배해 왔고, 또 그것이 행(幸) · 불행(不幸)의 역사를 이루어 왔다.

참으로 민족비극의 소용돌이 속에서 상처투성이로 아프게 살아남은 그들은, 그러나 아직도 잠재의식 속에서 꿈틀거리고 있는 애국애족의 정신을 펴보이고 있었다.

결국 나와 국가는 떨어질 수 없는 불가분의 관계라는 살아있는 의식이 눈물겹게도 사단법인 '무궁화봉사회' 를 조직하여 전 국토에 나라꽃 심기운동을 벌이고 있다니 듣는 이의 가슴을 다시 또 뜨겁게 했다. 그것은 왕솔밭의 큰 소나무는 베어지고 없어도, 한 번 소나무가 심겨졌던 자리에는 그 정기가 남아있어서 그곳이 자기의 태(胎)자리인 줄 알고 때가 되면 송이가 돋아난다는 자연의 이치를 그대로 되살려 보게 했기 때문이다.

그러한 자연의 섭리와 운용의 신묘함이 비록 오늘은 민족의 비운(悲運)으로 남북이 분단된 채 형제의 가슴에 총부리를 겨누고 절규하고 있지만, 지난 역사 속에서 동방의 해 뜨는 나라로 세계 속에 우뚝 솟았던 한민족, 우리 조상의 혈류가 오늘 우리들의 몸속에 뜨겁게 살아 용솟음치고 있는 한 자주 독립을 추구하는 정신은 더 이상 강대국에 의존하는 부끄러운 역사를 만들지는 않을 것이다.

그처럼 역사의 한 시기에 아시아 대륙을 주름잡았던 우리 조상들의 배달민족 정기(精氣)는 어제로부터 이어져 1988년 서울올림픽 때 하나가 된 가슴은 얼마나 벅찼던가. 또 2002년 월드컵에서 우리 국민은 세계를 향해 강인한 민족정신을 유감없이 보여주었었다.

그러한 저력의 민족정신은 결코 희망의 불빛이 꺼진 것이 아니다. 지난 역사 속에서 우리나라는 반도라는 지정학적 위치 때문에 수없는 외세의 침입으로 역사의 질곡을 겪으면서도 끈질기게 살아남은 민족이다. 칭기즈칸의 말발굽 아래에서도, 중국 한자문화의 거대한 블랙홀 속에서도, 대륙세력과 해양세력의 소용돌이 속에서도, 사상과 이념의 투쟁을 극복하며 꺼질 듯 꺼지지 않고 강인하게 살아남은 끈질긴 민족성을 가지고 있다.

서구가 2세기에 걸쳐 발전시킨 민주주의를 반세기만에 꽃피우고 일제가 저지른 36년간의 식민지 착취와 6.25한국전쟁으로 폐허가 된 잿더미 위에서 반의 반세기만에 '한강의 기적' 이라는 경제적 부흥을 이루어낸 국민정신이 아니던가.

그처럼 자랑스러운 배달민족의 혼(魂), 그 민족정기는 동해물과 백두산이 마르고 닳지 않는 한, 그 한 방울, 또 한 방울의 피가 모여서 언젠가는 배달민족 우리 조상들의 얼을 되살려 우리를 슬프게 했던 조국분단의 갈등을 해소하고 내일쯤은 세계를 향해 무궁화 삼천리 화려한 강산, "아 대한민국 코리아!"를 힘차게 외치며 다시 또 세계 속에 '동방의 등불' 로 우뚝 솟을 것이다.

2007. 4. 19

麗海 **한승연** 識

CONTENTS

| 차례 |

1 다시 신음하는 악몽 속에서

피 묻은 걸레처럼 흉측하게 뜯긴 살을 쥚어지고 허우적거리며 도망간 밤은 뗏목에 실려 강으로 흘러들고 있었다.

“사사삭…… 두두둑…….”

헐떡이는 밤바다의 웅어리를 삼키며 어느새 달라붙는 비릿한 불가사리의 발톱, 그 뒤를 따르는 일체의 배경은 죽음 같은 적막뿐이었다.

그 속으로 비집고 빠져 나가는 돌개바람의 꼬리를 물고 달려오는 소리.

“따따 따따 땅!”

그 소리를 동반하고 우렁우렁한 목소리가 질경질경 씹히는 육두문자를 타고 날아와 칼날처럼 꽂혔다.

“야! 이 씨팔 눔아! 살고 싶으면 자세를 낮추란 말이야! 뒈지고 싶어 환장했냐?!”

질범은 가늘게 떨리는 손끝으로 헝클어진 머리칼을 쓸어 올리며 소리 나는 쪽으로 고개를 돌렸다.

아, 거기엔 으스스하게 밤고양이 눈을 한 교관의 두 눈이 광기를 내뿜으며 노려보고 있었다.

순간, 그의 손에 들린 곤봉 개머리판이 번개처럼 치솟았다가 머리 위로 '퍽' 떨어졌다.

"윽!"

"이 씨팔 놈아! 기여. 엎드려 기란 말이여! 여기가 무슨 너희 집 안방인 줄 알아! 빨리빨리 빠져 나가지 못하면 넌 영원히 평양 귀신 되는 거야! 전투에서 스스로 생명을 부지한다는 것만큼 급박하고 숭고한 사명은 없다, 알았나!"

이마를 타고 흘러 내리는 핏줄기를 훔치며 가슴 속 깊이 에이는 고통을 참아내며 질범은 탈출을 위한 필사적인 몸짓을 하기 시작했다.

몸을 낮추어 데굴데굴 구르며 온갖 탈출의 방법을 동원하고 있을 때였다. 다시 교관의 칼날처럼 쩌렁한 쉿소리가 날아왔다.

"제1조! 우측으로 돌아가고, 2조는 좌측으로, 3조는 현 위치에서 경계진으로 대기하고, 5조는 나를 따른다! 어떠한 경우라도 목숨이 위급한 상황이 아니면 사격하지 말 것! 그리고 또 하나! 적의 경계근무병을 발견하면 필히 대검을 사용한다. 알았나?! 행동 개시!"

숨 가쁘게 길들여진 동작들이 핏발 선 눈을 굴리며 이리 저리 치달리기 시작했다.

숲속을 엎드려 기며, 혹은 뛰어 넘어지면서 천만 개도 넘는 나뭇가지에 벗겨진 살 껍데기가 까만 경련을 매달고 '사사삭, 두두둑' 아픈 신음소리를 내게 했다.

그 속으로 다시 두 귀를 번쩍 열리게 하는 쉿소리가 날아들었다.

"엇, 적이다! 피하라! 빨리 피해!"

야간침투 훈련

"따따따 땅!"

"윽!"

한 덩이 먹구름 속에 방싯 열리는 무덤 속 같은 주검, 손 끝 하나 움직일 수 없는 질범은 자신의 주검을 바라보며 가늘게 울부짖었다.

"아, 이 피, 흐흑! 내가 총에 맞다니, 이대로 죽을 순 없어……. 이봐! 동지들 어디 있는 거야! 살려줘!"

그때 귀밑으로 아득하게 흐르는 물소리 같은, 아니 솜털 솟게 하는 따스한 여인의 입김 같은 흔들림이 있었다.

"아니, 이 양반, 또 그 악몽을 꾸나 보네. 여보! 어서 일어나 정신 좀 차려욧!"

"으음. 후유, 무물 좀……."

"세상에나! 이 양반 온몸에 비지땀까지 흘려 가면서, 도대체 언제나 그 악몽에서 벗어날라나. 내 원 참."

쓸쓸한 눈빛의 아내가 가는 허리를 여민 채 방문을 나서며 투덜거리듯이 하는 말이었다. 뒷모습이 서글펐다.

천둥 먹구름 속에 그처럼 몸서리쳐지는 악몽!

'주검이네, 주검이네.'

떠들며 찢겨서 흐르던 피가 꿈으로 오더니 눈을 뜬 아침, 어둠을 내뱉는 시원한 햇살의 대기(大氣)가 방싯 열린 커튼 사이로 펄럭이며 기어들고 있었다.

"아아! 아직 살아 있음이야……."

악몽에서 깨어난 질범은 아내가 나간 방문 쪽을 쳐다보며 혼자 중얼거렸다. 입안의 혀가 반쯤은 굳어 있었다.

30여년 전 등 푸르던 젊은 날, 차라리 삶의 연민 같은 것은 버려야 했던 그 지옥 같은 훈련 속에서 그토록 끔찍한 사건들을 접하고 모질게 살아남은 목숨이었다.

긴 숨을 몰아내쉬는 질범은 아직 이 땅 한 구석에서 숨을 내쉬고 있다는 그 사실 하나만으로도 위안을 받으며 누구에게나 고르게 태양빛을 받아 마시게 하는 하늘에 새삼 감사하고 있었다.

그런 오늘 살아있는 유일한 기쁨이라면 남편의 아픔까지도 사랑해주는 아내의 눈빛이었다. 하지만 질범은 그처럼 서글픔 가득 담은 아내의 뒷모습을 바라보기가 언제나 민망스러웠다.

뇌리 속에 근본적으로 지워지지 않는 지옥 같은 악몽의 시간은, 그렇게 밤이면 간간이 해묵은 아픔을 거느리고 찾아와 돌려받을 수 없는 모진 세월, 그 고통의 시간 속에서 허우적거리게 했다.

그처럼 어여쁜 아내의 따스한 가슴 속 깊은 사랑의 손매를 갖고도 어루만져 지울 수 없는 한(恨), 누가 만든 원죄(原罪)이던가.

질범은 마치 끔찍한 화면의 영상매체가 돌아가는 극장 객석의 손님처럼 망연히 앉아 그 원죄의 족쇄가 채워지던 아득한 날의 검불 속 화면을 아프게 바라보고 있었다.

멧새 지저귀고 어린 꽃순이 자라 하이얀 꽃잎이 날리는 5월이었다.

그러나 거기, 허위거리며 뛰는 젊은이들의 등에는 보기에도 힘겨운 40kg의 모래 배낭을 메고 소총을 든 채, 산악구보로 1시간에 12km를 뛰게 하는 해병대 특수 임무를 부여받은 대원들이 받는 산악훈련이 강행되고 있었다.

교관의 우렁찬 목소리가 힘겹게 뒤뚱거리며 치달리는 대원들의 등 뒤로 멧새를 쫓듯이 날아왔다.

"제 시간에 목표 지점에 도달하지 못한 놈은 다시 뛴다, 알았나?!"

1시간에 12km를 모래 군장하고 뛰어야 되는 것이라니, 그것은 맨몸으로 평지에서 뛰어도 쉽지 않은 거리다. 그런데 40kg이나 되는 무거운 모래 배낭을 메고, 소총을 든 채 험악한 산악을 넘어 목표지점에 도달해야 한다는 것은 축지법(縮地法)을 썼다는 고전소설 속에 등장하는 신선도인(神仙道人)들의 도법(道法) 속에서나 들어볼 수 있는, 그야말로 평범한 인간 한계의 힘을 넘어서는 훈련임에 틀림이 없는 것이다.

아무리 신체 건강하고 해병대에서 훈련이 잘된 부대원들이라고 하지만, 교관이 말하는 한정된 시간에 맞추어 목적지에 당도한다는 것은 참으로 쉽지 않은 일이었다.

겨울 날씨보다 더 차갑게 느껴지는 교관의 날카로운 목소리가 밀쳐내듯이 다시 날아왔다.

"힘이 든다는 건 안다! 하지만 나도 어쩔 수가 없다. 상부의 명령이니까. 특수 훈련이란 읽혀지거나 설명되는 것이 아니라 다만 살아낼 수밖에 없는 자신과의 싸움이다, 알았나!"

대원들은 원점에서 다시 반복해야 하는 아득한 지옥 같은 훈련에 차라리 죽음을 부러워 하기도 했다. 그렇다고 죽을 수도 없는 노릇이었다. 오직 살아내야 한다는 것 이외의 것은 부차적인 일이다.

원점에서 다시 뛰어야 하는 대원들에게는 삶에 대한 연민은 있을 수가 없었다.

제주도가 고향이라는 한 대원이 소금에 푹 절인 파김치 모양을 하고 서서 투덜거렸다.

"젠장, 빨리 명령이나 받아 이북에 가서 한바탕 시원하게 갈겨나 봤음 속이나 후련하겠네. 죽던지, 살던지. 쳇!"

그것은 질범의 생각도 마찬가지였다. 벗겨진 발바닥의 욱신거림을 손끝으로 눌러대며 그 말에 응수했다.

"누가 아니래나. 젠장 도망갈 수도 없고……. 내 어쩌다가 생각 한 번 잘못 해가지고 이 신세가 됐는지, 쩝쩝……. 이제 와서 누굴 원망하겠나."

사실 따지고 보면 이제 와서 누굴 원망할 수도 없는 질범이었다. 그것은 자기 스스로가 만들어 낸 선택의 길이었기 때문이다.

어려서부터 질범은 의협심이 강하다는 소리를 들어왔다. 한참 젊음이 물올랐던 나이 스무살 때쯤의 질범은 1미터 80이 넘는 훤칠한 체격에 단호하면서도 온화하다는 말을 주위로부터 곧잘 들어왔다. 거기에 남다르게 빠른 두뇌 회전과 유머 감각이 뛰어나 그 또래의 친구들을 앞서 리드해 가야 직성이 풀리곤 하는 성격으로 동네에서 '어깨' 혹은 '짱'으로 통하기도 했다. 그것이 유죄였다고나 할까.

질범의 생각은 그랬다. 이왕 남아대장부로 이 세상에 태어났으면 무적(無敵)이라는 단어를 사랑해야 한다고 생각했다. 그래서 대한민국 청년으로서 당연히 거쳐야 하는 국방 의무 앞에서 '무에서 유를 창조한다'는 해병대를 동경하고 자랑스럽게 지원했던 것이다.

해병대가 처음으로 창설된 것은 1949년 4월 15일이었다. 삼면이 바다인 우리나라, 지리적 여건을 고려한 국방부에서는 수륙양면 작전의 필요성이 높아 상륙작전을 주임무로 하는 해병대를 진해 덕산 비행장에서 창설하게 했다.

그 뒤 1949년 5월 5일. 대통령령 제88호로 해병대령이 공포되었다. 당시 초대 사령관에는 신현준 중령이 임명되었다.

사령관 휘하 380명으로 창설된 해병대는 해군에서 편입한 장교 26명과 하사관 54명, 그리고 해군 13기에서 특모한 해병대 1기생 300명으로 해병대의 굳건한 초석을 다지기 시작하여 온갖 고난과 역경을 헤쳐 나가면서 다시 1949년 8월 1일 장교와 하사관을 해군에서 증원받았다. 해군 14기 중 440명을 해병대 2기로 특모함으로써 해병대는 2개 대대 규모로 증편된 것이다.

그리고 1949년 8월 29일, 해병대 김성은 부대 약 1개 대대는 진주로 이동하여 약 4개월 동안 진주에 주둔하면서 '백성 없이 전투 없다' 는 표어로 치안확보, 민심수습, 선무공작으로 민간인의 생명과 재산을 보호하는 온갖 노력을 경주하였다. 특히 그 당시 지리산을 근거지로 진주 지역 일대에 출몰하는 공비 소탕작전을 실시하여 그 지역을 완전히 평정하는 성과를 올림으로써 '무적' 이라는 해병대 정신이 국민들에게 알려지기 시작했다.

해병대가 창설되고 불과 1년 뒤, 1950년 6월 25일 한국전쟁이 발발했다. 이때 해병대는 한국전쟁 선봉군으로 진동리 지구 전투와 통영 상륙작전에서 연전연승하는 쾌거를 올렸다.

특히 북한군의 최후 공격으로 낙동강 전선이 위기에 처해 있을 때 투입된 해병대는 크게 공훈을 세웠고, 그해 9월 15일, 한반도 전세를 완전히 역전시킨 미군 맥아더 장군의 인천상륙작전에 참가하여 북진의 혈로를 타개하였을 뿐만 아니라, 9월 28일 수도 서울 탈환작전을 감행하여 중앙청에 태극기를 게양하는 수훈을 세웠다.

그로부터 '귀신 잡는 해병대' 라는 영원한 애칭을 얻어내는 한편, 전 장병 1계급 특진이라는 빛나는 무공의 영예를 차지하였다.

그리고 이어 10월 7일 북진의 선봉이 되어 원산, 함흥지역에서 분전하던 해병대는 중공군의 인해전술 개입으로 잠시 철군하였지만, 1951년 1.4후퇴시 재반격 작전을 개시하여 동부전선의 도솔산 지구 전투와 김일성 고지로 불리는 '펀치볼' 전투에서 혁혁한 무적해병의 전통을 수립함으로써 이승만 대통령으로부터 '신인(神人)이 경탄할 공훈' 이라는 아낌없는 격찬을 받았다.

그러한 '무적' 의 기량을 유감없이 펼쳐 보인 해병대는 1951년 2월부터 동서해안 전략 도서 확보작전을 수행하였고, 해병대 사령부는 한국전쟁동안 1951년 5월 20일 부산 용두산에 주둔하면서 전선지역으로 이동하였다.

그리고 1952년 2월 1일, 제1전투단을 근간으로 제1여단을 창설하여 3월중, 동부전선에서 서부전선으로 이동한 해병대는 장단(사천강)지구 전투 및 연천지구 전투를 1년 4개월 동안 수행하면서 중공군의 공격을 완전히 저지시키고 휴전을 맞이하였다.

그 당시 장단지구 전투를 수행중이던 해병대는 제1전투단이었다. 1953년 7월 27일, 휴전협정 조인과 동시에 수도권 방어 임무를 맡고 경기도 파주군 금촌면에 전투단 본부를 설치했으며, 1954년 3월 17일 미해병대 제1사단의 본국 철수로 작전지역의 작전권을 인수 받았다.

그리하여 1955년 1월 15일 제1여단을 근간으로 제1상륙사단을 창설한 해병대는 상륙작전부대로서 체제를 정비하는 한편, 상륙작전 및 지상작전 임무를 수행하다가 1959년 3월 12일 금촌에서 포항으로 이동하여 상륙작전 임무를 본격적으로 수행하기 시작했다.

제1상륙사단의 포항 이동에 따라 1959년 2월 26일, 제1연대를 근간으로 제1임시여단을 신편, 김포반도에 계속 주둔케 하여 서부전선 및 수도권 방어를 수행하다가 휴전협정에 의거 동서해안 전략도서 확보 작전부대는 철수하여 제2연대에 편입하였고, 서해도서부대를 편성하여 백령도를 비롯한 서북 6개 도서를 방어하면서 1960년 1월 1일, 해병도서경비부대로 개편되었다.

그처럼 전란에 혁혁한 무공을 세운 해병대는 그로부터 그 용맹을 나타내는 '귀신 잡는 해병대' 라는 수식어가 그림자처럼 따라 붙어 다녔다.

불가능이 없다는 대한민국 무적의 해병대! 정의감 불타는 등 푸른 젊은이라면 거기에 끌리는 매력의 울림이 있을 수밖에 없다.

그 불가능에 대한 매력, 그 진로의 선택이, 그러나 이질범에게 있어서는 불행하게도 평생을 악몽에 시달려야 하는 스스로가 만들어 낸 운명 같은 것이었는지 모른다.

남아대장부로서의 용기가 누구 못지 않은 질범은 대한민국 남자로 태어나 국방 의무를 위하여 해병대에 자원 입대했다. 운명의 진로, 그 선택은 그렇게 시작되었다.

1972년 7월, 질범은 당시 한남동에 위치해 있는 서울병무청으로 향했다. 해병대에 지원서를 제출하기 위해서였다. 그런데 의외로 지원자가 많이 몰려와 있었다. 시험 응시자격을 얻기 위해서는 대방동에 위치해 있는 해군본부 건물을 한 바퀴 돌고 와서 그 선착순번으로 정하여 응시 자격을 준다는 것이었다.

해병대 입대 원서를 제출하는 그 시작에서부터 숨 가쁜 뜀박질을 해야 했다. 거기에서 절반 정도가 탈락을 하고, 나머지 청년들은 시험지를 받아들고 시험장으로 들어갔다. 시험 문제는 거의 상식 문제로 중고등학교 학력이면 무난히 답안지를 쓸 수 있는 것들이었다.

8월 15일, 반갑게도 병무청으로부터 합격 통지서가 날아왔다. 뛸 듯이 기뻤다.

어차피 군복무를 마쳐야 하는 것이라면 동네에서 알아주는 '짱' 답게 무적이라는 해병대 깃발을 멋지게 흔들고 나와야 한다고 생각했기 때문이다.

떠나오기 전날 밤, 동네에서는 반장집 아들이 군에 입대하게 되었다며 계란을 삶아서 가져오는 아줌마에서부터, 돈을 허리춤에 끼워주는 아줌마들도 있었고, 친구들 또한 막걸리 통을 들고 들어와 자랑스러운 친구의 무운장구를 빈다며 요란한 송별식을 해주었다.

2 운명의 전주곡

밤새 잠 한숨 못잔 채 새벽을 떠안고 질범은 집을 나서야 했다. 추적추적 빗방울이 떨어지기 시작했다.

전날 빡빡 깎은 머리에 밀짚모자를 눌러쓴 질범은 뚝뚝 떨어지는 빗속을 터벅터벅 걸으며 대문을 나섰다.

돌아보고 또 돌아보는 동네 어귀에는 못내 마음 놓이지 않는지 "건강하게 잘 있다가 와여 혀! 알았지야" 하시며 몇 번이나 눈시울을 붉히시던 어머니의 모습이 아스라이 보일 때까지 손을 흔들고 있었다.

1972년 8월 26일이었다. 진해 훈련소에 입소하기 위해 용산역에 도착했을 때는 배웅하러 나온 입영가족들의 모습이 그야말로 진풍경이었다. 마치 사지(死地)로 떠나보내는 것처럼 붙들고 제발 월남만은 가지 말라며 눈물을 찍어내는 가족이 있는가 하면, 사랑하는 애인을 두고 떠난다는 것이 못내 아쉬운지 술에 취해 포옹을 한 채 비틀거리는 젊은이, 이제 가면 언제 보느냐며 스크럼을 짜고 노래를 부르는 친구들, 그야말로 용산역은 아수라장이었다.

밤 10시, 헌병들의 승차 명령이 떨어졌다. 여기저기서 호루라기 소리를 내며 입대자가 아니면 모두 열차에서 하차하라는 고함 소리와 함께 질서가 잡혀지기 시작했다.

그리고 얼마 후, 열차는 미덥게 자라온 등 푸른 젊은이들을 싣고 멀리 기적 소리를 내뿜으며 서서히 움직이기 시작했다.

열차가 움직이자 차창문 밖으로 반쯤 몸을 내밀어 손을 흔드는 남자 친구의 손목 한 번이라도 더 붙잡아 보려고 곤지발을 세우며 울먹이는 여자, 또는 가족들의 이름을 부르며 손을 흔드는 친구, 그러나 무심한 열차는 그들의 아쉬워하는 석별을 하얀 연기 속으로 파묻고 힘차게 달리기 시작했다. 피할 수 없는 운명, 그 새로운 출발의 신호탄 같은 것이었다.

새벽 4시쯤 열차는 삼랑진에 도착했다. 열차는 삼랑진에서 한 시간 정도 정차를 하게 된다고 했다. 헌병들이 객실을 돌아다니며 해병대 입대자는 모두 하차하라고 알렸다. 하차한 인원은 어림잡아 400명쯤 되어 보였다. 인원이 너무 많아 한꺼번에 식사를 하러 식당에 들어갈 수 없다는 것이었다.

인솔 헌병이 기발한 제안을 내밀었다. '해병대 곤조가' 를 아는 사람과 모르는 사람으로 나누어 식사를 한다는 것이었다.

물론 더러는 입대 전에 그 유별난 '해병대 곤조가' 를 들어 알고 있었지만 모르는 입소원들이 더 많았다. 모르는 입소원들은 해병대 곤조가를 알고 있는 조가 식사를 하는 동안 그냥 밖에서 기다리는 게 아니었다.

인솔 헌병이 야릇한 웃음을 입가에 흘리며 호령했다.

"그래도 해병대에 입대한다는 놈들이 해병대 곤조가를 모른대서야 말이나 되나! 지금부터 대가리 땅에 박는다!"

입대식도 하기 전에 기합이라니, 하지만 거쳐야 할 수순으로 알고 입소원들은 엉거주춤 머리를 땅에 박았다. 호령이 다시 떨어졌다.

"모두 손을 등 뒤로 올린다! 그리고 앞에서 곤조가를 선창하면, 후창으로 따라 배우도록 한다. 알았나!"

세상에 태어나서 들어 보지도 못한 별난 기합을 받고 있는 입소원들이었다.

"시작! 하나, 둘, 셋, 넷!"

인솔 헌병이 먼저 선창을 했다.

흘러가는 물결 그늘 아래 편지를 띄우고
흘러가는 물결 그늘 아래 춤을 춥니다.
처녀 열아홉 살 아름다운 꿈속의 아이러브 유
야, 야, 야, 야, 차차차 야, 야, 야 차차차
당신만이 그리워서 키스를 하고요
당신만이 그리워서 춤을 춥니다.
우리 마누라 키가 작아, 키가 작아
싹싹하기는 그만인데, 그만인데
부엉이 눈깔을 뜰 때면 자동차 헤드라이트
못 당해, 못 당해! 예스 오케이 나는 좋아.
가만히 살짝이 오세요, 아프지 않게요.
언제나 수줍은 긴쟈꾸 우리 마누라.

해병대 입소 시작부터 '긴쟈꾸'가 무엇인지, 별난 노래에 별난 기합을 다 받고 있는 입소원들이었다. 90° 각도로 땅에 머리를 구부려 박은 채 노래를 따라 해야 했다.

숨이 차올라 머리가 빙빙 도는 것만 같았다. 그런 상황에서 목소리

살인적인 해병대 기압

가 제대로 나올 턱이 없었다. 입소원들의 목소리가 점점 잦아들었다.

그러자 헌병들의 구둣발 소리가 사납게 바람을 일으킴과 동시에 여기저기서 '윽! 억!' 하는 비명 소리가 들리면서 저만치 나뒹굴어지는 모습들이 보였다. 그야말로 집 떠나온 지 몇 시간도 되지 않아 받는 해병대 기합의 시작이었다.

그것은 무적을 자랑하는 해병대의 훈련이 얼마나 힘들고 험난한 길인가를 새삼 절감하게 했던 것으로, 어쩌면 각오를 새롭게 하라는 그 신호탄 같은 것이기도 했다.

예상치 못했던 장소에서 받는 기상천외한 기합은 옷 속으로 기어드는 새벽바람마저도 후텁지근하게 했다. 온몸이 비지땀으로 흥건한 채 지정된 식당으로 들어가 새벽 참을 먹고 나온 입소원들은 다시 열차에 몸을 실었다.

그런 사이에 약삭빠르게도 소주잔을 들이키고 나온 입소원도 있었다. 물론 여러 가지 복합적으로 뒤틀린 심사가 술을 마신 탓인지 혀꼬부라진 소리가 겁도 없이 킁킁거렸다.

"언놈이냐?! 쿵쿵거리는 놈이!"

객실 순찰을 돌던 헌병이 사납게 일그러진 얼굴을 하고 쥐 잡듯이 엄포를 놓았다. 쿵쿵 소리가 조용해졌다.

열차가 진해역에 도착했을 때는 먼동이 뿌옇게 터오는 아침이었다. 하차를 한 입소원들은 걸어서 훈련소로 향했다.

훈련소 초소를 막 통과하면서부터는 교대 헌병들이 요소요소에 배치되어 길을 안내해 주었다. 그들은 매월 한 번씩 치르는 행사이기 때문인지 질서 정연함 속에 그 동작 하나하나의 움직임이 여간 노련해 보이지 않았다.

이제부터 개인의 자유란 허용되지 않는 군인으로서의 첫발을 그렇게 들여놓고 있을 때였다.

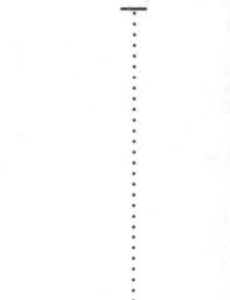

입소원들의 행렬 앞을 가로 막으며 사진을 찍어대는 사진사가 있었다.

나중에 알게 된 일이지만 새로 입소한 사병들의 훈련과정을 그 시작부터 모두 사진으로 찍어 훈련을 수료할 때 기념으로 사진을 판매한다는 훈련소 전속 사진사였다.

입소원들은 아침 식사를 하기 위해 먼저 훈련소 안에 있는 식당으로 안내되었다. 식당 건물이 임금 왕(王)자를 따서 지었다 하여 '왕자식당'으로 불려진다고 했다.

무적을 훈련시키는 군부대 왕자식당이라, 그럴 듯했다. 인솔 헌병의 말에 의하면, 이 식당은 3000명의 인원이 동시에 식사를 할 수 있는 시설을 갖추고 있어서 해병 훈련병 외, 훈련사관 또 장교 훈련생과 훈련을 관장하는 모든 현역장교, 하사관뿐만 아니라 진해 앞바다를 관장하는 통제대까지 모두 그곳에서 식사를 한다고 했다.

그런데 정작 아침식사를 하기 위해 식당으로 들어가 식판을 들고 줄을 서 있던 입소원들은 처음 맡아보는 매스꺼운 냄새에 모두들 코를 킁킁거리며 거머쥐었다. 태어나서 한 번도 맡아보지 못한 지독한 악취였다.

그러나 입소원들을 정작 힘들게 한 것은 그 다음이었다. 순번대로 밥을 타 와서 수저를 입으로 가져가던 입소원들의 얼굴이 그만 하나같이 땡감을 깨문 표정이 되고 말았다. 아무리 시장기가 들어도 그처럼 고약한 냄새가 풍기는 밥알을 목구멍 안으로 넘길 수가 없었기 때문이다.

서로의 얼굴만 쳐다보다가 하나 둘씩 일어났다. 그리고 들고 나온 식판의 음식물들을 그대로 쓰레기통에 쓸어 넣고 허망한 얼굴들을 짓고 나왔다.

하지만 시간이 흐를수록 입소원들은 점차 그 냄새에 익숙해져 갔고, 또 그렇게 될 수밖에 없었다.

군대 밥에서 풍기는 악취는 물을 붓고 가열하는 밥이 아니라 물 없이 수증기로 찌기 때문에 이때 나는 묵은 보리쌀 냄새인 것이었다.

처음에는 그 악취에 그대로 음식을 버렸던 입소원들이었다. 하지만 고된 훈련에 허기져 오는 시장기는 시간이 흐르면서 자기 몫의 밥도 모자라 짬밥통에 버려진 밥찌꺼기를 휘적거려 건져 먹는 입소원들도 있었다.

그러나 안타깝게도 사회에서 부유하게 생활해 온 입소자들일수록 그러한 군대 밥에 더욱 적응을 하지 못한 채 허기진 배를 움켜쥐고 전전긍긍 울상이었다.

그렇게 시작된 가입대(加入隊) 일주일의 훈련 기간 동안 군인으로서의 기본 교육을 받았다. 그리고 중대와 소대 편성에 들어가면서 해병대 자격 심사를 다시 받기 시작했다. 신체적으로나 정신적으로 이상이 없는지 각 소대 교관들이 면밀하게 관찰했다. 그리고 문제가 있다 싶은 훈련병들은 다시 집으로 보내졌다.

그렇게 고된 훈련을 마친 가입대 마지막 날이었다. 또 다시 정밀 신체검사에 들어갔다. 신체의 이상 유무를 엄격하게 체크하는 과정을 거쳐 드디어 사복을 벗고 군복으로 갈아입었다.

해병이라는 자격을 얻게 된 질범이었다.

전반기 8주의 훈련은 발을 맞추어 걷는 제식훈련을 기본으로 하여 주로 전투의 기본인 중대 공격, 소대 공격, 각개 전투, 그리고 상륙작전에 필요한 바다에서의 훈련과 또 조그만 배에서 큰 배로 옮겨 타는 하선망 훈련 등을 익히는 것이었다.

훈련은 어느 한 가지도 쉽게 할 수 있는 게 없었다. 그야말로 건강이 따라주는 튼튼한 체력에 최고의 인내를 요구하는 강도 높은 훈련으로, 죽음보다 더 지독한 지옥과 같은 것이었다.

교관이 훈련을 시작하기에 앞서 큰 소리로 말했다.

"군인이란 한 사람이 아닌 집단으로 조직된 유기체다! 그러므로 대

각개전투 훈련장. 김일성 모형의 허수아비가 설치되어 있다.

한민국 헌법에서 정한 군인이란 개인으로서 자유와 자격을 국가가 갖는다는 의미다. 그래서 훈련에서 강조하는 기합이란 것도 따지고 보면 그런 공동체 의식을 고취시키기 위한 방법이란 걸 여러분은 지금부터 이해해 주기 바란다. 알았나?!"

말로만 들어오던 각개 전투를 배우는 날이었다. 훈련장은 산 밑에 위치하고 있었고, 입구에서부터 몸을 은폐할 수 있는 흙무덤과 돌무덤이 있었다. 그리고 그 중간에는 철조망이 아주 낮게 쳐져 있었는데, 철조망을 통과한 후에는 빽빽하게 들어서 있는 나무들을 통과해야 했다.

그곳을 통과하면 비로소 조그마한 산 정상이 드러나면서 자동차 타이어와 김일성 모형의 허수아비들이 쭈욱 늘어서 있는 것이 눈에 들어왔다.

훈련은 앞에 있는 흙무덤과 돌무덤에 몸을 숨기면서 분대원들이 차례차례 좌에서 우로, 우에서 좌로 몸을 굴려가면서 가운데에 있는 철조망을 누워서 소총을 배에 대고 등판을 비벼가며 올라가야 했다. 그렇게 철조망을 통과하여 나무를 방패막이 삼으면서 김일성 모형의 허수아비가 세워져 있는 적진 최선봉을 공략하고 나면 비로소 훈련이 끝나는 것이었다.

그날도 훈련장에 도착했을 때였다. 상사 계급장을 달았지만 자칭 칠성장군이라는 교관이 나와서 어깨를 한 번 으쓱하고 펴 보이며 알 듯 모를 듯하는 소리를 했다.

"여러분들이 평생 동안 이 칠성장군을 잊지 않게 해주겠다!"

그리고 분대원들을 양팔 간격으로 줄을 서게 한 다음 크게 호령했다.

"모두 선 자리에서 그대로 땅 바닥에 눕는다!"

분대원들은 바닥이 황토 흙인 데다가 여기저기 크고 작은 돌멩이들이 박혀 있어 처음에는 엉거주춤 어정쩡한 자세로 땅바닥에 드러누웠다. 그리고 교관이 '좌로 소이동' 하면 좌로 구르고, '우로 소이동' 하면 우로 굴러야 했다.

훈련병들은 교관의 "좌로 소이동!" "우로 소이동!" 하는 구령에 따라 어설픈 동작으로 구르기 시작했다.

그러자 칠성장군의 부릅뜬 눈이 치켜 올라가는 것과 동시에 손에 들린 몽둥이가 세찬 바람소리를 내며 툭탁거렸고, 여기저기서 '윽! 헉!' 하는 분대원들의 비명 소리가 터져 나왔다.

돌멩이 위를 그대로 데굴데굴 굴러가는 비명 소리와 함께 칠성장군이 '좌로 소이동' 하면 좌로 굴렀고, '우로 소이동' 하면 우측으로 굴렀다.

그러나 그 동작들이 돌멩이에 찔리면서 도저히 민첩할 수가 없었다. 그때마다 칠성장군의 몽둥이질은 인정사정을 두지 않았다. 후려치는 몽둥이 소리와 함께 '아쿠! 헉!' 하는 신음 소리가 여기저기서 들려오고 훈련에 찌든 육신들이 아프게 나뒹굴었다.

고통은 칠성장군이 내리치는 몽둥이보다 땅에 박힌 돌멩이들이 찍어 누르는 바람에 더욱 세차게 몰려 왔다. 몸을 굴리다가 등이나 가슴에 닿으면 쇠못에 찔리는 통증처럼 아파왔고, 머리에 쓰고 있는 철모에 부딪치면 요란한 소리를 내면서 철모가 벗겨져 나가 뒹굴기도 했다.

하지만 벗겨진 철모를 주워 머리에 다시 쓸 시간적 여유마저도 없었다. 좌로 소이동과 우로 소이동을 호령하는 칠성장군의 구령에 동작이 느리다 싶으면 예의 그 몽둥이가 사정없이 날아왔기 때문이다.

철모가 벗겨지면 벗겨진 채로 이리저리 굴러야 했다. 얼마를 그렇게 굴러대다 어지럼증에 심하게 구토를 해대는 훈련병들이 하나둘씩 생겨났다. 하지만 마치 악마구리 같은 칠성장군의 입은 좌로 소이동과 우로 소이동을 멈출 줄 몰랐다. 훈련병들이 토해 놓은 오물 위로 그대로 구르다 보면 온몸이 흙과 오물에 범벅이 되었다.

그런 훈련 시간이 30분쯤 지나면 아득해져 오는 어지러움에 하늘이 빙빙 돌았고, 구토를 하지 않는 훈령병이 거의 없었다. 그때쯤 무정한 칠성장군은 느슨해진 호령으로 동작을 멈추게 했다.

"동작 그만!"

훈련병들은 자리에서 비실비실 일어났다. 하지만 하늘은 그대로 빙빙 도는 것만 같았고, 온몸은 너나없이 토해 놓은 오물과 흙에 뒤범벅이 된 채였다.

얼마나 씩씩한 걸음으로 입대했던 걸음들이었던가. 그러나 그때쯤은 말로는 표현할 수 없는 험로의 훈련에 너나없이 후회의 표정들이었고, 더러는 눈물을 삐쭉 내보이는 훈련병도 있었다.

그런 훈련병들을 둘러보며 칠성장군은 얄밉게도 히죽 웃으며 질문을 던져 왔다.

"여러분들! 지금 고향 생각나지요?"

참으로 그 같은 상황에서 그야말로 멍든 곳에 비수를 들이대는 얄미운 질문이었다. 하지만 대답을 해야 했다.

"네!"

"소리가 적다! 대답이 적은 걸 보니 아직 훈련 성과가 적은 모양인데, 다시 좌로 우로 이동을 더할 텐가?!"

"아, 아닙니다!"

다급해진 훈련병들의 목소리가 크게 복창을 했다.

"됐다! 그럼 우리 이제부터 큰 소리로 '고향이 그리워도 못가는 신세'를 다 함께 힘차게 부르는 거다. 알았나!"

이런 상황에서 〈꿈에 본 내 고향〉을 노래 부르라니, 이건 완전히 병 주고 약 주자는 게 아니고 뭐겠는가. 상사와 부하라는 유기적 조직체만 아니었다면, 벌써 욕설과 함께 몇 대 쥐어박았을 젊은 혈기들이 순순히 울며 겨자 먹기식으로 "고향이 그리워도 못가는 신세"를 불러야 했다.

고향이 그리워도 못가는 신세
저 하늘 저 산 아래 아득한 천리
언제나 외로워라 타향에서 우는 몸
꿈에 본 내 고향이 마냥 그리워. 흑, 흑흑흑…….

노래의 끝 부분에서는 너나없이 목이 메어 눈물을 손등으로 찍어내며 훌쩍거리는 소리를 냈다.

순간 칠성장군의 입에서 불호령이 떨어졌다.

"뭐야! 그 정도의 심약한 정신을 가지고 입대하다니, 그래가지고 어떻게 무적을 자랑하는 대한민국 해병대로 세계 최강이 되겠다는 거야?! 앙!"

"……."

"지금까지의 훈련은 무효다! 다시 처음부터 시작한다!"

눈앞이 아찔해 왔다. 다른 어떤 대답을 할 겨를도 없었다.

"좌로 소이동! 우로 소이동을 열 번 반복한다! 행동개시!"

다시 시작해야 하는 훈련은 그대로 죽을 맛이었다. 정신없이 교관의 구령에 따라 얼마를 굴렀을까?

"모두 제자리에 일어섯!"

하지만 그때쯤은 제자리에 반듯하게 일어서는 대원은 하나도 없었다. 아예 땅바닥에 벌러덩 누운 채로 울고 있거나, 아니면 두 다리를 뻗고 앉아 '죽일 테면 어디 죽여 봐라!' 하는 식으로 두 눈을 내려감고 있는 훈련병도 있었고, 일어서려다가 비실비실 쓰러지기도 했다.

그야말로 그 대열(隊列)에서 낙오된다 하더라도 더는 움직일 수 없다는 식의 몸짓들이 가지각색으로 널브러져 천태만상이었다.

그때쯤 칠성장군의 표정이 달라졌다. 그리고 목소리가 나긋나긋하게 말했다.

"제군들 훈련에 열심히 임해 주어서 대단히 고맙다. 오늘 오전 훈련은 이것으로 끝내고 오후에는 장애물교장에서 각개 전투훈련이 실시된다. 훈련에 이상이 없도록 하고, 오전 과업은 이것으로 끝!"

훈련병들은 그 말에 생기를 찾은 듯 벌떡 일어나 정신을 가다듬고 몸에 묻은 흙먼지를 털어냈다.

그리고 곧장 줄을 맞춰 식당으로 향했다.

처음에는 고역스러운 냄새에 짬밥통에 그대로 쓸어 넣어버렸던 밥알이었지만, 배속에 넣어야 다음 훈련을 견뎌낼 수가 있는 것이었다. 아직도 비위가 약해 남기는 훈련병이 있게 되면 그 밥까지도 뺏어 먹을 정도였다.

점심식사 시간이 끝나고 훈련병들은 다시 각개전투 훈련장으로 향했다. 훈련장 중간에는 철조망을 쳐놓았다. 그 철조망 밑은 많은 인원이 통과훈련을 한 관계로 일부러 웅덩이를 파놓은 것처럼 움푹 패여 있었다.

그 패인 자리가 물을 부어 채워 놓은 것처럼 초겨울의 쌀쌀한 날씨로 살얼음이 끼어 있었다. 그러나 물이 있건 살얼음이 얼어 있건 규정대로 그 밑을 통과하는 훈련을 해야 했다. 아니 어쩌면 그 과정을 힘들게 하기 위해 일부러 그렇게 만들어 놓고 훈련을 시키는 것인 줄도 모를 일이었다.

훈련병들은 그러한 장애물들, 철조망 밑 중간쯤에 위치한 얼음 물 속을 통과해야 했고, 훈련을 지켜보는 교관들은 자세를 낮추라며 철조망 위로 공포탄을 쏘아댔다.

자세를 낮추지 않으면 실제로 실탄에 맞는 줄 알고 훈련병들은 사력을 다해 물속으로 자세를 낮추고 전진하고 있을 때였다.

"엇! 훈련 중단!"

갑자기 비명에 가까운 교관의 목소리가 훈련을 중지시켰다. 다급한 목소리로 보아 심상치 않은 일이 일어난 듯싶었다.

훈련병 하나가 물속에서 간질을 일으켜 눈을 희번뜩거리며 입에서 게거품을 품으며 경련을 일으키고 있었다. 훈련장은 잠시 침통한 분위기에 휩싸였다.

질범은 들것에 실려 나오는 처절하고 참담한 한 사람의 모습으로 온몸에 소름이 오싹 끼쳤다. 하얗게 눈동자를 뒤집은 채로 다리를 덜덜 떨며 입에서는 연신 게거품을 쏟아내고 있었기 때문이다.

옆에서 그것을 본 동기가 다급하게 소리를 질렀다.

"헛! 간질이다!"

비명과 함께 동료들이 빠르게 달려가 옷을 벗기고 담요로 싸서 잽싸게 병원으로 후송시켰다. 칠성장군의 빠른 조치가 아니었더라면 그대로 황천길을 갈 뻔한 사건이었다.

훈련 중에 예상하지 못했던 일이 그처럼 벌어지자 겨울 찬바람처럼 인정머리라곤 찾아볼 수 없던 칠성장군도 마음을 진정시키려는 듯 연신 담배연기를 품어냈다.

그리고 잠시 후 훈련병들을 둘러보며 말했다.

"오늘의 훈련은 여기서 마치고 내일 다시 한다!"

훈련은 그 사고로 하여 일시 중단됐다. 그리고 남은 시간에 훈련 대신 산에서 토끼를 몰아 잡아오라고 했다.

여섯 마리의 토끼를 잡아 교관들에게 바쳤다. 그날 훈련은 거기서 끝났다.

그리고 다음 날, 일시 중단했던 각개전투 훈련을 마무리하고 다음 훈련에 들어갔다. 사격훈련이었다.

사격훈련은 총기에다 실탄을 넣고 직접 사격을 하는 현장 사격으로 교관들은 신경을 곤두세우지 않으면 안 되었다. 극도로 긴장감이 감도는 가운데 교관들은 훈련병들의 일거수일투족을 예리하게 감시했다. 조금만 방심하면 총기사고가 일어나기 때문이다.

기합을 잔뜩 주어 실탄사격에 들어가면서 훈련병들이 소총을 조금만 잘못 움직여도 교관의 불호령이 떨어졌다.

이윽고 한 소대가 사격을 하면 또 한 소대는 감적호에 가서 사격한 타겟을 보고 신호를 보내는 것이었다. 사격한 사람이 몇 방을 적중했는지 알리는 것이었다.

그 감적호 앞에는 배수로가 있고 물이 흐르고 있었다. 훈련병들을 관리 통제하는 조교들이 이 배수로에 오줌을 싸서 흥건한데 타겟 확인조를 그곳에 엎드리거나 눕게 한 다음 사격 훈련이 실시된다.

신호를 보내고 사격을 하다가 만약 사격이 중단될라치면 이 배수로에 머리를 처박게 했다. 그러면 머리는 오줌에 잠기게 되고 점점 눈까지 그 지독하게 찌들은 오줌에 잠기게 되는 것이다.

그런 상황에서 중심을 약간만 잡지 못해 쓰러지면 그대로 오줌 속에 처박히게 되고 코나 입으로 쩌를 대로 쩔은 오줌을 들이킬 수밖에 없는 것이다. 그러나 그 정도는 아무것도 아니었다.

그런 상태에서 노래를 부르라니, 입을 벌리면 오줌이 코나 입으로 들어갔고, 노래를 부르지 않으면 머리 위로 교관이 후려치는 몽둥이 세례가 날아왔다.

단체훈련에서 본인만이 잘한다고 기합을 면할 수 있는 것은 아니었다. 훈련병 전체가 한 사람이라도 그 점수가 나오지 못하면 그 점수가 나올 때까지 받는 단체 기합이었다.

군인이란 한 사람이 아닌 집단으로 조직된 유기체로서, 합동훈련에서 받는 단체기합이란 공동체 의식을 고취시키기 위한 방법일 것이다.

"군인이란 함께 먹고 자는 일뿐 아니라 생사도 함께 하는 공동체 운명이란 것이다. 명심해 두도록, 알았나!"

훈련교관이 몽둥이를 휘둘러대며 하는 말이었다.

그래서 혹독한 기합은 본인이 잘해도, 못해도 계속 이어졌다. 단 한 번의 사격으로 합격을 받는 훈련병이 있는가 하면, 몇 번을 반복해도 집중력이 약해 한 발도 못 맞추는 훈련병도 있었기 때문이다.

그런 훈련병들 때문에 모든 훈련병들이 늦은 시간까지 잡혀 있었는데 그냥 기다리게 하는 게 아니었다.

"동료를 잘못 두어서 죄송합니다."

참으로 기도 안 차는 구호를 외치며 사격 연습장을 오리걸음으로 돌게 했다. 그런 훈련 속에 훈련병들은 손에 손을 잡고 하나로 뭉치는 것에 점점 길들어 갔고, 마침내 8주 훈련을 무사히 마쳤다.

그 8주의 훈련이 전 세계적으로 강도가 제일 세고 훈련시간이 길다 하여 더욱 유명해진 대한민국 해병대다. 세계 여러 나라의 해병대 훈련 중에서 가장 잠을 적게 재우고, 또 훈련 중 휴식시간도 제일 짧은 것으로 집계판명이 나왔다는 해병대 전반기 훈련을 마친 것이다.

그처럼 혹독한 훈련 기간 동안 총 505명의 동기 중에서 3명이 훈련 중 낙오되고 마침내 무적을 자랑하는 대한민국 해병으로 편입되는 수료식을 하는 날이었다.

그날은 고향에 계시는 부모 형제들에게도 초청장을 보내게 했다. 대한민국 장한 아들로 변한 모습을 보도록 자리를 마련해 준 수료식장에서 그렇게도 바라던 해병대 빨간 명찰을 받고 훈련병이라는 하얀 명찰을 떼어내는 감격이 이어지면서 군복도 새로 받고, 계급장도 작대기 하나인 이등병을 받아 쥐는 순간의 감격이란 그야말로 눈시울이 뜨거워지면서 가슴이 벅차올랐다.

참으로 말로는 형언할 수 없는 혹독한 훈련에 낙오되지 않고 견뎌냈다는 기쁨 같은 것이었다.

수료식이 끝나고 각자가 원하는 주특기의 병과에 따라 후반기 교육을 위해 훈련 동기생들은 뿔뿔이 흩어질 수밖에 없었다.

질범은 희망부서로 헌병을 지원했다. 그래서 당연히 헌병학교로 가는 줄 알고 있었는데, 느닷없이 예상치도 않았던 상황이 벌어졌다.

수료식을 마친 2중대원들 250명이 연병장에 기립해 있었을 때였다. 제일 먼저 연병장에 도착한 상사 한 분이 지프차에서 내리더니 중대원을 쭈욱 한 번 둘러보다가 질범의 앞에서 눈이 멎었다. 그리고 턱짓으로 '귀관!' 하고 지적을 했다.

"네! 이병 이질범!"

영문을 모르는 질범은 차렷 자세로 기합을 넣어 당당하게 관등성명을 댔다.

"귀관은 저 단상 위로 올라가 서 있는다!"

"넷!"

질범은 명령대로 중대원들이 지켜보는 가운데 단상 위로 뛰어올라갔다. 이윽고 마이크를 잡은 그 상사는 중대원들을 둘러보며 말했다.

"제군들은 지금부터 내 말을 잘 들어라! 저기 올라선 해병처럼 키가 180이 넘고 폼에 자신이 있다고 생각하는 해병은 자진해서 8명만 앞으로 나온다, 알았나?!"

"네!"

영문을 모르는 중대원들은 대답은 힘 있게 했으면서도 자발적으로 앞으로 나서는 사람은 한 명도 없었다. 도대체 지금 차출하고 있는 분이 누구며, 또 어디 소속으로 배치될 요원을 뽑고 있는지 궁금했기에 어느 누구도 선뜻 나서질 못하고 있는 것은 당연했다.

그러자 그는 다시 중대원들을 둘러보며 말했다.

"없나?! 그럼 지금부터 내가 직접 선발하겠다! 호명한 해병은 앞으로 나오도록!"

"네!"

"귀관! 귀관!"

드디어 질범을 제외한 7명이 더 호명되었다. 그리고 그는 호명된 요원들을 돌아보며 말했다.

"제군들은 자랑스러운 의장대 요원으로 차출된 것이다. 축하한다!"

차출된 요원들은 모두 얼굴에 기쁨을 감추지 못했고, 나머지 요원들은 모두 부러워하는 눈빛들을 보내왔다.

질범은 그동안 교관들에게 쌓였던 불만과 밤을 그처럼 아프게 하던 고통이 한꺼번에 눈 녹듯이 사라지고 언 땅에 파릇한 새싹이 돋아나는 것처럼 눈에 들어오는 모든 시야가 풋풋하고 싱그럽기만 했다.

차출된 8명을 제외한 동기들이 후반기 4주의 훈련을 받기 위해 병과별로 흩어져 떠나고 날이 어둑해지고 있을 때였다.

차출된 요원들이 남아 있는 막사 문을 열고 한 실무병이 급하게 뛰어 들어오면서 말했다.

"상사님! 이번 253기에는 의장대 TO가 없답니다. 차출 인원 모두 원대복귀시키라는 사령부 전화입니다."

"뭐야?! 그럼 진즉 전화를 해주었어야지. 왜 이제 와서 연락을 한다는 거야? 알았어!"

잔뜩 이마를 찌푸리고 돌아선 상사는 볼멘 소리로 내뱉었다.

"야! 여기 있는 차출인원 모두 보병으로 합류시켜!"

그 말을 뒤로 남기고 그는 대기하고 있던 지프차를 타고 바람처럼 사라졌다. 갑자기 풍선에 바람이 빠진 것처럼 허망해진 차출요원들이었다.

1972년 송년의 밤에 부대원이 한 자리에

질범은 눈길도 주지 않고 사라진 그의 뒷모습을 망연히 서서 바라보고 서 있었다. 그것은 어쩌면 행운의 여신, 그 옷자락이 잠시 그렇게 스쳐 지나가 버린 것처럼 허망했다.

"어쩐지, 이게 웬떡? 했더니, 흐흥!"

"좋다 말았지 뭔가, 흥!"

요원들은 좋다 말았다는 말들로 이죽거리며 식당으로 들어섰다. 그리고 식사를 마친 후 경남 창원군 상남면에 위치해 있는 보병훈련장으로 가기 위해 수송 차량에 몸을 실었다.

질범은 상남면에 위치해 있는 보병훈련소에서 후반기 4주 훈련을 마쳤다. 이제 군복무 30개월만 더 마치면 해병대 깃발을 흔들며 제대를 하고 고향으로 돌아가는 것이다.

보병훈련을 마친 질범은 1972년 11월 26일 김포로 배치를 받게 되었다. 야간 군용열차를 타고 용산역에 내리자 김포 여단 본부에서 트럭 20여대가 나와 기다리고 있었다.

등 푸른 젊음에 조국의 이름을 부르며 용산역에서 출발했던 그날의 시간들이 새삼스럽게 감회에 젖게 했다. 그처럼 아픈 시간들을 온몸으로 깨물고 나서 바라보는 서울 하늘은 그만큼 새롭고 감개가 무량했다.

그 속에는 동구 밖까지 따라 나와 아들의 모습이 보이지 않을 때까지 야윈 손을 흔들어 주시던 어머니의 목소리가 '질범아! 내 예 있다 질범아!' 하고 들리는 것만 같았다.

'어무니!'

못내 그리움에 사무친 가슴은 어느새 눈 안에 그렁그렁하게 물기로 차오르다가 두 볼을 타고 하염없이 흘러 내렸다.

3 지옥의 휘파람

속살 시리게 하는 11월 하순의 차가운 바람이 살갗에 와 닿았다. 이윽고 신참병들을 실은 군용트럭이 김포 여단에 도착했을 때는 눈송이가 하나 둘 흩날리고 있었다.

신참병들은 먼저 여단장한테 신고식부터 해야 하는 것이 수순이었다. 신참병들이 신고식을 마쳤을 때는 그 옆에 세워 둔 개인 권뿡(배낭)이 눈에 덮여 보이지 않을 정도였다.

이윽고 신참병들은 각 중대로, 중대에서 소대로 2, 3명씩 배치를 받았다. 질범이 처음 배치를 받은 곳은 김포 여단 2연대 2중대 2소대였다. 비로소 신병 생활이 시작되었다.

겨울 강추위가 매섭게 몰아치면서 산골짜기에 흐르는 물소리마저도 뼈 속까지 시려왔다. 군대 말단 졸병 생활이란, 기본 훈련 이외에도 얼음을 깨고 식기도 닦고 빨래도 해야 했다. 손과 발이 시린 계곡물에 얼음이 들어 시뻘겋게 부어터져 올랐다.

하지만 그 해는 별 다르게 큰 사고 없이 무난히 넘겼다. 그리고 신년을 맞은 1월 25일 경쯤, 한미 합동작전(team spirit)을 시작하게 되었다. 이 훈련은 매년 1월 말경에 시작하여 2월 말까지 약 한달 동안 받는 것이라고 했다. 미군들과 함께 생활하면서 전군에 걸쳐 실시되는 훈련이었다.

훈련은 고지를 점령하는 것에서부터, 또 점령한 고지를 밤을 새워가며 방어하는 훈련으로, 그 기간 동안은 푹푹 빠지는 눈 속에서 잠자기도 하고, 눈 속에 더러 식사가 배달이 되지 않을 시는 비상식량으로 식사를 대신하기도 했다.

그날도 신참병들은 산 속에서 방어훈련을 하다가 부대 이동명령을 받고 헬기를 기다리고 있었다. 이윽고 헬기가 날아왔고, 미군 헬기를 100m 앞에 두고 있을 때였다.

손 마이크 비상벨이 울리면서 중대장의 목소리가 들려왔다.

"제군들은 잘 들어라! 250기, 251기, 253기, 254기는 훈련을 중단하고 뒤로 집합하여 차를 타고 여단본부 연병장에 집합하라! 아아! 다시 한 번 말한다! 다시 한 번 말한다!"

영문을 모르는 신참병들은 후미에 대기하고 있던 트럭을 타고 여단본부 연병장에 집합했다. 그러자 연병장 한쪽에 하얀 천막이 있는 곳으로 안내되어졌다.

천막 안으로 들어섰을 때였다. 계급도 이름도 소개하지 않은 검은 가죽 코트에 검은 안경을 쓴 한 남자가 기다리고 있었다.

신참병들은 그 앞에 집합되었고, 이윽고 그 검은 선글라스맨이 신참병들을 쭈욱 둘러보며 장중하게 입을 열었다.

"지금부터 너희 중에 독자나 장남은 옆으로 나와 서라! 그리고 고졸 이하 학력을 가진 자들도 옆으로 나와 서라!"

그의 명령에 따라 3, 4명 정도가 옆으로 나와 다른 줄로 세워졌다.

"너희들은 해당사항이 아니니 훈련을 받던 원위치로 돌아가서 훈련을 계속 하도록! 알았나!"

어디에 해당사항이 안 된다는 것인지, 그들은 그렇게 돌려보내졌고, 영문을 몰라 하는 신참병들은 그의 다음 말을 기다렸다.

검은 안경의 선글라스맨은 굳게 다문 입으로 신참병들을 잠시 훑어보다가 이윽고 한 사람씩 앞으로 불러내 세우고 묻기 시작했다.

"이봐 자넨 학교 어딜 나왔나?"

그리고 이어서 형제는 몇이며, 또 운동은 어떤 운동을 하였나, 등을 물어 한쪽으로 선별해 세웠다.

그가 그처럼 당당하게 하는 동향으로 보아 소속과 계급은 밝히지 않았지만 상당히 높은 위치에 있는 사람인 것만은 분명했다.

그가 다시 말했다.

"선발된 사람만 남고 나머지는 원대복귀한다!"

모두들 영문을 몰라 하는 눈빛들이 한껏 물음표를 하고 서로를 바라보고 있을 때였다.

목에 힘줄을 세운 선글라스맨의 목소리가 선별된 질범의 귀를 번쩍하게 했다.

"선별된 너희들은 행운아 중에 행운아다! 보안대로 차출됐으니 이 나라를 위해 보다 큰 임무를 맡게 될 것이다!"

'이게 웬 횡재?'

어리둥절하게 서로를 바라보는 눈빛들이, 그러나 실감이 나지 않는 듯 크게 떠진 눈으로 꿈벅거리기만 했다.

그 이름만 들어도 어깨가 으쓱해지는 '보안부대' 로 차출 배속되는 것이라니 보안부대가 어떤 곳이든가. 당시 날아가는 새도 떨어뜨린다는 정보기관 소속의 권력기관이 아니던가. 보안부대 창설은 국군 내부의 간첩 색출과 쿠데타 방지를 목적으로 하는 정보부대로, 처음에는 특무대, 방첩대, 육군 보안사령부, 국군 보안사령부, 국군 기무사령부로 개칭된 역사를 지니고 있는 부대다. 국군 기무사령부의 연원(淵源)은 1948년 5월 27일 육군 정보국내에 창설된 특별조사과이다.

당시 우리나라에 있던 미군 제 917 CIC 파견대는 각 연대 정보과에 근무하던 장교 및 간부 33명을 선발하여 방첩 관계 교육을 시킨 다음 기존의 특별조사과를 방첩대로 개칭하여 이곳에 배속시켰다.

초대 방첩대장은 박정희 소령과 동기생 육사 2기였던 김안일 대위였다. 여수 순천 10.19 사건 직후 방첩대는 조직을 전국으로 확장해 가면서 국군 내부에 침투한 남조선노동당 조직의 색출작업을 벌여 총 4차례의 숙군작업을 통해 1,300여 명의 군내 좌익 세력을 제거했다.

이 과정에서 중심적 역할을 했던 사람이 김창룡(金昌龍)으로 그는 당시 1연대 정보주임으로 후에 특무과장, 특무부대장을 역임한 친일 헌병경찰 출신이었다.

이후 육군 정보국 방첩대는 6.25전쟁의 발발과 더불어 1950년 10월 21일 육군 특무부대로 독립했으며, 초대 부대장은 김형일 대령이었다. 그리고 육군 특무부대는 1960년 7월 20일 육군 방첩부대로, 1968년 9월 23일 육군 보안사령부로 해군과 공군은 '보안부대' 로 그 명칭이 바뀌었다.

물론 그 이후, 1977년 10월 7일 각군 보안부대를 통합한 국군 보안사령부로, 1991년 1월 1일 대(對) 국민 이미지 개선과 거듭남을 위해 그 명칭을 국군 기무사령부로 바꾸었지만, 아무튼 당시에는 '보안부대' 로 명칭되고 있을 때였다.

그 명칭이 바뀌어 온 만큼 일반 국민들에게 그 힘의 역량을 과시해 온 '보안부대' 였다. 그 일원으로 차출된다는 것은, 마치 비상하는 용의 날개 위에 얹히게 된다는 기적의 행운 같은 것이었다.

국군 보안사령부는 해방 후 한국의 현대사에서 최강의 권력기관으로 때로는 국민 위에, 때로는 정당 위에 군림하면서 보안사령부의 가장 중요한 기능은 정치 사찰로, 특무대, 방첩대, 보안사로 그 이름이 바뀌어져 왔다. 그러면서 그 부대의 '깃발' 만큼이나 자격 심사 또한 까다로웠다.

그런데 그 자격 심사 기준에 합격한 질범이었다. 장남과 독자는 심사에서 제외된다는 것이었고, 훈련 성적이 우수하고 신체가 건장하며 운동 주특기자를 우선으로 한다는 데에 '결격 사유 없음' 으로 합격한 것이다.

부대의 깃발만큼 그 힘을 과시하는 보안부대, 젊은이라면 누구나 거기에 끌림의 매력을 갖게 하는 곳이다. 그런데 그곳에 생각지도 않게 차출된 것이라니 언뜻 실감이 나지 않는 질범이었다.

그러나 그처럼 영광스럽게 선택되었다는 기쁨이 참으로 그토록 고통스러웠던 지옥행일 줄 누가 알았겠는가.

그것이 평생을 짊어지고 허우적거려야 했던 운명의 십자가였음을 질범은 상상조차 하지 못했다.

보안부대로 차출된 질범은 날아갈 듯한 걸음으로 소속 부대로 들어가서 개인 권뿡에 관물을 담아 여단본부로 가려고 막사문을 나설 때였다. 중대장과 딱 마주쳤다.

"허어! 축하한다! 보안대에 가거든 개구리 올챙이 적 생각해서 우리 2중대 잘 좀 기억해 주게나."

중대장은 훈련 중인데도 선발된 병사들에게 일일이 악수를 청해오며 진심으로 축하한다는 말을 잊지 않았다.

이윽고 그날 밤 12시, 질범을 포함한 13명의 차출자들은 대기하고 있던 트럭에 올랐다. 그리고 어디론가 실려 가고 있었다.

12월의 차가운 밤바람에도 저절로 콧노래가 흥얼거려지면서 신바람이 났다. 3시간 정도를 트럭이 달려 멈춘 곳은 마을과는 거리가 먼 한적한 깊은 산속이었다. 트럭에서 내렸을 때는 나무와 숲 사이로 별빛만 초롱거렸다.

"야! 무슨 보안대가 이렇게 깊은 산 속에 있냐?"

"언놈이 떠드는 거야? 너희는 지금 이 시간부터 두 명 이상 모여서 말을 하면 안 된다, 알겠나!"

차출된 요원을 인솔하고 온 예의 그 선글라스맨의 쩌렁한 목소리였다.

"네!"

대답은 했지만 뭔가 분위기가 서늘했다. 그것은 지옥행 문으로 들어서는 악몽의 시작이었다.

휘파람 소리를 내며 선글라스맨의 차가운 목소리가 차출된 요원들을 둘러보며 다시 이어졌다.

"잘 들어라! 지금 여기에 차출된 신병들에게는 이제부터 군번 같은 것은 없다. 훈련소에서 지급 받았던 모든 피복과 개인 사물은 버리고 사회에서 쓰던 이름 따위도 뇌리에서 지워야 한다. 다만 기억할 것은 대한민국의 용맹스런 해병대원으로서 목숨을 조국에 맡기는 충성된 군인이라는 사실만은 잊지 말아야 한다! 그리고 또 한 가지 일러둘 것은 이곳에서는 지휘계급 상관의 이름은 물론 같은 부대 요원의 이름조차도 이 시간부터는 서로가 알려고 해서도 안 된다. 그것이 특수임무를 맡은 여러분들이 지켜야 할 첫째 금기 사항이다. 알았나?!"

"예!"

"복창 소리가 적다! 다시, 알았나?!"

"예!"

차출된 요원들은 '특수임무'란 그의 말이 보안대원들이 맡는 업무

인간 체력의 한계에 적응하는 40kg짜리 모래군장을 하고 강행군하는 MIU 대원들

를 통칭하는 것으로 알았다. 그것이 무엇을 의미하는지조차 알지 못한 요원들은 어머니 뱃속에서 젖 먹던 힘까지 다해 천장이 무너질 정도로 크게 복창을 했다.

차출된 신참요원들은 지시에 따라 개인 사물을 버리고 지급된 훈련복으로 갈아입었다. 그런데 돌아가는 분위기가 어쩐지 이상했다. 그러나 '보안임무'를 맡은 부대이기 때문에 그런 것이려니 하고 생각했었다.

다음 날부터 요원들은 특수임무 훈련에 들어갔다. 새벽부터 일어나 체력단련을 위한 산악구보 30분을 시작으로 해서 밤늦게까지 훈련을 받아야 했다. 처음에는 해병대 입소해서 받은 기본 훈련으로 단련된 몸들이어서 그런대로 견딜 수가 있었다.

그런데 훈련은 점점 강도가 높아져 갔다.

모래 40kg을 넣은 배낭을 메고 M-16 소총을 둘러멘 채 마니산 참성단과 그 밑에 위치한 사찰 정수사 사이를 오르내리는 훈련을 해야 했다.

그날도 교관의 쩌렁쩌렁한 목소리가 등을 밀치듯 날아왔다.

"북한 124군 부대보다 이동 시간을 단축해야 한다는 것이 훈련의 목표다, 알았나?!"

길도 없는 산악 12킬로미터를 1시간 이내 이동할 수 있어야 한다니, 그리고 1시간 이내에 도착하지 못한 요원들에게는 교관의 끔찍한 기합이 가해졌다. 심지어 손등과 발등을 담뱃불로 지져댈 때는 다른 요원들까지도 온몸에 소름이 끼쳐 왔다.

그토록 끔찍한 기합과 훈련은 예하 부대에서는 상상조차 할 수 없는 아주 다양한 극기 훈련으로 보통 일반 군인들이 누리는 군생활이 아니었다. 그곳에 차출된 요원들은 휴가와 외박은 물론 가족들과의 통신연락마저도 금기시하여 단절되었다. 또 군복이 아닌 얼룩무늬 작업복 차림에 트레이닝복만을 입게 했고, 머리를 일반 사회인들과 마찬가지로 길게 기르도록 했다.

그러나 그 또한 특수 임무를 맡은 보안부대 훈련이어서 그런 것이려니 하고 생각했었다.

그런데 그 며칠이 지난 어느날 밤, 훈련을 마치고 취침에 들어갔을 때였다. 옆에서 잠을 자는 걸로만 알았던 부산 출신 동기생이 옆구리를 쿡쿡 찌르더니 바싹 다가와 귓속말로 빠르게 속삭였다.

"봐라, 자나? 아니 이런 상황에서, 니 잠이 오나?"

"와? 피곤하지 않나? 잠이 안 오는 모양이제?"

"내 몸이 무쇠 덩어리도 아닌데 피곤 안 하믄 이상한 거지. 그나저나 이 훈련 언제 끝나제?"

"니 지금 무슨 소리 하고 있는 거야?"

"우리 이 훈련을 마치면 그날이 죽는 날이다, 아나?"

"야, 임마! 살아남아 잘 살아보자고 받는 훈련인데 죽긴 왜 죽어 임마!"

"니는 아직 모른갑제?"

질범은 도대체 영문을 모른 채 시큰둥하게 되물었다.

"뭘 말이여?"

"우리가 와 이런 훈련을 받는지 말이여. 우리가 이 훈련 다 받고 나면 평양에 보내진다 카드래이."

"뭐야? 누가 그 따위 말을 해. 말이나 되는 소리야? 분명히 보안대 차출이라고 했단 말이여."

"그게 그러니까 우리를 속인 헛소리라, 우린 재수 없이 거미줄에 걸린 목숨이라카이."

"야! 짜슥아! 쓰잘데기 없는 소리 하덜 말고 그냥 잠이나 자 둬. 임마! 본인의 충분한 의사와 합의과정도 안 거치고 그런다는 것이 말이나 되는 소리여?"

"이 자슥 정말 내 말 안 믿네. 내가 시방 니한테 그럼 헛소리 하는 것 같나?"

"그래, 헛소리 아닌 줄 아니께 그냥 자잔 말이여."

"봐라, 봐라. 우리가 여기서 좆빠지게 훈련받아가 평양에 가서 죽으나, 여기서 죽으나 이판사판이란 말이여."

그때까지만 해도 질범은 그의 말을 믿으려 하지 않았다. 어디서 잘못 들은 헛소리쯤으로 싹뚝 무시해 버렸다.

"그래서 시방 어쩌잔 말이여?"

"차라리 여기서 탈영하제이."

"뭣이야?! 이게 뒈질라고 환장을 해뿌렸구마. 좆까는 소리 그만하고 잠이나 자둬, 내일 좆빠지게 훈련할려면……."

그러자 그는 더 이상 말이 통하지 않는다 싶었던지 획 돌아누워 버렸다.

그리고 며칠이 더 지나면서 질범은 '보안부대' 로 차출되는 줄만 알았던 요원들이 대한민국 비밀병기 '북파공작특수임무' 로 차출된 것임을 알게 되면서 눈앞이 아찔해지고 캄캄해 왔다.

북파공작요원이란 기계처럼 훈련되어진 인간병기를 말하며, 그 과정은 참으로 비인간적인 훈련으로 인간능력의 한계를 넘어선 강도 높은 훈련인 것이었다. 그래서 훈련기간 동안 일체의 생사여탈권을 교관들이 쥐고 있으면서, 마침내 훈련을 마치면 국가의 비밀병기 소모품으로 사라져가도 대외명분은 어디까지나 국방 의무를 위해서라는 것이므로 이유가 없는 것이다.

남북 휴전협정이 이루어진 상태에서 비밀 게릴라부대 '북파공작요원' 을 훈련시키는 데에 차출된 것이라니, 언뜻 납득이 되지 않을 수밖에 없었다.

'속았구나!'

그러나 질범이 배신감을 느꼈을 때는 이미 돌이킬 수 없는, 그야말로 어부의 그물망에 걸린 고기처럼 팔딱거려 보았자 도마 위에 올려진 목숨이나 마찬가지라는 생각에 눈앞이 아찔했다.

앞날을 예측할 수 없게 되었다는 생각에 질범은 눈물이 핑그르 돌았다. 그리고 무엇 때문에 국가가 휴전협정이 이루어진 상태에서 북파공작요원을 훈련시키는 것인지 처음에는 잘 이해가 되질 않았다. 그러나 그것이 북에서 게릴라전으로 남파 침투시킨 공작원 김신조 사건에 의한 것이라는 것을 차츰 알게 되었다.

그것은 우리 국민 모두를 경악케 했던 충격적인 사건이었다. 1968년 1월 21일 저녁, 북한산 방향에서 거대한 화염기둥이 치솟았다. 그리고 다음날 뉴스 시간에 요란한 소식이 보도되었다. 청와대를 폭파하려고 휴전선을 넘어온 북한 무장군인 31명이 출동한 경찰들과 격전을 벌였다는 것이다. 그것도 청와대 후방 2㎞ 남짓한 가까운 위치에서 벌어진 사건이라는 데에 온 국민들을 경악하게 했다.

그 사건은 특히 6.25를 겪은 세대들에게는 전쟁의 공포로 마음을 졸이게 했었고, 방송국도 군인과 경찰의 삼엄한 경비 속에 놓여 시민들의 발걸음을 불안에 떨게 하는 속에 즉시 전군에 비상이 걸렸었다.

무장을 하고 남파된 게릴라 공작원들은 아군의 예상침투 시간을 앞질러 급속행군을 강행하여 청와대 문턱인 자하문 고개 마루까지 이르렀던 것이다.

그 지점에서 젊은 종로 경찰서장 최규식 총경이 이끄는 몇몇 경찰들과 조우하게 되면서 총격전이 시작되었던 것이다. 그 총격전에서 최 총경과 정경수 형사가 중과부적으로 전사를 하는 사태까지 이르렀다.

그리고 그들의 뒤를 쫓는 군경합동 수색작전이 시작되었지만, 번번이 그들을 놓쳐버리고 말았다. 나중에 밝혀진 사실이지만 그들이 그처럼 신출귀몰할 정도로 동에서 번쩍, 서에서 번쩍할 수 있었던 것은 그들이 남파공작을 위해 받아온 극기 훈련 때문이란 사실이 일당 중에서 생포된 김신조에 의해 밝혀진 것이다.

그 사건은 북한 공작원들이 그것도 서울 한복판에 유유히 활개를 치고 잠입할 수 있었을 정도로 당시의 안보상황이 허술했음을 또한 드러내 준 것이라고 할 수 있었다.

아무튼 전군 비상사태를 몰고 갔던 이 사건은 남파공작원이 모두 31명으로 29명이 사살되었고, 그 중 한 명인 김신조는 생포되었으며, 또 한 명은 압축된 군 경계망을 뚫고 북으로 귀환했다는 뉴스였다.

사건의 전모는 청와대 본관을 습격하는 역할을 맡았다는 2조장 김신조를 생포함으로써 밝혀진 것이다. 김신조와 함께 남파되었던 공작부대원들은 중부전선으로 침투하여 의정부와 동두천 사이에 있는 덕정리 좌측 산기슭을 타고 신산리 능선을 따라 삼각산을 타고 인왕

산 쪽으로 방향을 잡아 청와대 뒷산에까지 이르게 되었다고 했다.

북측이 청와대를 목표로 한 '북한무장공작원기습사건' 은 남측 안보가 그만큼 허술했음을 드러내는 것으로, 박정희 정권의 자존심을 치명적으로 건드리게 한 사건이었다.

더구나 이들 무장공작원들이 소탕된 데에는 한국군의 철통같은 경비가 아니라, 이들 무장공작원들에게 인질로 붙잡혔다가 풀려 나온 나무꾼 형제의 신고가 있었기 때문이었다.

나무꾼 형제는 파주 파평산에서 나무를 하고 있었다고 했다. 그때 출몰한 이들은 자신들의 신분이 노출되었다는 불안감에 이들 형제를 붙잡아 그 거취를 둘러싸고 의견이 분분하게 나뉘어지고 있었다는 것이다.

"죽일까, 살릴까……."

죽여야 한다는 측과 반대로 살려주자는 측으로 의견이 나누어지면서 죽이자는 쪽에서는, "혁명을 위해서는 작은 동정심 같은 것은 접어야 한다"는 것이었고, 살려주자는 측은, "농민 노동자는 우리가 해방시켜야 할 남조선 인민인데 어찌 죽여야 하느냐"는 엇갈린 입장으로 결국 표결로 생사(生死)를 가르자고 하여, 투표결과 살리자는 쪽이 우세했다는 것이다.

어쨌든 그것은 한 개인의 운명에 천운이 따라준 것이라고 할 수 있었고, 따라서 당시 박정희 대통령에게도 그나마 천운이 따라준 것이라고 할 수 있는 것이었다.

그들 남파공작원들은 붙잡힌 이들을 불쌍히 여겨 단단히 일러 회유하고 풀어주었다고 한다. 하지만 그들로부터 풀려난 이들은 즉시 내려와 파출소에 그들을 신고함으로써 무장 남파공작원의 실체인 124군부대 출몰이 뒤늦게 알려지게 된 것이다.

그들의 출몰 사태에 발끈한 사람은 물론 당시 박정희 대통령이었

다. 전군에 비상을 걸어 전투준비를 완료하고 북으로 밀고 올라가려는 만반의 태세를 갖춘 것이다.

그러나 이를 만류하고 나서는 미군 측의 입장이었다. 그것은 1953년 7월 27일 북한과 유엔군 사이에 정전협정이 이루어지면서 1953년 10월 한미상호방위조약 체결로 미군이 계속 남쪽에 주둔해 있게 되었다.

그런데 그 협정을 깨뜨리고 남쪽이 전쟁을 일으킨다면 주한 미군의 입장이 난처할 수밖에 없는 것이다. 정전협정의 주체가 한국을 제외한 유엔군과 북한군 사령관에 의해서 이루어졌기 때문이다.

그래서 주한 미군은 본국으로 철수하겠노라는 엄포성 경고를 놓은 것이다.

사실 한국은 군사 작전권을 이미 미국에 넘겨주었던 만큼 미군이 움직여 주지 않으면 승산이 없는 것은 자명한 현실이다. 그런데 움직여 주기는커녕 전쟁 사태를 돌발시키면 주한 미군을 철수시키겠다는 엄포를 받게 된 박정희 대통령이고 보면 울화가 치밀어 오를 수밖에 없는 것이었다.

그래서 당시 중앙정보부장이던 김형욱을 불러 거기에 대응하는 지시를 내렸던 것이다.

"이대로 가만히 앉아서 당할 순 없지 않는가. 육해공군, 그리고 해병대에 남파공작원을 능가하는 특수 북파공작부대를 창설하시게. 명령만 내리면 언제라도 평양에 있는 주석궁에 침투해 들어가서 김일성이 모가지를 단번에 따올 수 있는 특수요원들을 훈련시키란 말이야."

이 명령을 받은 당시 중앙정보부장 김형욱은 곧바로 정보부 제1국 3단에서 당시 대북공작 담당을 맡고 있던 이철 장군에게 지시함으로써 비밀리에 북파공작원 부대가 창설되기 시작했다.

물론 그 당시에도 육해공군에서 기존에 북파공작의 특수임무를 수행하는 부대가 없는 것은 아니었다.

처음 전군 특수부대 창설 당시 육군에서는 HID를 본부로 하여 인천 앞바다에 있는 선갑도에 창설했었고, 해군에서는 월미도 해군첩보부대를 본부로 하여 매도에 특수부대를 창설했었으며, 공군에서는 오류동 2325 첩보부대에 본부를 두고 실미도에 특수부대를 창설했었다.

그리고 '귀신 잡는 해병대' 로 악명이 높은 해병대에서는 해병대사령부 옥상에 본부를 두고 강화도 마니산 정수사 사찰 밑에 특수부대를 창설했던 것이다.

해군에서는 월미도에 UDU라고 하는 특수임무를 맡은 부대가 주로 서해안을 무대로 대대적인 활동을 하고 있었지만 매도에 또 다른 부대를 창설하였고, 공군에서는 부대 2325전대가 비행기를 타고 조종사들에 의해 항공촬영으로 첩보활동을 하고 있었지만, 지상군을 두고 있지 않은 미비한 상태였었다.

그러다가 실미도에 민간인을 포섭하여 북파간첩으로서의 극기 훈련을 시켜왔던 것이다. 그러나 정신 무장이나 단결력에서 그 한계를 드러내 바로 1971년 실미도 요원들이 부대를 이탈하여 영등포까지 진입하고 자폭한 충격적인 '실미도 사건' 의 원인이 되었다고 할 수 있었다. 그만큼 민간포섭으로 이루어진 특수부대 요원들은 조국에 대한 투철한 사명감이 결여될 수밖에 없는 환경여건 속에서 제 나름대로 살아왔기 때문이라는 분석이다.

그런 사실마저 30여년의 세월이 흐른 오늘에서야 구체적으로 밝혀지고 있는 것이지만, 아무튼 실미도 사건으로 해서 바짝 긴장한 정보부였다. 전군 특수임무 부대들을 일제 점검에 들어가면서 해군에서는 매도에서 훈련시키고 있던 특수요원들을 월미도의 UDU 본부로 통합시키고, 해병대 MIU는 오히려 훈련이 잘 되어 있다는 평가로 부대장이 상부로부터 표창을 받기도 했다.

그래서 그 당시 중앙정보부 지시 명령에 의해 조직된 특수부대는 육군의 선갑도와 해병대의 강화도만 남게 되면서 1973년 10월 해병대가 해군으로 통합되었다. 그러면서 MIU는 해군 첩보부대 503기지로 새로 발족하여 남게 되었던 것이다.

육군에서는 휴전선 전지역은 물론 후방에까지 광범위하게 활동하고 있는 HID부대가 있었으나 그 명령에 의하여 선갑도에 새로이 부대를 창설하였으며, 처음 해병대 특수부대 창설을 맡았던 신○○ 씨는 당시 미군부대 CIC에 근무하고 있었다. 그는 그러한 대통령 지시 명령을 암호 1호라고 했으며, 그 부대 창설에 일조를 했던 김○○ 씨는 대통령 지시명령 4호라고 하였다.

그러니까 해병대 소속 북파 공작원 MIU는 해병대 소속이 아닌 실질적인 명령은 중앙정보부에서 총괄했다. 창설 목적은 물론 유사시 인간병기로 북파되는 것이었다.

자격 조건은 외아들은 물론 장남도 제외되었으며, 키 175㎝ 이상과 고졸 학력 이상이며, 또한 운동 주특기자를 뽑으라는 지시였다.

이러한 기준에 의해서 차출된 해병대 북파공작 특수요원들이었고, 처음 훈련 장소는 강화도 마니산 서남쪽에 위치해 두고, 민간인들의 눈을 피하기 위해 '대성기업' 이라는 민간 기업으로 위장했으며, 호칭 또한 회장님, 전무님, 상무님, 보좌관님 등으로 민간 기업에서 쓰는 용어를 사용하였다.

그리고 요원들에게는 군복 대신에 얼룩무늬 작업복을 착용하게 했으며, 북파했을 당시 위장을 위해서 머리를 장발로 기르도록 지시했다.

그러니까 해병대 북파공작원 MIU가 창설계획된 것은 남파공작원 김신조 사건이 터지고 난 3개월 후로 1968년 5월이었으며, 처음 부대를 창설했을 때는 부대요원은 하사관 11명과 203기생 1명, 204기생 1명을 뽑아 도합 13명으로 1968년 12월이었다.

그리고 이질범이 '보안부대' 차출이라는 명단에 이름이 올라 해병대 MIU 특수부대 공작요원이 된 것은, 그로부터 4년이 지난 제 5차 요원으로 1971년 실미도 사건 이후 특수임무요원들이 각군부대에서 재정비되고 난 1973년 2월이었다.

부대장 1명과 공작책임관 1명에 공작관 3명으로 총 18명이 강화도 마니산 정수사 밑에서 텐트를 치고 훈련을 받기 시작한 것이다.

이때 훈련 교본이 따로 있을 리가 없었다. 공군 첩보부대에서 공군 조종사들이 비행기가 격추 당했을 때 생환을 위한 교본을 가지고 사용했으며, 그 훈련은 에드벌룬 수소가스공을 타고 바람을 이용해서 적 후방 깊숙이 침투하는 훈련이었다.

그 장비는 당시 중앙정보부에서 럭키금성이라는 회사에 비밀리에 주문 제작하여 공군소속인 실미도 요원들을 훈련시켰던 것으로 해병대 MIU 부대 요원도 그 훈련을 함께 받기도 했었다.

그 외에 훈련은 육군 HID 설악단 특수부대에서 자료 및 장비를 대여 요청하여 사용하였다.

그리고 북파공작요원이 기본적으로 받아야 하는 것이 이북사투리라 억양을 익히고 배우는 일로, 그 훈련은 이북이 고향인 당시 대위였던 신○○ 공작대장이 직접 맡아 가르쳤다.

"아아, 그래서 임진강과 서해 군사분계선 근처에 가서 북쪽의 지형을 눈에 익히라고 했었던 거구나."

질범은 그제서야 특수부대 요원의 훈련 목적이 선명해져 오기 시작했다. 처음에 보안대로 차출된 줄만 알았던 질범은 동기의 귀띔에도 설마했던 것인데, 국방 의무에 앞서 참으로 감쪽같이 속았다는 분노가 치솟으면서 거역할 수 없는 현실에 가슴이 천 갈래 만 갈래로 찢어지는 듯했다.

그 사실을 비로소 확실하게 알게 된 요원들 또한 마찬가지였다. 망연자실 넋이 나간 듯 모두가 침통한 얼굴들이었다.

그리고 이어지는 고된 훈련과 기합에 생기를 잃은 요원들의 눈빛은 마치 도살장에 끌려온 소처럼 '내 생명은 여기에서 끝났다' 는 듯 슬픔이 가득했다.

견딜 수 없는 배신감에 질범은 교육중에 편지를 써서 제출했다.

"약속대로 보안대로 보내주십시오. 내가 언제 북파공작원 시켜 달라 했었습니까?"

항의적인 내용이었다. 하지만 거기에 대한 대답은 거대한 하마의 입이 삼켜버린 것인지 일언반구(一言半句)도 없는 무반응이었다.

요원들은 절망의 시간에 끌리면서 삶을 체념한 듯한 어두운 눈빛들이 마치 주인의 손에 의해 움직여지는 기계처럼 생기 없는 무딘 동작을 하고 있을 뿐.

그러나 그렇게 밤낮 없이 돌려대는 비상훈련은 취침시간 자체도 언제 비상이 걸릴지 모르는 공포 바로 그것이었다.

"기상!"

한밤중에 요원들을 불시에 깨우는 교관의 쩌렁쩌렁한 목소리였다. 그러나 훈련에 지쳐 이제 막 잠 속에 빠져 들던 요원들은 정신이 아득해져 오는 속에서 자연히 꾸물거릴 수밖에 없었다.

다시 간담을 서늘하게 하는 교관의 목소리가 날아왔다.

"이거 뭐야? 적진에 나가서도 이럴 거야? 잠자는 것도 싸움이란 걸 모르나? 모두 일어나 손 뒤로 하고 대가리 땅에 박는다. 원산폭격 실시!"

그리고 연달아 불호령이 이어졌다.

"언놈이든지 요령부리는 놈은 이 몽둥이로 사정없이 깐다, 알았나!"

그야말로 일어나 숨도 돌리기 전에 몽둥이 내려치는 소리가 툭탁거리면서 '어이쿠! 어이쿠!' 하는 비명 소리가 여기저기서 터져 나왔다. 교관이 휘둘러대는 몽둥이가 멈추었을 때쯤은, 요원들은 이미 제정신이 아닌 듯, 모두 넋이 나간 얼굴들이었다. 두 말할 것도 없이 잠자리에서도 긴장의 끈을 놓을 수 없게 하는 혹독한 기합은 신체 리듬을 아비규환(阿鼻叫喚)으로 뒤섞어 잠자는 것마저도 모두가 전투 그것이었다.

거기에다가 정기적으로 실시되는 체력단련을 위한 기본 산악훈련은 모래주머니 40kg을 메고 산악구보를 해야 하는 것이었다. 남파공작원 김신조 일당이 그처럼 포위망을 빠르게 빠져 나갈 수 있었던 것은 모래무장을 하고 산악을 오르내린 강훈련 때문이었다는 것이 밝

로프로 암벽타기 훈련

혀졌기 때문이다.

그래서 평소 그들이 짊어지고 훈련을 받았다는 모래무장 36kg에 4kg을 더 얹은 40kg으로 무거운 모래무장을 하고 산악을 오르내린다는 것은 일반군인들이나 사회인들은 상상조차 할 수 없는 지옥 같은 훈련이었다. 무거운 모래무장에 등이 터져 피가 뿜어져 나오면서 쓰렸고, 발바닥에 물집이 생겨 쓰리고 따끔거려도 그대로 훈련은 계속되었다.

거기에 또 다른 산악훈련으로 로프 외줄타기, 로프로 암벽 바위타기, 로프 사다리타기, 높은 바위에서 뛰어내리기, 외줄하강타기 등의 훈련도 했다. 특히 외줄하강타기는 길이가 110m나 되었다.

이 같은 110m 길이를 7초 정도에 하강하여 물이 아닌 매트리스를 두세 겹만 깔아 놓고 착지를 해야 했기 때문에 대원들은 약간의 실수만 하여도 착지로 인한 심한 충격 때문에 허리 부상자가 속출했다. 그 같은 사고로 하강훈련은 대원들에게 있어서 공포의 대상이었다.

그 외에 무전기 사용법에서부터 대검쓰기, 표창쓰기, 이북 군사시설 폭파를 위한 조작기술 연마 등의 병기 다루기, 태권도, 봉술훈련, 격투훈련 등 체력 단련을 위한 훈련과 함께 이북 계급장, 풍습, 복장 등을 배우며 익히게 했다.

분단된 세월만큼 문화가 달라진 남과 북으로, 남파 공작요원들이 변화된 남쪽의 풍습과 복장을 익힐 때였다고 한다. 남쪽 여자들이 앞가슴을 예쁘게 하기 위하여 착용하는 '브래지어'를 본 일이 없는 그들에게 그것이 어디에 쓰여지는 물건인 줄 아느냐는 질문에 그들은 간편하게 허리춤에 매달고 다닐 수 있는 휴대용기 쯤으로 알고 있었다. 움푹 패인 한쪽은 밥을 담고, 다른 한쪽에는 국을 담는 것이라고 말을 할 정도로 남과 북의 문화가 분단 20여년 동안에 그만큼 격세지감(隔世之感)을 느끼게 했다는 사실이다. 그래서 서로가 달라져 있는

수색훈련

풍습과 복장을 익혀야 하는 것이 밀봉교육을 받는 간첩들의 필수과목에 속하는 것이었다.

그러나 특수임무요원들에게 그런 풍습과 복장 익히기는 차라리 정신적인 휴식쯤으로 안주되는 시간이었다. 특히 같은 대원을 상대로 하는 격투기 훈련은 산속에 로프로 사각링을 쳐놓고 글러브를 낀 다음 상대방을 완전히 쓰러뜨린 후 다시 일어날 수 없을 때까지 공격을 해야 하는 훈련으로 자연히 부상자가 속출할 수밖에 없었다.

그 후유증은 육체적인 선을 넘어 대원들 사이에 악화된 감정의 불씨를 일으키게 한 요인으로, 특히 조별 경쟁적 훈련은 동료끼리의 눈빛이 험악해질 수밖에 없었고, 그에 따라 크고 작은 사고가 속출하기도 했다.

뿐만 아니라 대원들을 더욱 힘들게 한 것은 세라(SERA) 훈련이었다. 세라 훈련이란, 적지에서 아군의 보급로와 퇴로가 차단되었을 때

살아남을 수 있는 수단으로 '생존방법' 과 적의 포로가 되었거나 적의 추적을 받았을 때 적의 포로망에서의 '탈출방법', 그리고 또 적의 추적을 따돌리는 '도피방법' 과 적의 공격에 효과적으로 대처하는 '저항방법' 등을 말하며, 또한 적의 포로가 되었을 때 고문에 의한 비밀보존이나 아군 정보에 대한 '회피방법' 같은 것과, 또 임무를 마치고 무사히 귀환할 수 있는 '생환방법' 등을 총칭하는 것으로 그것을 세라 훈련이라고 했다.

그러한 특수 훈련 중에 가장 기본이 되는 것이 '독도법' 이었다. 이 독도법은 침투에서부터 특수 임무를 완수하고 생환할 때까지 절대 필요한 수단으로, 이 독도법을 익히지 않고서는 특수 임무를 완수할 수가 없는 것이었다.

5월 한 달은 '생존방법' 으로 수색(RICAN) 훈련이 진행되면서 부대원의 등줄기에서는 피땀이 마를 날이 없었다.

그러던 어느날 불상사가 일어났다. 혹독한 훈련을 견디지 못한 요원 한 사람이 전선줄로 목을 감고 자살을 시도한 것이다. 다행히도 일찍 발견되어 목숨은 건졌지만, 목뼈를 크게 다쳐 병원으로 후송되어가는 것을 지켜보고 있는 요원들의 얼굴빛은 모두 어둡고 침통하기만 했다.

5월의 화사한 봄빛도 차라리 무색하기만 했다. 연록색 봄은 부대요원들의 입에서 토해내는 엷은 울부짖음 같은 한숨을 안고 달아나듯, 어느새 봄인 듯 찌는 여름으로 접어들었다.

특수부대로 계획된 프로그램은, 수색 훈련을 마치고 나면 7월 중순부터 8월 중순까지는 해양침투 훈련을 받아야 했고, 가을에는 고공점프 낙하 훈련이 실시되며, 겨울이 돌아오면 대관령에서 스키훈련을 받아야 한다는 것이었다.

그것이 1년 사계절 정기적으로 훈련이 실시되는 과정으로 그 훈련

사이사이에 독도법 훈련을 받아야 했다. 독도법은 봄, 여름, 가을, 겨울, 계절의 변화에 따라 집중적으로 실시하게 되어 있었다. 각 훈련 팀장들도 특히 독도법 시간에는 엄격하게 교육 훈련을 시켰다.

그리고 인간 한계의 선을 넘어서게 하는 극기 훈련으로 40kg짜리 모래주머니로 무장을 하고 산길 걷기, 달리기, 야간 보행을 하며, 생식훈련으로 뱀과 개구리 등 야생동물 잡아먹기에서부터 점프, 장애물 넘기, 총검술 익히기 등의 쉼 없는 훈련은 요원들을 차츰 맹수와 같은 성정(性情)으로 길들여지게 했다.

그처럼 혹독한 훈련의 연속에 요원들은 다만 혀끝으로 찍어내는 액체만으로도 살아내야 한다는 간절한 염원의 핏방울이 살아있음의 그림자를 확인하게 하면서 꿈틀거리는 맥의 핏줄은 서서히 인간병기로 만들어져 가고 있었다.

그처럼 기계를 잡아 돌리듯 하는 지옥 훈련은 영원(永遠)과 생명(生命)을 잉태하고, 오늘도 소롬한 소반(小盤)에 얹혀 천제(天祭)를 올리던 강화도 마니산 참성단의 '단군의 자손' 이라는 우람한 언어를 무색케 하면서, 맹수의 울음으로 길들여져 가는 요원들은 또 하루의 사선을 그렇게 넘나들고 있었다.

4 핏물 뿌리는 야로(夜路)

한낮을 불태우던 태양이 서산마루에 기웃하더니 어느새 숲을 가리운 노을마저 걷히기 시작했다.

일과 내내 대원들은 독도법을 익혔는데, 기본적인 지도의 축소비율과 등고선 익히기를 비롯하여 나침반을 이용한 방향설정, 또는 현장에서의 지형관찰 등의 교육을 받았다.

그리고 어둠이 스멀스멀 산정에 깔리기 시작하면서 대원들은 실제적인 독도법 훈련을 하기 위해 손전등과 나침반만을 가지고 막사를 나왔다. 산세나무, 바위의 이끼나 밤하늘의 별 등을 보고 방향을 알아내는 방법 등을 집중적으로 하는 현장훈련이었다.

긴장감 도는 교관의 호령이 떨어졌다.

"휴대한 손전등은 적에게 노출될 염려가 크기 때문에 꼭 필요할 때만 사용하고, 사용할 시에는 신중을 기해 사용하도록 한다, 알았나!"

"예!"

대원들의 복창 소리가 눈앞에 우뚝 서 있는 검푸른 산정을 찌르듯 우렁찼다.

그러나 달빛마저 없는 그믐밤을 택한 독도법 익히기 훈련은 야로(夜路)에 한두 번 넘어져 나뒹굴지 않은 대원이 거의 없었다. 심한 무릎 부상에 쩔뚝거리며 훌쩍이는 대원도 있었다. 그러나 그 대열에서 뒤로 처져 떨어진다면 혹독한 기합이 기다린다는 것을 익히 알고 있는 대원들이다.

질범은 넘어져 다친 다리가 무거웠지만 힘겹게 발걸음을 옮겨 놓고 있었다. 뒤를 따라오면서 넘어져 다친 대원을 손전등으로 비췄을 때는 그의 눈언저리가 나뭇가지에 찍힌 것인지 흘러내린 땀방울에 핏물이 번지고 있었다.

고요 속에 검푸른 산정(山頂), 초췌한 밤, 길손의 허위적거림에 고목 아래 작은 망령(亡靈)들이 속세의 무심한 시세를 야유하듯 풀어헤친 바람소리로 히히거렸다.

야간 훈련을 마치고 대원들이 막사로 귀대했을 때는 걸친 의복들이 바위와 나무 등걸에 찢겨져 너덜거리지 않는 것이 없었다.

그러나 그 정도의 훈련은 아무것도 아니었다. 그 다음으로 받아야 하는 수색 훈련은 강화도 시내 하수도관에 들어가 그것도 1개월 내내 생활하며 견뎌내야 하는 지옥 훈련이었다.

수색 훈련의 목적은 대원들이 명령을 받고 평양으로 침투했을 때 일반인들의 눈을 피하는 하수도관을 은신처로 삼아야 했기 때문이다. 그리고 밤에만 나와 활동하면서 맡은 임무를 수행하는 훈련으로, 낮에는 하수관 속에서 하루 종일 은신하고 밤에는 고무보트(IBS)를 꺼내 7명이 1개조로 머리에 이고 구보로 행군하는 것이었다.

교관이 훈련에 들어가기에 앞서 대원들을 집합시켜 놓고 말했다.

"여러분들, 훈련의 목적은 상부의 명령에 따라 평양 주석궁에 잠입

수색훈련. 7인 1개조로 편성하여 고무보트를 운반하고 있는 대원들

하여 괴뢰의 우두머리 김일성의 목을 따오는 것이다. 이처럼 역사적인 일을 위해 선택된 제군들은 조국 대한민국에 바쳐지는 목숨인 만큼 소중하다는 사실을 명심해 두고 열심히 훈련에 임해 주기를 바란다!"

특수요원들에게 다른 길은 보이지 않는, 오직 특수임무의 필연성만을 말하는 그의 말은 망치 같기도 했고, 송곳 같기도 했다.

그는 조국의 역사적인 일에 투여될 소중한 소모품들을 바라보며 말끝에 덧붙여 하수도 맨홀 뚜껑을 열고 들어가 몇 미터 지점에 출구가 있다는 것과, 또 지정된 시간까지 하수관을 나와서 집합하라는 것이었다.

"자, 지금부터 수색 훈련 시작이다! 행동개시!"

거역할 수 없는 운명 앞에서 대원들은 밀쳐내는 듯한 교관의 명령에 따라 한 사람씩 몸을 굽혀 좁은 맨홀 하수구로 기어들어야 했다.

다른 대원들보다 건장한 체격의 질범은 하수관에 몸을 들이밀고 통과해야 한다는 것이 여간 고역이 아니었다.

맨홀 안으로 몸을 굽혀 들어가자 진흙 뻘 같은 것이 잔뜩 채워져 있어 물크덩거렸고, 매캐한 냄새가 코를 찔렀다.

"크 어푸! 어푸……."

오물로 가득 찬 하수관을 휘적거리며 타고 들어가는 대원들의 입에서는 너나없이 '어푸!' 소리가 새어나왔다. 악취에 도저히 숨을 내쉴 수가 없었다.

그러나 들어가 3분 정도가 지나고부터는 대원들의 '어푸!' 소리가 멎었다. 그리고 시간이 흐르면서 악취에 흠뻑 젖어버린 후각들이 입을 벌려 푸념을 늘어놓을 정도가 되었다.

"젠장! 무슨 놈의 운명의 작태람, 쳇!"

"무슨 운명은? 다 재수 없는 국운 탓이지."

수색훈련. 맨홀 안으로 몸을 굽혀 들어가는 대원들

"그려, 이미 목숨은 국가에 저당 잡힌 목숨들 아닌가봐, 흐훙!"

두더지처럼 하수관 속의 오물을 온몸으로 밀어내면서 늘어놓는 푸념들이었다.

하수관을 온몸으로 쓸고 대원들이 밖으로 나왔을 때는 머리에서 발끝까지 오물을 뒤집어쓴 상대방의 모습들에 서로가 손가락질을 해대며 키득거리기도 했다.

목 언저리에 똥덩이를 얹고 나온 대원도 있었고, 윗저고리 주머니에 낭창하게 똥 찌꺼기를 넣고 나온 대원들의 모습은 그야말로 꼴불견들이었다.

당시만 해도 화장실을 만들 때 하수도관에 구멍을 내고 그 위에 화장실을 만들었기 때문에 변이 쌓여 있다가 장마가 지면 그 변이 그대로 하수관으로 흘러 나왔던 것이다.

하수관으로 모이는 오물과 함께 시민들의 화장실에서 흘러 나온 똥으로 전신에 오물찌꺼기를 흠뻑 뒤집어쓴 대원들이었다.

그런 훈련을 1개월도 더 받아야 한다니, 그로부터 하수도관 속의 훈련이 지속되면서 부대원들은 점점 기가 빠져 비실비실 흐느적거렸다. 그만큼 악취의 독소는 생기를 빼앗았고, 또 식사마저 제대로 할 수 없게 만들었다.

대원들은 식사 때가 되어야 맨홀 속에서 겨우 빵을 받아먹기 위해 밖으로 나왔다. 햇빛 한 줌 없는 어둠 속 하수관에 처박혀 있다가 밖으로 얼굴을 내밀었을 때는 세상은 온통 새롭게 단장된 것처럼 아름답고 더 없이 상쾌하게 느껴지면서 눈이 부셔왔다.

그러나 하수관 속에서 많은 어둠을 살아 마신 부대원들은 오물 묻은 만신창이 두 손으로 머리를 감싸 쥔 채 멍하니 허공을 바라보며 비실거리기가 일쑤였다.

그만큼 부대원들은 그 하수관 속 훈련에 지쳐 있었던 것이다. 점점 생기를 잃고 어깨가 축 처져가는 특수훈련 요원들이었다.

그렇게 비실거리는 요원들의 사기를 돋우기 위해서였던지 교관은 호루라기를 신호로 저만치 지나가는 아가씨를 목표물로 삼아 뛰어갔다가 오도록 했다.

"지금부터 저기 가는 아가씨를 선착순으로 돌아온다, 실시!"

아가씨를 목표물로 하게 하는 달리기는 지친 요원들에게 어쩌면 장난기마저 슬슬 발동하게 했다. 목표물이 풋풋한 아가씨라니, 저절로 신바람이 난 요원들은 언제 비실거렸던가, 하는 모습으로 '우와!' 소리를 질러대며 아가씨를 향해 뛰면서 더러는 이죽거리며 장난질을 하는 요원도 있었다.

"아가씨야! 고개 좀 돌려봐! 나야, 나……."

아가씨가 놀라는 것은 당연했다. 오물을 뒤집어쓴 만신창이 요원들의 모습은 그대로 영화 속에서나 봄직한 괴물쯤으로 아가씨는 필사적으로 달음질을 했다. 하지만 아무리 지쳐 있는 요원들이라 하더라도 달리는 아가씨 하나 따라 잡지 못할 정도는 아니었다.

"도대체 왜들 이러시는 거예요?"

빠르게 달려와 스쳐도는 요원들 때문에 아가씨의 옷과 얼굴에는 온통 오물이 묻을 수밖에 없었다. 아가씨는 그만 새파랗게 질린 채 훌쩍거리기 시작했다. 그러나 더 이상의 성희롱은 없었다.

그때쯤 저만치서 요원들의 장난기가 번져가고 있는 것을 지켜보고 서 있던 교관이 다시 호루라기를 불어 집합시켰다.

그 장난질은 침울했던 요원들에게 잠시나마 피로를 잊게 하는 운동이 되면서 얼굴에 웃음을 번지게 했다.

그런 일은 그 뒤에도 몇 번 더 있었다. 하지만 강화 읍내에 어느새 우호적인 소문이 돌았던 것인지, 표적물이 된 아가씨 쪽에서 오히려 먼저 그 자리에 웅크리고 앉아 주는 것이었다. 장난은 상대적이어서

강행군 모습

자연 싱거워질 수밖에 없었다. 표적물 달리기가 끝나면 미소까지 담아 손을 흔들어 주는 아가씨도 있었다.

그렇게 하수도관 적응훈련을 하는 1개월 동안, 어떤 때는 갯벌로 나가 팀의 단결력과 체력 향상을 위해 팀별로 축구 시합도 하고 물속에서 기마전 등 여러 가지 게임을 시켰다.

그러한 수색 훈련의 하이라이트는 마지막 주 일주일이었다. 일체 잠을 재우지 않는 이때의 훈련은 그야말로 생지옥이나 마찬가지였다.

그래서 요원들은 그 일주일을 '지옥주' 라고 했다. 훈련은 마지막 주 토요일 정오 12시까지 밤낮을 가리지 않고 각 팀별로 행군도 하고, 갯벌에서 축구시합도 하면서 별의별 게임을 하게 했지만, 잠자는 시간은 일체 허용되지 않았다.

그런 반면에 아침 점심 저녁 식사는 제 시간에 맞추어 먹을 수 있게 했다. 그리고 밤 10시에 야참, 새벽 5시에 새벽참으로 라면과 국수가 수시로 나왔지만, 그러나 수면을 취하지 못한 요원들에게는 그림에 떡으로 입맛이 동할 리 없었다.

요원들은 고무보트(IBS)를 머리에 이고 행군하면서도 졸았고, 점점 시간이 흐르면서 교관이 뭐라고 명령하든 '너 해라, 나는 모르겠다'는 식의 무반응으로 무디어지기 시작했다. 그때쯤은 팀장들 쪽에서 오히려 더 후끈 달아 야식을 주고, 뜨거운 국물도 챙겨 와 먹게 했지만, 수면이 부족한 요원들은 음식에는 눈길도 주지 않은 채 앉아 졸기만 했다.

그런 상태는 훈련 마지막 주, 목요일이 되면서부터 심각해졌다. 수면 부족으로 기가 약한 요원들은 약간의 정신 이상 증세를 나타내 보이기 시작한 것이다.

초점 잃은 눈동자가 허공을 향해 괜히 히죽거리며 웃기도 하고, 라면을 주면 먹지 않고 씻지도 않은 손으로 라면 발을 건져 올려 머리에 얹고 다니면서 히죽거리는 대원도 생겨났다.

그렇게 기가 허약해진 요원들은 행군을 하다가 논바닥 밑으로 굴러 떨어졌는데도, 무반응인 채로 퍼질러 누워 마치 편안한 안방처럼 눈을 감고 '죽일 테면 어디 죽여 봐라'는 식이었다.

교관이 달려 내려가 매질을 하고 고함을 쳐댔지만, 어눌한 손짓으로 몇 번 허공을 내저을 뿐이었다. 그리고 잠만 자려고 밀쳐대는 바람에 교관이 겨우 일으켜 끌고 나오면서 애를 먹기도 했다.

하지만 그보다 더 심각한 상태는 금요일 아침부터였다. 수면을 취하지 못한 전 요원들의 눈동자에 살기가 품어져 나오면서 분위기가 험악해졌다. 울부짖기도 하고 건드리면 금세라도 악마로 변할 것 같은 살기를 눈에서 희번뜩거리며 풀어내기 시작한 것이다.

그때쯤은 각 팀장들도 조심스러운 듯 강압을 쓰지 않고 살살 웃으면서 요원들을 달랬다. 그리고 잠만 못 들게 여러 가지 말로 살살 얼러대며 눈치 보기에 바빴다.

그러나 이미 무기력해진 대원들이었다. 교관이 그러거나 말거나였다. 점점 제멋대로 되어져 갔다. 미친 사람처럼 실실 웃음을 풀어내는 대원, 미친 듯이 고래고래 소리를 질러대며 비실대는 대원, 그야말로 천태만상이었다.

건장한 체격에 정신력 하나만은 끝내주게 강하다는 질범도 그때쯤은 별수 없이 비실거리기 시작했다.

그렇게 어질머리를 하고 있던 순간이었다. 멀리 수평선상에서 잠자던 구름 한 송이가 다래가 터져 피어난 목화 모양을 하고 시야에 서서히 아주 평화롭게 다가들었다.

잠시 후, 질범은 자신이 그 구름 속에 두둥실 실려 가는 것처럼 천천히 아주 천천히 편안해져 옴을 느꼈다. 마침내 무력증에 빠진 것이다.

질범은 혼신의 힘을 다해 팔을 들어 올려 얼굴 위로 가져갔다. 희미하게 감각이 느껴졌다. 다시 손가락을 움직여 눈을 힘껏 눌러봤다. 무디지만 아픔이 느껴져 왔다.

"아! 내가 아직 살아있구나!"

그리고 어느새 스르르 감겨진 눈은 먼 데로, 아주 먼 데로 밀고 가는 암흑의 시커먼 물살이 아득하게 출랑거렸다.

아! 거기에 눈에 익은 초가삼간(草家三間) 문이 방긋이 열리고 쪽머리 소복을 한 어머니의 모습이 고무신짝을 딸락이며 뛰어 나오면서 손짓을 했다.

"질범아! 질범아!"

"어무니! 흐흐흑……."

얼굴에 희미하게 물기가 느껴졌다.

체력단련 및 인내심 훈련

"살아야 해. 나는 살아야 해. 꼭 살아서 어머니도, 아버지도 보고 형이랑 동생들이랑 함께 재미있게 살아야 해……."

순간 아스라한 느낌이 드는 곳에서부터 '퍽!' 소리가 세찬 바람을 일으켰다. 그리고 잇따라 귓전을 때리는 목소리가 있었다.

"일어나 이 새끼야!"

질범은 아픔을 느끼며 아슴아슴 떠진 눈을 들어 올려다봤다. 팀장이 애써 웃는 얼굴을 하고 거기 서 있었다.

순간 질범은 자신도 모르게 반사적으로 있는 힘을 다해 팀장을 향해 몸을 날렸다. 그와 동시에 질범의 몸이 어이없게도 허공에 붕 뜨는가 싶더니 그대로 갯바닥으로 '훅' 하고 처박혔다.

그러나 통증 같은 것은 전혀 느껴지지도 않았다. 몽롱함 속에서 다만 일어나야 한다는 희미한 의식만 꿈틀댔다. 비실비실 일어났다.

"짜샤! 정신 차렸으면 똑바로 서 있어, 임마!"

교관은 안도감이 도는지 히죽 웃으며 말했다.

수색(RICAN) 훈련

그러나 그의 말은 귓가에도 들어오지 않았다. 갯벌에 처박혀 만신창이가 된 옷과 얼굴을 닦아내야 한다는 마음도 없이 손으로 얼굴을 쓰윽 한 번 문지르고 일어났다.

"됐다, 다들 모여 식사를 하도록 한다!"

허청거리는 질범과 제멋대로 비실거리는 대원들을 둘러보며 팀장이 하는 말이었다.

하지만 모든 감각 기능이 이미 마비되어 버린 것 같은 육신은 배가 고프다는 생각은 커녕 밥알이 모래알을 씹는 것처럼 깔깔하기만 했다. 이런 사정은 모두가 매한가지였던 모양이다. 밥그릇을 앞에 놓고 요원들 모두가 우거지상이었다. 그 눈빛들이 제발 잠이나 좀 자게 해주었으면 하는 듯이 간절했다.

그때 '휘 ~ 휙' 하는 호루라기 소리가 들려왔다. 공작관 김상무였다. 그가 대원들을 둘러보며 말했다.

수색(RICAN) 훈련(지옥주 훈련)

"수고들 했다! 현재 시간 토요일 정오 12시. 지옥주 훈련을 이것으로 종료한다!"

게슴츠레하게 비실거리던 대원들의 눈이 순간 번쩍하고 떠지면서 그의 다음 말을 기다렸다.

"모든 요원들은 지금부터 몸을 깨끗이 씻고 취침에 들어간다! 기상시간은 다음주 월요일 오전 9시다. 자다가 배가 고픈 요원들은 식당에 고기와 밥을 준비해 둘 테니 언제든지 와서 먹고 자도록 한다. 알았나, 실시!"

이제부터 취침시간이라는 말보다 더 반가운 것이 없는 요원들이었다. 씻는 시간마저도 아까운 요원들은 그대로 휘적휘적 자리에 벌러덩 드러누워 버렸다.

그러나 그렇게 지친 요원들을 팀장이 들어와 가만히 두지 않았다.

"모두들 씻고 자라! 그대로 자게 되면 병난다는 걸 모르나!"

"제발, 제발 이대로 눈 좀 붙이게 놔주세요, 제발 팀장님!"

아무튼 그토록 지긋지긋한 지옥주는, 그 같은 실랑이를 몇 번을 더 거듭하고 마침내 무사히 끝이 났다.

하지만 산을 넘으면, 또 태산준령을 넘어야 하는 요원들이었다. 허청거리는 지친 육신을 끌고 언뜻 바라보는 밤하늘에는 별들의 속삭임이 서글픈 전설의 구절처럼 눈가에 물기를 차오르게 하면서 검푸른 마니산 이마가 눈앞에 다가서 있었다.

그리고 거기, 천만 개의 꽃밭처럼 눈물 젖은 웃음을 지어 보이는 어머니의 얼굴이 뱅뱅 돌고 있었고, 질범은 다시 솟구치는 눈물을 손등으로 찍어내며 절규하듯 어머니를 찾았다.

"어무니!"

그러나 바람이 쓸고 가는 적막 속에 산울림의 메아리만 허공 속에 다시 돌아와 울렸다.

"어무니! ……."

5 어무니! 왜? 나를 낳으셨나요.

"아아! 오늘도 무사히 살아냈구나……."

질범은 중얼거리며 바람소리를 안고 허청걸음으로 막사로 돌아왔다. 그리고 지친 육신을 안아주는 자리 속에 그대로 코를 박은 채 깊은 잠 속으로 빠져 들었다. 겨우 눈을 떴을 때는 월요일 아침이었다.

7월로 접어들면서 날씨는 무척이나 후텁지근해졌다. 이따금씩 검은 구름이 한 차례의 빗줄기를 몰아오는 그런 날씨 속에서 요원들은 한 주일을 쉬었다가 다시 산악구보 훈련으로 들어갔다. 산악구보는 40㎏의 무거운 모래무장을 하고 7월 중순까지 하면서 틈틈이 표창던지기, 자유 사격, 외줄타기, 독도법 익히기, 담력배양 훈련을 해야 했다.

독도법은 교관들이 산속 여기저기에다 도시락을 숨겨 놓고 지도와 나침반만을 주고 2명 1개조로 내보냈다. 다행히도 도시락을 빨리 찾는 요원들은 점심을 일찍 먹고 그만큼 편하게 휴식을 취할 수가 있었다.

그러나 하루 종일 돌아다녀도 그 위치를 찾지 못해 점심도 굶은 채로 산속을 헤매면서 고생만 실컷 하는 날도 있었다.

그렇게 어떤 날은 재수가 없는 날도 있었다. 그런데 저녁때 돌아온 어떤 요원 하나가 겁도 없이 교관을 보고 씩씩거리며 따졌다.

"가짜로 위치 표시를 한 게 맞죠? 그렇죠? 그렇지 않고서야……."

"뭐야?! 이 씨팔놈 봤나! 너희들에게는 선택의 권한이 없다는 것 모르나?! 똑바로 정신 차려. 훈련받지 못하면 죽음만이 기다리고 있을 뿐이다, 따라와!"

그 요원은 겁도 없이 교관에게 따지다가 오히려 실컷 얻어맞고 같이 나가서 확인을 하고 돌아왔다. 두 어깨가 축 늘어진 채였다.

나름대로 기갈이 센 요원이었다. 자리에 누운 채로 투덜거렸다.

"젠장 맞을 놈의 세상, 명령에만 따르면 된다고? 흐흥! 내 어쩌다가 세상에 태어나가지고 이런 시궁창에 다 끌려왔는지 원 참!"

"그게 다 시국을 잘못 타고 난 운명의 장난이란 것 아니겠나. 눈이나 붙이라고, 이 불쌍한 동포야……."

"그래, 불쌍한 동포들이지, 흐흥! 제 동포끼리 서로 물고 마시고 총을 겨누고 있는 얼빠진 종자들이니까 쳇!"

"쉿! 그만 자라구. 군시렁대다가 또 애꿎은 단체 기합이나 받게 하지 말구……."

질범이 그의 말을 가로막았다. 밤고양이처럼 귀를 세우고 있는 교관들의 감시를 의식했기 때문이다.

다음 날 아침 눈을 떴을 때 밖엔 추적추적 보슬비가 내리고 있었다. 팀장이 들어와서 말했다.

"오늘 밤엔 담력 훈련을 한다! 알았나!"

훈련은 밤낮이 없었다. 야간 담력 훈련은 1주일에 2회씩 주인 없는 무덤에서 해골을 파내오는 것부터 시작해서 마침내 산속 공동묘지 옆으로 땅굴(비트)을 판 다음 그 속으로 기어들어가 잠을 자고 나오는 것이었다. 그런 담력배양 훈련은 주로 날씨가 우중충한 날 밤이나 특히 비가 오는 날 밤은 으레적으로 비상을 걸어 담력배양 훈련을 하는 것이었다.

그것도 추적추적 비 오는 밤중에 으스스한 무덤을 파고 들어가 있다가 먼동이 트면 나오는 것이라니, 아무리 담력이 좋은 요원들이라고 해도 등골이 서늘해지면서 삐질삐질 진땀을 흘리게 마련이었다.

그야말로 죽을 맛이었다. 시신을 담은 관 뚜껑이 빙그르 열리면서 영화 속에서나 볼 수 있는 소복녀가 금방이라도 머리를 풀어헤치고 튀어나올 것만 같은 으스스한 기분이 자꾸만 목을 움츠러들게 했다.

질범은 그런 기분을 애써 지우려고 멀리 아득히 먼 추억의 동심 속으로 달려갔다. 동네 밖 어구에서 친구들과 연을 날리며 헤실거리던 날, 숱한 학들이 하늘하늘 파란 하늘을 날아가는 끝없는 날갯짓이 거기 있었다.

그러나 어느 순간, 질범은 그만 초점을 잃고 연줄을 놓치고 말았다. 줄이 끊긴 학들이 저만치서 마구 가라앉아 내렸다.

낙엽처럼 땅속으로 땅속으로 잦아드는 서러움은 마침내 질펀하게 "어무니!" 하고 울음을 쏟아내고 말았다. 그리고 마치 죽은 송장처럼 말라가는 심장의 아픔에 "어무니! 왜 나를 낳으셨나요! 왜 낳으셨냐구요?!" 하며 절규하고 있었다.

한밤을 그렇게 뜬 눈으로 밝혔다. 이윽고 먼동이 트고 교관의 호루라기 소리에 요원들과 질범이 묘지 밖으로 나왔을 때는 가슴 속 울음처럼 궂은비가 주룩주룩 내리고 있었다. 그러나 요원들은 애써 대담한 척 의연한 모습들을 지어 보이려고 애썼다.

너나없이 밤새 삐질삐질 진땀을 흘려댔을 터이지만, 그 중에는 객기로 큰 소리를 치는 요원도 있었다.

"까짓거, 시체 다리를 베개 삼으니까 그런대로 쓸 만하더라구. 후훗!"

"어쭈? 나는 아예 시체를 안고 잔 걸, 키키키……."

말들은 그렇게 했지만. 너나없이 뜬 눈으로 밤을 밝혔음을 붉게 충혈된 눈이 말해 주고 있었다.

요원들의 담력 훈련은 거기에서 끝나지 않았다. 유난히도 비가 많이 내리던 여름 날이었다.

보급품 조달을 위해 여단장실을 들렀을 때였다. 근무병으로부터 한강 하구에 시체 3구가 떴는데 물에 잔뜩 부풀어 있는 상태로 보아 이북에서 떠내려 온 듯싶다는 것이었다.

그 보고를 받은 여단장은 그 시체를 어떻게 처리할 것인가 걱정하고 있었다. 그러자 특수요원 김 교관이 잘 됐다는 듯이 그 시체를 이쪽으로 넘겨 줄 것을 요청하고 나섰다.

시체를 넘겨 받은 김 교관은 그 시체를 특수공작요원 근무 초소 입구 은밀한 곳에 숨기게 했다. 그리고 요원들로 하여금 지키게 하면서 캄캄한 밤중에 한 사람씩 불러내 그 시체 일부분씩을 잘라오도록 했다.

썩어 문드러진 시체 한 부위를 잘라내야 하는 고역은 말할 것도 없었지만, 교대로 그 시체를 지켜야 하는 밤 보초근무는 그야말로 모골이 송연해지는 정도가 아니었다. 시체의 망령 같은 썩는 악취가 어둠자락을 이끌고 어슬렁거리는 밤은 차라리 맞서 싸워야 하는 전투보다 더한 고통이었다.

특수요원들의 담력배양은 얼마동안 그렇게 시체 썩는 망령과 맞서 곤혹을 치러야 했다.

7월 중순에 접어들면서 여름 해양 훈련이 시작되었다. 그 훈련의 목적은 지상침투가 어렵게 되었을 때 수중으로 야음을 이용한 적해안 상륙 및 철수복귀 훈련인 것이었다. 그리고 또 한 가지 임무는 배가 해안으로 접근하는데 장애물 유무를 확인하며 또 빠르게 제거하는 훈련으로 배가 적의 해안으로 빠르게 접근하게 하는 데에 그 목적이 있는 것이다.

훈련 목적이 그렇기 때문에 전 요원들은 탄탄한 수영훈련을 기초로 해야 했다. 수영이 익숙하지 못하면 다른 어떤 것도 해낼 수 없기 때문에 수영훈련은 필수적인 것이었다.

훈련은 절정에 달했다. 일명 피똥체조라고 하는 유격체조(PT)로 몸을 완전히 푼 다음 다리 간격을 적당히 벌리고 서서 팔 동작을 시작으로 모래를 무덤처럼 싸놓고 엎드리게 했다. 그리고 그 위에 배를 얹어 놓고 다리와 팔이 공중에 뜨게 한 다음, 일명 개구리 수영(평형)을 연습하기도 하고, 모래무덤을 등에 깔고 배영 연습도 하게 하는 것이다.

그와 같은 입수(入水) 전의 훈련은 3 ~ 4일 동안 계속했다. 그러한 지상 훈련은, 차라리 교관들의 기합 넣는 훈련으로 변질되면서 그때쯤 요원들은 입에 거품을 물고 축 늘어지게 마련이었다.

그처럼 힘든 훈련 과정을 마치고 요원들이 수영에 익숙해지면 거의 하루 종일 식사시간과 수면 시간만을 제외하고는 하루 종일 물속에서 지내야 했다. 물속에서의 배구 시합, 팀별 4㎞ 완주하기, 그리고 바다 밑으로 들어가서 멍게 따오기 시합도 하게 했다.

수영 훈련은 A팀, B팀, C팀, D팀 등 4개 팀으로 나누어 훈련을 시키다 보면 전 요원들이 수영을 똑같이 다 잘하는 것만은 아니었다. 아무리 수영 훈련을 함께 해도 기능적으로 느린 요원이 있게 마련이었다. 교관이 때리고 물속에 처박아도 점점 더 공포증에 휩싸여 수영 훈련을 힘들어 했다.

덤핑훈련

그런 수영 훈련이 전체적으로 얼마만큼 익숙해지면서 다음 단계로 넘어갔다. 고무보트(IBS) 훈련인 것이다.

고무보트는 7명이 1개조가 되어 먼저 보트에 승선하는 것부터 시작하여, 6명이 자리에 앉아 노를 젓는다. 그러면 다른 1명은 방향타를 잡고 구령을 붙이면서 노를 저어 적 해안가에 빠른 속도로 진입하여 하선을 하는 것이다.

그리고 해안가에 도착 즉시 모래 속에 보트를 감추고 상륙하는 방법부터 익히고, 적 해안으로 스며드는 방법을 배운다. 이때 적에게 노출되면 물속으로 뛰어들어 보트를 뒤집어쓰고 몸을 숨기는 방법, 또는 보트를 원위치로 시켜 다시 진입하는 방법으로 원핑과 덤핑 훈련을 하는 것이다.

이 원핑과 덤핑 훈련을 할 때 팀장이 '덤핑!' 하고 호령을 하면 팀원 모두가 보트 한쪽으로 가서 보트에 매여 있는 로프를 잡고 물에 뛰어들면서 보트를 엎는다. 그리고 그 속으로 들어가게 되면 보트 바닥과 수면에 공간이 생기게 된다. 그 공간 속에 아직 산소가 남아 있어

요원 7명이 한 5 ~ 10분 정도는 그런대로 견딜 수가 있다.

그러나 시간이 흐를수록 물속은 산소가 부족하게 마련이다. 숨이 점점 가빠지면 보트 한쪽을 들었다가 놓는다. 그러면 새로운 공기가 유입되면서 다시 한 동안은 견딜 수가 있다.

그러나 이때 팀장들은 보트 위로 올라가 이곳저곳을 힘껏 밟고 다닌다. 머리를 밟히는 대원은 자연이 물속에 잠기게 마련이고 물을 먹게 되면서 견디지 못하고 밖으로 머리를 내밀게 된다. 하지만 그 순간을 기다렸다는 듯 교관의 매질이 가해졌고, 다시 황급히 물속으로 머리를 처박고 들어가게 된다.

이 훈련은 주간 훈련과 야간 훈련으로 실시되면서 특히 야간 훈련 시에 바닷물이 달빛에 반사되면 '인' 으로 하여 파란 빛이 발산하게 되므로 노(페달)를 많이 사용하지 않고 손바닥을 꼿꼿이 세워 직각으로 입수시킨 다음 바닷물을 끌어당기듯이 저어서 해안가로 진입하게 한다.

그 순간만큼은 어느 요원 한 사람도 기침소리나, 심지어는 물튀기는 소리까지 조심스럽게 죽여가면서 해안가로 진입해야 했다.

그리고 해안가에 도착과 즉시 "하선!" 하는 명령이 내려지게 되면, 엎드린 자세에서 바깥부터 살며시 물속으로 내리게 되고, 그 다음 발을 따라서 내리면 바닷물이 허리에 차올랐다.

요원들은 신속하게 빠른 동작으로 보트를 밀고 해안으로 진입하여 보트를 들어 모래밭으로 옮기고 모래를 파고 보트를 은폐시킨 뒤, 사전에 약속된 제1지점으로 달려가서 집합했다.

이때 만약 단 한 사람의 요원이라도 약속시간에 당도하지 못하는 경우, 그 팀의 전체가 작전 실패로 간주되어 혹독한 기합이 뒤따랐다.

그날도 '휙 ~ 휙 ~' 하는 훈련 종료 호루라기 소리가 들려왔다. 기진맥진해진 요원들은 긴장이 풀리면서 어깨를 늘어뜨리고 흐느적거렸다. 그러나 그조차도 고운 눈으로 그냥 보아 넘겨주지 않는 교관들이었다.

어느 사이 요원들의 등짝에 사나운 곤봉 세례가 떨어지면서 여기저기서 '어쿠! 헉!' 하는 비명 소리가 터져 나왔다.

"똑바로 못가? 이 새끼야!"

순간 정신이 번쩍 든 요원들은 흐트러진 자세를 고쳐 세우고 몸을 바로 했다.

교관의 불호령이 다시 떨어졌다.

"행군간에 군가 한다! 군가는 굵고 짧게 산다. 요령은 크고 힘차게! 하나, 둘, 셋, 넷!"

심리적으로 안도감을 주기 위한 교관의 구령이 끝나자 요원들은 군가를 부르기 시작했다.

사나이 붉은 피로 적진 속을 때려 부순다.
언제 다시 만나려나, 기약 없는 그날을
친구들아, 형제들아, 내가 돌아올 때까지
사나이 가는 길을 불러다오
굵고 짧게 산다 MIU의 길
승리를 찾을 때까지.

"좋아! 좋아! 더욱 힘차게 2절, 한, 둘, 셋, 넷!"

교관의 호령이 다시 떨어졌다.

TNT에 불 붙여라, 손에 땀을 쥐고서
일팀은 육지다 이팀은 바다 속에서

삼팀아 공중에서 잘 싸워다오
굵고 짧게 산다 MIU의 길
승리를 찾을 때까지. 하나, 둘! 하나, 둘, 셋, 넷!

목줄을 세워 힘차게 군가를 부르다 보면, 요원들은 어느새 씩씩한 2분의 1박자 노래에 실려 피곤을 잊었다. 그리고 자신들이 마치 용감한 개선장군이나 되는 것처럼 어느새 힘이 솟아올랐다.

그러는 사이 모두들 걸음도 씩씩하게 영내로 들어섰다. 그리고 각 팀장의 지시에 따라 식사를 마친 후 샤워를 하고 취침에 들어갔다.

그날 밤도 하루의 피곤이 한꺼번에 밀려와 지친 요원들은 육신을 침대에 눕히면서 나름대로 제각기 믿어온 신앙의 대상을 향해 신음인지 기도 소리인지를 읊게 토해내기 시작했다. 더러는 '관세음보살'을 찾는 요원도 있었고, '오, 주여!' 혹은 '천주님! 웅얼웅얼' 하는 요원도 있었다.

그날 따라 질범은 그 같은 요원들의 모습에 슬슬 장난기가 동했다.

"이보시게들, 여기에 관세음보살님에서부터 예수님, 그리고 예수 아버지 천주님까지 불러대는데, 오셔서 은혜의 가피를 내려 주시지 않겠는가. 허허, 마음 푹 놓고 눈들이나 붙이자고, 내일을 생각해서. 훗훗 후……."

"은혜의 가피라. 그래, 가피를 내려 주실 바에야 제발 이대로 영원히 눈을 뜨지 않게 해주었음 얼마나 좋을꼬……."

부산이 고향이라는 이종걸 요원이 그 말에 응수를 하고 나섰다. 그의 말에는 삶의 미련을 던져버린 허망함이 물씬 배어 있었다.

"하긴, 어차피 소모품으로 사라질 목숨들인데 고통이나 덜 받고 갔음 얼마나 좋겠나. 우리를 기다리고 있는 죽음은 선택의 여지도 없이 받아놓은 밥상인께 킁!"

질범은 그의 마음이 전이되어 왔다. 콧잔등이 싸르르해지면서 그를 건너다보고 말했다.

"자네야말로 누굴 원망하겠나. 과분하게 부린 욕심이 유죄로 저승사자한테 끌려온 건데, 흐흐흐……."

"재수가 옴 붙을라니까, 혓바닥 한 번 잘못 놀려가지고 이 지경이 될 줄 누가 알았겠나, 다 운수소관이지……."

사실 그는 그랬다. 보안부대 차출이라는 귀띔에 그는 5남매의 장남인 것을 감추고 나선 것이었다. 그 외에는 결격 사유가 없는 그였기 때문이다.

"그래, 다 각자가 타고난 팔자대로 살다 가는 게 인생이여. 그게 전생의 업보라고 우리 할매가 그러드구먼."

불교 집안에서 자란 질범이었다. 그래서 어렸을 때 질범은 할머니의 손을 잡고 절 나들이를 하면서 자연히 불교적인 심성으로 내재된 신앙관이 스스로를 그렇게 자위하곤 했다.

"그래, 그래. 도마 위에 올려진 목숨들인데, 내일 또 입제사나 잘 먹어보자구. 살던지, 죽던지, 흐흥!"

사실 상부에서 특수훈련 요원들에게 풍성하게 베풀어 주는 것은 음식이었다. 물론 잘 먹어야 힘을 쓴다는 이유도 있었겠지만, 어쨌든 보름이 멀다 하고 황소를 잡아끌고 왔다.

그리고 요원들에게 그 황소를 잡아 바위에 눕히게 하고 마치 적의 시체라도 난도질하듯 30분 내에 각 부위를 뜨게 했다. 그러니까 적을 대신하는 생체 해부 훈련을 황소를 잡아 눕혀 놓고 했고, 그것은 또 요원들의 힘과 흥을 돋우는 입제사가 되기도 했다.

"하긴 먹고 죽은 귀신은 때깔도 좋다는 말도 있지 않은가벼. 그게 국가가 특수임무 요원들에게 해 줄 수 있는 큰 선심 배려 아니겠어? 킁!"

종걸이 하는 말이었다.

그때였다. 저쪽에서 한 요원이 벌떡 일어나 앉으며 꽥 소리를 질렀다.

"주접들 떨지 말고 잠이나들 자라구! 저승사자한테 또 혼나지 말구."

"그려, 그려, 미안하이. 떠들어서……."

잠은 고단한 육신에 청하지 않아도 밀려 왔다. 세상살이 눈도 뜨기 전에 빗물 복물로 가슴을 헹구는 젊은이들의 밤은, 지옥 같은 훈련에 어쩌면 더 없는 축복 같은 것이기도 했다.

아침이었다. 메마르고 외로운 골짜기에서 사지(四肢)를 꼬우며 허우적거린 밤을 밀어내며 측은하게 기웃거리는 아침 햇살이 마치 벙어리처럼 응달진 요원들의 눈을 뜨게 했다.

또 하루가 시작되면서 첩첩으로 이어지는 훈련과 기합이 기다리고 있었다. 밥을 먹는 시간을 제외하고는 그 어떤 생각을 할 겨를이 없는 요원들이었다.

하루의 시작. 그 막사 문이 열리면서 질범은 밤사이 산을 덮고, 바다를 삼키고, 또 남과 북의 경계도 없이 인간세상을 휩쓸고 온 신선한 아침 바람을 가슴 깊이 들이마시면서 멀리 눈을 던졌다.

한낮에 그렇게도 몸살을 앓고 신음하던 시야의 모든 물체가 더 없이 평화로워 보였다. 그러나 출구를 잃은 동공은 가라앉듯이 구름을 따라가고 있었다.

그때였다. 둔탁한 교관의 목소리가 쩌렁하게 귓전을 때렸다.

"야, 이 새끼야! 두고 온 애인 생각하는 거야! 뭐야. 어디다 넋을 빼고 있어 임마!"

그 말이 떨어짐과 동시에 그는 등짝을 밀치듯이 몇 번을 몽둥이 찜질을 해댔다. 전신의 세포가 짜르르 경련을 일으켰다. 훈련 요원들에

게는 그야말로 잠시의 개인 사유(思惟)도 허용되지 않는 그곳 생활이었다.

특히 교관은 훈련을 할 때나, 요원들이 휴식을 취할 때나, 취침 전후 할 것 없이 유난스럽게 요원들을 달달 괴롭히면서 구타를 즐기는 인간 말종이었다.

질범은 그런 그를 보며 옛 고사 성어(成語)를 떠올렸다.

'지붕 위에 있는 사람은 지붕 밑에 어느 곳이 어떻게 얼마나 새는지를 모른다.'

그 말은 어쩌면 그에게 딱 어울리는 말 같았다.

하지만 그 역시도 가끔씩 윗사람들로부터 기합을 받으면서 뒤돌아 투덜거리곤 했다. 그러면서도 그는 자신이 아랫사람을 괴롭히는 것은 당연한 것으로 간주하는 표정이었다.

질범은 아침부터 그에게 따끔하게 한 방 얻어맞고 돌아서면서 치밀어 올라오는 울분을 꿀꺽 삼켰다. 겨우 목구멍 안으로 넘어가는 소리들이 말이 되어 나오지 못하고 입안에서 웅얼거렸다.

"오냐! 얼마든지 괴롭혀라! 만약 이곳에서 살아서 나갈 수만 있다면 언젠가는 다시 만날 때가 있겠지. 그때는 이 빚을 꼭 갚아주마. 아니 이 원수를 못 갚으면 자식한테라도 부탁해서 꼭 갚아주마. 이 더러운 개새끼야! 두고 보자, 이 원수야!"

신선한 아침. 주제 모르고 감상에 젖었다가 몇 대를 얻어맞은 질범은 투덜거리며 그날의 훈련에 들어갔다. 훈련은 수중 10m 지점에서 도화선을 매는 훈련이었다.

도화선 매기 훈련은 아군의 배가 해안가에 접근하는데, 적 해안가 수중에 바위나 기타 장애물이 있을 때 잠수를 해서 크기와 무게를 계산해 낸 다음, 각 크기의 장애물에 따라 폭약을 설치하고 도폭선과 도화선을 연결한 다음, 일시에 여러 장애물을 수중 폭파하게 하는 것이다. 그래서 배가 해안으로 접안하는 데 용이하도록 하는 것이 목적이다.

이 도화선 매기 훈련은 해군의 UDT 훈련에서도 이와 유사한 훈련을 실시하고 있었지만, 해병대 MIU에서는 단독으로 해안에 비밀 침투케 하는 것으로 절대 필요한 특수훈련인 것이다.

도화선을 수중에서 연결하는 매듭 방법은 크게 3가지가 있었다.

말뚝매듭, 처녀 엉덩이 매듭, 바른 매듭 등을 말하며, 그 외 엉터리 매듭이나 보우라인이라고 하여 매듭을 매었다가 한 쪽 줄만 잡아당기면 그대로 매듭이 풀어지는 방법이 있다.

이 훈련은 보트를 선착장에 매달아 놓았다가 보트 안에서 밧줄을 풀고 나갈 때 흔히 쓰는 방법이다.

그러한 매듭 용어들은 팀장이 요원들에게 암기하기 쉽게 하기 위해 재미있는 이름을 붙여 교육을 시켰다. 그 훈련은 온몸에 소름이 끼칠 정도로 더 없이 힘이 들었다.

처음 훈련을 시작할 때는 수중 5m 지점에서 맨몸에 벨트만 매고 잠수를 하여 매듭을 매야 하는 것이다.

하지만 수중 5m를 내려가면 벌써 숨이 차서 저절로 수면 위로 고개를 내밀 수밖에 없게 된다. 말하자면 수중 5m를 내려가서 매듭을 매고 나올 여유가 없는 것이다.

그러나 그런 훈련을 계속 반복하다 보면 폐활량이 늘어나서 매듭을 매고 나올 수가 있게 된다.

그때쯤 훈련은 차츰차츰 더 깊이 들어가면서 7m, 9m, 10m로 점차 내려갔다. 수중 10m쯤 내려가면 수중 수압에 가슴이 답답해지고 숨이 차올라 보통의 폐활량으로는 도저히 견디기가 어려울 수밖에 없게 된다.

수압을 견디지 못하고 숨을 헐떡이는 요원들이 도화선을 내팽개치고 본능적으로 물위로 올라가려고 하게 마련이었다.

그러나 교관들이 밑에서 산소통을 메고 잠수를 하고 대기하고 있다가 숨이 막혀 헉헉거리는 요원들의 다리를 물속으로 잡아당기는 것이었다. 상황이 절박해진 요원들은 '이제 죽는구나' 하는 공포감에 있는 힘을 다해 발길질을 해대지만, 그러나 교관들은 이미 요원들이 필사적으로 살기 위해 발길질해댈 것을 감안하여 거기에 따른 대비를 하고 기다리고 있는 것이었다.

다리를 붙잡힌 요원들이 금방이라도 가슴이 터져 버릴 것 같은 수중 압박감에 더는 견디지 못하고 발악을 해대지만, 입안으로 들어오는 것은 산소가 아닌 짠 바닷물뿐이었다. 인간에게 스스로의 생명을 부지한다는 것만큼 급박한 것이 또 어디 있을까.

살아보겠다는 필사적인 본능이 허우적대면서 '어푸!' 거리면 매정한 교관들은 그제서야 슬그머니 발을 놓아 주면서 위로 밀어 올려주는 것이었다.

그래도 해변 물가에서 자맥질이라도 해본 요원들은 좀 덜한 편이었다. 질범은 숨 가쁘게 올라오는 그 순간의 물길이 왜 그렇게도 길게만 느껴지는지 그동안 잘 해왔던 수영인데도 당황한 나머지 두 손과 발을 사정없이 내저으며 허우적거렸다. 그러다가 어느 순간 겨우 수면 위로 고개를 내밀었다.

그때쯤은 아득해져 오는 의식이 '아푸! 어푸!' 소리를 거푸 토해내며 '사람 살려!' 소리를 연발했다. 하지만 누구 한 사람 달려와 도와주는 사람이 없었다.

다만 저만치 배 위에서 빙긋빙긋 웃고 있는 얄미운 교관들의 모습이 눈에 들어왔다. 그 순간 총이라도 있으면 다 쏘아 죽여 버리고 싶을 정도로 악이 치미는 질범이었다.

자신도 모르게 입에서 육두문자가 튕겨져 나갔다.

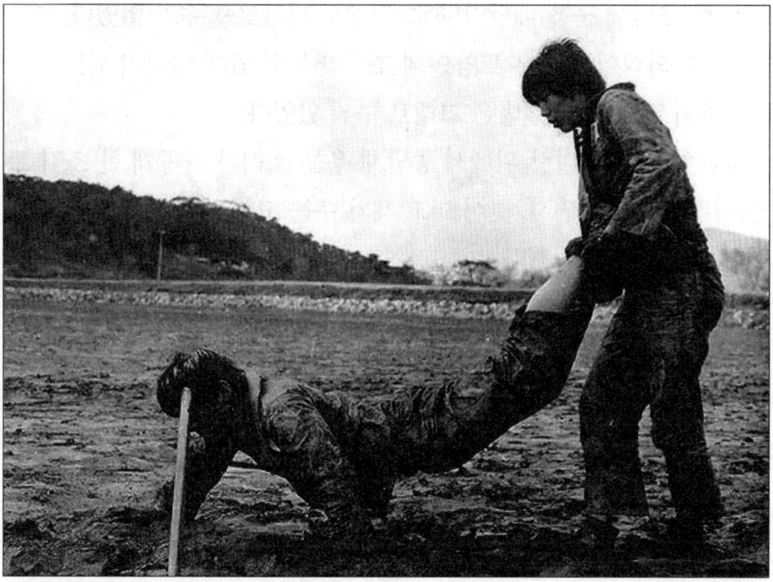
살인적인 체력훈련

"이 개새끼들! 씹하다가 뒈질 놈의 새끼들! 물 먹여 놓고 웃어?! 어디 두고 보자!"

허청거리는 몸을 겨우 지탱하며 필사적인 몸짓으로 배 위로 올라왔을 때였다. 뜻밖에도 입속에서 뭉클뭉클 오물이 쏟아져 나왔다. 그리고 자신의 뜻대로 몸이 움직여 주지 않은 채 희미해져 가면서 의식이 그대로 몽롱해져 흐물흐물 무너져 앉았다. 그대로 의식을 잃어버린 것이다.

그런 시간이 얼마나 흘렀을까?

"헉!"

자신의 비명소리에 자신이 놀라 화들짝 의식이 돌아왔다. 교관이 내리친 몽둥이를 맞고 의식이 돌아온 것이다. '휴' 하고 내뱉는 신음이 살아있음을 느끼게 했다.

그러나 손 끝 하나 움직일 수가 없었다. 그대로 누운 채로 흘러가는 구름 한 조각에 눈을 매달았다. 그렇게도 평화로울 수가 없었다.

"짜식! 의식이 돌아온 모양인데 조금만 누워 있게 내버려 둬!"

교관의 말이었다. 질범은 그대로 누워 있었다.

저만치 해변가 벼랑 위에서 종달새 우는 소리가 파랗게 한 조각 트인 지평선을 날으면서, 꽃이 피고 새가 우는 고향 마을과 고향집이 눈물이 나도록 그리워졌다.

동네 어귀 팽나무를 다람쥐처럼 기어오르던 추억이 눈앞에 삼삼했다. 팽나무는 아이들이 목마처럼 타고 매달렸지만 언제나 인자한 어머니의 가슴처럼 여름에는 청량(淸涼)한 장막을 펴고, 초가을에는 노란 열매를 멧새와 동네 아이들에게 선사했다.

동네의 크고 작은 자취를 헤며 둥치가 굵어진 팽나무는 언제나 그렇게 동네 사람들에게 희망을 안겨 주었었다. 그런데 어쩌다가 예측할 수 없게 된 운명이 살아서 다시 또 그 팽나무에 기쁨을 매달아 볼 수 있을까?

질범은 어느새 눈 안에 물기가 차오르면서 저절로 한숨이 새어 나왔다. 그때였다. 갑자기 코 밑이 간질거렸다. 무심코 손등으로 쓰윽 문질렀다.

"엇! 이게 뭐야?"

피였다. 손등에 묻혀 나온 피를 보는 순간 질범은 당황했다. 그만 벌떡 자리에서 일어나 다시 한 번 손등을 내려다봤다. 분명히 코피였다. 수압에 못 이겨 코피가 터진 것이다.

화들짝 놀란 질범은 벌떡 일어나 코를 막고 바닷물로 얼굴을 씻어 냈다. 그리고 잠수해 들어갈 때 바닷물을 막기 위해 귀에 틀어막아 놓은 솜조각을 빼냈다. 귀막이 솜에도 붉은 피가 묻어 나왔다.

"어?! 이 피……."

가슴이 철렁했다. 질범은 두 귀를 손바닥으로 지긋이 눌렀다가 떼어봤다. 조금 전까지 별 다른 통증을 느끼지 못했던 두 귀가 갑자기 멍멍해지면서 말소리가 잘 들리지 않았다.

가슴이 철렁하면서 쿵쾅 소리를 냈다. 순간 이러다가 그대로 귀머거리가 되는 건 아닌가, 갑자기 두려움의 공포가 몰려왔다.

그런 순간에도 물 위에서는 다른 요원들이 어푸거리며 살려달라는 비명 소리가 안타깝게 날아오고 있었다.

갑자기 누구를 향한 분노인지 주체할 수 없는 울분이 치솟았다.

"야! 이 새끼들아! 훈련이고 지랄이고 이러다간 주석궁에 가서 김일성이 모가지를 따오기도 전에 모두 죽이겠다, 이 씨부럴 놈들아!"

자신도 모르게 분노에 떠는 질범이었다. 그렇게 악다구니를 쓰는 질범의 눈에 이미 살기가 돋고 있었던지, 호랑이 같던 교관들도 그때쯤은 조심스러운 눈빛으로 다가와 사근거렸다.

"해양 훈련을 받을 때는 누구나 한두 번씩은 그렇게 코피를 흘리는 것이니까 크게 걱정할 건 없고 안정을 취하라고, 그것만이 치료방법이니까."

이제는 요원들의 몸과 마음을 안정시키기에 바빠진 교관들이었다. 그때쯤은 다른 요원들의 눈에도 살기가 뿜어져 나오고 있었다. 누구라도 잘못 건드리면, 금방 달려들어 씹어 먹을 것 같은 험악한 눈빛들로 변해 있었다.

그처럼 혹독한 해양 훈련 기간이 1개월로 막바지에 이르렀을 때는 요원들의 얼굴은 새까맣게 햇볕에 타서 마치 아프리카 원주민들의 모습과 흡사했다. 검게 그을린 얼굴들이 눈동자만 살아서 반짝이다 못해 험악해진 눈빛들이 가슴 속 열기를 뿜어내고 있는 듯 이글거렸다.

그 훈련 1개월의 시간이 요원들에게는 1년의 시간보다 더 길게 느껴졌다. 1973년의 여름은 유난히도 무더웠다. 그래서 요원들이 훈련

을 받는데도 그만큼 더 고통이 따랐다.

훈련은 갈수록 강도가 높아져 대원들은 하루에도 몇 번이나 죽음의 공포를 느껴야 했다. 그러나 그런 공포를 잊게 하기 위해서인지 교관은 행군 사이사이에 군가를 부르도록 했다.

"자, 행군간에 군가 한다! 군가는, 바다는 내 고향. 군가 시작, 하나, 둘, 셋, 넷!"

검푸른 파도 삼킬 듯 사나워도
나는 언제나 불굴의 해마떼
막걸리 생각날 땐 바닷물을 마시고,
사랑이 그리울 땐 적진 속을 헤매인다.
MIU 한평생 바다 속을 벗을 삼아
굳세게 살다가 깡다구로 싸우리라.
아 ~ 아 바다는 나의 친구, 바다는 나의 고향.
하나, 둘, 셋, 넷!

그날도 수중 훈련을 마치고 군가를 부르며 돌아왔다. 식사가 끝난 후, 몸을 씻고 취침시간에 들어갔을 때였다. 옆자리에 누워있던 예의 그 동기가 옆구리를 쿡쿡 찔러대며 귓속 말로 속삭였다.

"이래 죽으나 저래 죽으나 이판사판이라, 우리 튀자카이."

"짜슥! 어디로 튀잔 말이고? 니가 여그서 탈영해가꼬 무사히 고향에 가서 편안하게 살게 놔둘 것 같나? 더군다나 이곳은 섬이야, 섬!"

그 당시 강화도는 육지와 다리가 놓이지 않은 섬이었다. 그래서 탈영을 한다는 것도 쉽지만은 않은 일이었다.

"섬이라 더 좋지. 이곳만 벗어나면 넓은 망망대해여서 우리를 우째 찾을끼고?"

그는 앞뒤 생각해 볼 여지가 없다는 듯이 단호하게 말했다.

"쉿! 누가 들어 임마! 개소리하지 말고 눈이나 붙여. 튀어봤자 부처님 손바닥잉께, 쿵!"

그런데 문제는 다음 날 일어났다. 요원 두 명이 탈영을 했다는 보고에 막사 안이 발칵 뒤집혔다.

긴장감 도는 분위기 속에 총책임자의 얼굴이 험악하게 일그러진 채 모습을 나타냈다. 그리고 팀장을 향해 탈영병을 잡아오라고 명령을 내렸다.

"야! B 팀장! 이번 일은 너의 책임이다! 전원 훈련 중단하고 인솔해서 온 섬을 샅샅이 뒤져라. 그리고 주민들에게는 어젯밤에 부대를 염탐하러 온 간첩이 나타났다고 하고 수상한 자가 보이면 즉시 신고하도록 방송을 하고, 샅샅이 뒤져서 이놈들을 꼭 잡아들이도록, 알았나?!"

"넷! 알았습니다. 그런데 저……."

"뭐야? 다른 질문 있나!"

"저 발견했는데 반항하면 어떻게 합니까?"

"반항하면 무조건 쏴 버려! 그런 놈들은 뿐때를 보여줘야 다시는 그런 일이 안 생긴다, 알았나!"

"넷! 잘 알겠습니다."

그때부터 요원들은 훈련을 중단하고 탈영병, 아니 대간첩 수색작전에 들어갔다. 전 부대 요원들이 2, 3명씩 조를 짜서 온 섬을 뒤지기 시작했고, 또 다른 한 팀은 어젯밤에 없어진 배가 없는지, 그리고 밤 9시 이후 출항한 배가 없는지를 세밀하게 조사하게 했다.

이윽고 마을 이장 집에서 어젯밤 간첩이 나타났으므로 수상한 사람을 보면 신고를 하라는 방송이 흘러 나왔다. 그 한편으로 해안 조사팀의 결과 보고가 올라왔다. 조사에 의하면 없어진 배도 없었고, 9

시 이후 출항한 배도 없다는 보고였다.

"그럼 이 좁은 섬에서 어디로 잠적을 했다지? 하늘로 아니면, 땅으로 꺼졌단 말이여, 뭐여?"

"그 참, 귀신 곡할 노릇이네. 그렇다면 수영을 해서 육지로 빠져 달아났단 말여?"

"말이나 되는 소리여? 육지가 여그서 두 시간 거린데 무슨 용빼는 재주로 헤엄을 쳐 빠져 나간단 말이여. 췟! 죽을라고 환장을 했지, 환장을 했어……."

"죽기 아니면 살기였겠지 뭐. 하긴 나도 어쩔 때는 앞뒤 없이 달아나고 싶은 유혹뿐이었는데, 오죽했으면 그랬겠나. 흐흥!"

수색을 하면서도 요원들은 탈영병들의 마음이 이해되면서 할 수만 있으면 그들이 오히려 붙잡히지 않고 무사해 주기만을 마음 속으로 빌었다.

"기왕지사 탈출을 했으면 살아나가 주었으면 좋겠구먼……."

"죽을라고 환장을 했지. 튀어봤자 대한민국 땅인데 어쩌자고, 췟!"

"오죽 견디기가 힘들었으면 그랬겠나. 그나저나 이 친구들 지금쯤 어디서 깃털 빠진 가냘픈 날개 파닥거리고 있는고……."

족쇄 채워진 운명의 멍에를 쓰고 걷는 특수요원들의 이마에 솟는 땀방울을 보았는지 숲속 새들의 자지러지는 듯한 노래 소리가 야유처럼 들려왔다.

6 늪 속의 울음

한편, 야밤에 도주를 시도했던 탈영병 중 문○○ 요원은 경상남도가 고향이었고, 임○○ 요원은 충청남도가 고향이었다.

지옥 같은 굴레의 인연을 끊고 그곳을 벗어나고 싶어 했던 두 사람은 처음에는 무작정 산속으로 달음질을 해댄 것이다.

그러나 그때부터 쫓긴다는 초조와 불안감이 엄습해 오면서 한여름 밤인데도 몸이 덜덜 떨려 왔지만, 그렇다고 불을 피울 수 있는 처지도 아니었다. 산속에서 낙엽을 주워 모아 놓고 그 속으로 들어가 둘이서 부둥켜안고 밤을 새우다가 그대로 잠이 들어버렸다. 그리고 시간이 얼마나 지났을까?

그들이 깜짝 놀라 눈을 떴을 때는 해가 중천에 떠올라 있었고, 마을 스피커에서는 간첩이 나타났으니 수상한 사람을 보면 즉시 신고하라는 방송이 흘러 나오고 있었다.

정신이 화들짝 든 두 사람은 허겁지겁 일어나 더 깊은 산속으로 치달으면서 그때쯤 탈영을 후회했지만, 이미 때는 늦었고 점점 허기진 시장기에 걸음마저 휘청거렸다.

"야! 넌 배 안 고파?"

임 요원이 허기에 지쳐 하는 말이었다.

"니도 배 고픈갑제. 이럴 때 써 묵으라고 우리 생식 훈련 안 했나. 소나무 껍질도 있고, 칡뿌리도 있고, 우리 배운 대로 찾아서 묵고 버티는 기라."

"우리가 산속에서 버틸려고 탈영한 건 아니잖여. 무슨 대책을 찾아야제. 일단 부두로 가서 배를 구해 타고 나갔어야 하는 건데……."

"그래, 경황이 없어서 그만, 이제 와서 어쩌겠어. 일단은 이대로 버티면서 기회를 보는 거여. 지금은 비상이 걸려 요원들이 쫘악 깔려 있을 테니께……."

뭍으로 나가려면 생식이라도 하면서 숨어 있다가 기회를 보자는 임 요원의 말이었다.

"용빼는 재주가 있는 것도 아니고 할 수 있나. 밤을 생각해서 생식이라도 하고 잠이나 더 자두자 마."

"가만 지금 무슨 소리 안 들리나?"

분명히 두런거리며 올라오는 사람 소리였다.

"우릴 잡으러 수색하는 모양인데 어쩌지?"

"봐라. 우리 나뭇잎을 덮고 죽은 척 누워 있으면 그냥 지나갈지 아나."

"그건 요행을 믿는 거여. 우리가 어떻게 수색을 하라고 배웠나. 여그 있다간 금방 잡혀, 후딱 일어나 빨리!"

"야, 이 새끼야! 가만히 자는 놈 꼬드겨 탈영하자고 하더니만 이게 무슨 꼴이고?"

"맨날 이판사판이라고 하던 놈이 누군데? 잔소리 말고 뛰어. 잡히면 끝장이란 말이여!"

두 사람이 정신없이 뛰었을 때는 앞은 바다였고, 깎아 세운 듯한 절벽이 그들의 앞을 가로 막아섰다.

"어떻게 하지?"

"어떻게 하긴? 빨리 옆으로 능선을 따라 내려가자!"

"해안으로 내려가면 잡히잖아."

"그래도 뒤에서 우리를 쫓는데 해안으로 내려갈 수밖에 더 있나. 이대로 내려가면 동네 사람들이 알아보고 신고할 테니까 옷을 벗고 팬티만 걸치자."

둘은 바쁘게 옷을 벗어 땅에 묻었다. 흔적을 남기지 않기 위해서였다.

"발각이 되지 않게 표정관리 잘해!"

"알았어, 너도 잘해."

두 사람은 팬티만 걸치고 태연하게 해안가로 내려섰다. 한낮의 태양이 머리 위에서 뜨거운 불로 내리쬐고 있었고, 저 만치에서 어부들이 그물을 손질하는 것이 보였다.

순간 둘은 잠시 걸음을 세우고 망설였다.

"어떻게 하지?"

"어쩌긴? 수색대원들이 쫓고 있는데 용빼는 재주가 없잖어. 태연한 척 걸어가야지."

진퇴양란일 수밖에 없는 처지에서 둘은 태연자약하게 그물을 손질하고 있는 어부들 앞을 무사히 지났다. 그리고 마을 어귀로 막 돌아설 때였다. 수색을 나온 대원들과 딱 마주쳤다.

순간, 수색대원들도 깜짝 놀라며 실탄이 장전된 총을 앞으로 겨누며 "손들어!" 하는 소리를 질렀고, 그와 함께 혼비백산한 두 사람은 반사적으로 그 옆 남의 집 대문 안으로 훌쩍 뛰어들었다. 그러나 독

안에 든 쥐나 마찬가지였다. 탈출구를 찾아 급한 대로 뒤결 담장을 기어오르기 시작했다.

그런 어느 순간, "툭탁! 퍽!" 하는 소리와 함께 두 사람은 그대로 땅바닥에 나뒹굴어 떨어지고 말았다. 뒤쫓아온 수색대원의 총개머리판에 맞고 떨어진 것이다.

"야! 빨리 이놈들 들쳐 업고 부대로 가! 그리고 이장네 집에 가서 누구 한 사람 마이크로 상황 종료되었다고 방송하고 오도록!"

탈영사건은 그렇게 만 이틀만에 종료되었지만, 그것은 서막에 불과했다. 붙들린 탈영병들을 막사 앞에서 옷을 벗기고 나무에 묶었다. 죽음의 문턱이 가까워져 옴을 느낀 그들은 양팔이 나무에 묶여진 채 하늘을 쳐다보고 꺼이꺼이 울었다. 그러다가 체념한 듯 조용히 두 눈을 내려 감았다.

전 대원들이 집합하여 침통하게 서 있는 가운데 곧이어 처장님의 호통소리가 하늘을 찌르듯 그들을 향해 날아갔다.

"야! 이놈들아! 한 목숨 조국에 바치겠다고 피로 맹세한 놈들이 그래 훈련이 힘들다고 저 혼자 살겠다고 탈영을 해! 저런 놈들에게 막대한 국가의 돈을 써가면서 훈련을 시켜?! 저런 놈들은 내가 여기서 당장 총살을 시켜도 할 말이 없는 놈들이다! 나는 그 정도의 권한을 가지고 있는 사람이야!"

분노하고 있는 처장의 얼굴에는 살기가 등등했다. 전 요원들은 처참하게 매달린 그들 모습에 모두들 침통한 얼굴빛이었다.

긴장감 도는 사이를 가르고 다시 처장의 쩌렁쩌렁한 목소리가 다시 날아왔다.

"야! 저놈들 팀장이 누구야?!"

"B팀장 접니다. 죄송합니다."

"얌마! 죄송하다면 다야? 저 놈들을 전 대원들이 보는 앞에서 본보기로 총살을 시켜! 권총 휴대하고 있지?! 당장 시행해!"

처장은 더 이상 여지가 없다는 듯이 그 말을 뒤로하고 막사 안으로 휑하니 들어가 버렸다.

순간 나무에 매달려 있는 탈영병의 얼굴이 새파랗게 질리다 못해 흙빛으로 변하고 있었고, 주위는 잠시 적막감이 돌면서 숨소리조차 조용했다.

문책을 당한 B팀장이 차마 처장의 명령을 따르지 못한 채, 적막한 침묵의 시간이 얼마를 그렇게 흐르고 있을 때였다.

선임 A팀장이 뚜벅뚜벅 앞으로 걸어 나왔다. 그리고 침통한 분위기를 가르며 말했다.

"저 두 사람이 비록 탈영을 하였으나 그 책임은 우리 모두에게도 있다. 우리는 훈련을 하면서 죽어도 함께 죽고, 살아도 함께 살자고 맹세하지 않았는가. 이 두 사람이 죽으면 우리도 함께 죽는다. 알았는가!"

"알았습니다!"

"알았으면 모두들 제자리에 무릎 꿇어!"

대원들은 마치 자신의 일이나 되는 것처럼 '후, 휴' 하고 안도의 숨을 내쉬며 모두들 제자리에 무릎을 꿇었다.

"야! B팀장! 네가 올라가서 우리의 각오를 처장님께 말씀드리고 우리 모두 다 함께 처벌을 내려달라고 보고하고 와, 어서!"

"네! 알겠습니다!"

한결 얼굴빛이 밝아진 B팀장이었다. 빠르게 막사 안으로 뛰어 들어갔다가 얼마만에 모습을 나타냈다. 그리고 A팀장의 팔을 끌고 옆으로 가서 무슨 말인가 귓속말로 소근거렸다.

드디어 A팀장이 탈영병 두 사람을 중심에 두고 대원들에게 원을 그려 둘러서게 했다. 그리고 B팀장에게 두 사람의 팬티를 벗기라고 지

시했다.

두 사람은 알몸의 벌거숭이가 됐지만, 그래도 그 얼굴에는 한 가닥 희망이 보이는지 삶을 바라는 간절한 애원의 눈빛이 드리워져 있었다.

A팀장이 대원들을 둘러보며 말했다.

"처장님의 배려로 두 사람의 총살은 면해 주셨다! 그 대신 다시는 이런 일이 없도록 하기 위해서 이 밧줄로 한 사람이 한 놈에게 열대씩 후려친다! 만약 밧줄로 치는데 개인적으로 친하다고 인정을 두는 놈이 있으면 언놈이고 그놈은 나한테 죽는다. 알았나?!"

"네!"

"그럼 맨 먼저 A팀 일번부터 실시한다. 실시!"

날아가는 채찍, 그것은 고문의 무기였다.

"퍽! 퍽!"

"윽! 퍼~퍽!"

그러기를 얼마쯤 지났을까? 두 사람은 머리를 힘없이 푹 떨군 채 기절해 버렸다.

"야! 가서 물을 떠다가 끼얹어!"

A팀장의 말이 떨어짐과 동시에 요원들이 달려가 양동이에 물을 떠와 그들에게 쏟아 부었다.

"으으흑……."

그들은 정신이 드는지 엷은 신음 소리를 토해내더니 머리를 흔들어대며 고개를 들었다.

"이놈들 정신이 드는 모양인데 아직 멀었어. 더 맞아야 돼! 계속 후려쳐라! 인정사정 두지 말고!"

다시 매질이 계속되었다. 그러자 두 사람은 얼마를 더 견디지 못하고 다시 또 기절해 버렸다.

"그 정도 했으면 됐다! 놈들 정신을 차리게 물을 끼얹어!"

"내무실로 옮길까요?"

팀장의 말이 떨어지기가 무섭게 대원들이 하는 말이었다.

"아니야! 그냥 묶은 채로 놔두고 모두 들어가서 순검 준비해!"

"예! 알겠습니다."

그날 밤, 순검을 마치고 잠자리에 들어간 대원들은 그러나 누구 하나 잠을 이루지 못했다. 정신적으로나 육체적으로나 철창 속에 갇혀 있는 것 같은 요원들은 비스듬히 벽을 기대고 앉아 있거나, 자리 속에 누워 있으면서도 멀건 눈을 허공에 못박고 있었다.

낮은 나뭇가지에 앉아 울던 비둘기도 제 둥지를 찾아 들어갔는지 고요했고, 밖에서는 탈영을 시도했던 동료 대원들의 처절한 신음소리만 들려왔다.

"한 번만 살려줘요!"

후려치는 채찍에 살점이 찢겨져 나간 채로 밤새 나무에 묶여 울어대는 탈영병의 처절한 절규에 용광로의 화부처럼 창백해진 젊음의 심장들이 더러는 말 못하는 벙어리 가슴으로 훌쩍훌쩍 따라 울고 있었다. 그리고 기도하듯 중얼거리는 요원도 있었다.

"하나님! 어떻게 서로에게 이렇게 할 수 있단 말입니까? 하나님! 살아 계신다면 왜 침묵만 지키고 계시는 거냐구요. 흐흐흑!"

잠은 멀리 달아나 버린 채였다. 심장이 터져 나올 것만 같은 질범은 마침내 미친 사람처럼 자리에서 벌떡 일어나 벽을 향해 소리를 질렀다.

"갈 사람일랑 마음대로 가라고 해라! 천국으로든, 지옥으로든, 공동묘지로든지 갈 테면 가라고 해! 이보다 더한 고문이 세상천지에 또 어디 있을라구! 흐흐흑!"

마침내 터져 나오는 울음들이 여기저기서 자신을 짓씹는 울분으로

가슴 속 응어리를 토해내기 시작했다.

"죽일 놈덜! 우리가 뭣 땜에 이대로 죽어야 하는 거냐구. 특수임무 좋아하네. 같은 동포 형제끼리 도대체 언제꺼정 이지랄들 해야 하는 거냐구. 뭐? 하나님이 보호하사 우리나라 만세, 좋아하네, 킁!"

"그게 다 국가 생존보다 자신의 권력 지배권과 자신의 부를 추구하던 그 망할 놈들 때문이 아니고 뭐겠어. 그 정신 빠진 놈들이 해방이 되고 나라를 두 쪽으로 만들어 놓지만 않았으면 왜 우리가 이 고생을 하겠냐구? 엉! 씹어 삼켜도 시원치 않을 놈의 개새끼들 흐흥!"

"맞는 소리여. 일본 놈들이 즈네들 노예 삼으려고 잘라내뿐 역사관 바로 세워 놓을 생각은커녕, 한 술 더 떠서 노랑머리에 파란 눈이 뭐? 우리 조상이라고 흐흐 그래, 그 밑에 빌붙어가지고 남의 조상 받들어 섬긴 상것들이 민족분열을 일으킨 거지. 사상이 뭐 말라 죽은 거여. 다 종교에서 비롯된 것 아니냐고, 흐흥!"

"그건 맞는 소리지. 각 민족마다 조상 창조신을 달리하는 사상이 종교를 만들어 나왔고, 지구촌 전쟁은 그 사상을 달리하는 종교에서 비롯된 것이었으니께……."

"그래, 그놈들 때려눕힌 4.19 정신은 어디 가고 아직도 우리가 그 총알받이 신세가 돼야 하는 거냐구. 젠장 맞을 놈의 불경인지, 파랭인지 그게 어디 본래 우리 민족 사상이었냐구. 언제부터 얼빠진 외래 사상이 들어와 가지고 이 모양 이 꼴들인지, 쳇! 그래가지고도 뭐, 민족주의가 어쩌고저쩌고 앉아서 좆까는 소리들이나 하고 자빠졌는 꼬락서니들이라니, 킁!"

"그게 다 얼빠진 조상탓 아니겄어? 세계정세가 어떻게 돌아가는지도 모르고, 문 잠그고 곰방대 두들기고 앉아서 노론, 소론, 남인, 북인 해가며 당파 싸움질들이나 해댔으니께 일본 놈들이 얼씨구나 하고 쳐들어와서 국권을 뺏은 거고. 그래, 어렵게 해방을 맞고도 또 그 지랄들 하다가 남북이 분단된 것 아니겠냐고. 다 조상 잘 둔 덕인데 이제 와서 누굴 원망하겠나. 다 시국을 잘못 타고 난 내 운수 팔자소관이지."

밖의 신음소리를 들으면서 날밤을 지새우는 요원들은 이처럼 분단 비극의 역사를 만들어 나온 주범들을 향한 질타의 열변들이 여기저기서 제멋대로 튕겨져 나왔다.

"사실 북측 조선인민공화국이나, 남측 대한민국이나, 민족 정통성을 이어받은 대한제국 정부 수립은 아니었잖아. 조선이라는 정통성을 이어받은 대한제국이 사실적으로 그 기능 역할을 잃고 표류하고 있을 뿐이었는데 말야. 그러고 보면 양측이 모두 민족적 차원에서 이적행위를 한 것 아니겠냐구, 흐훙!"

"사실 그건 그래, 소련이 김일성을 구심점으로 해서 북한의 공산화를 구축했고, 미국은 해방이 되고 귀국한 이승만을 구심점으로 해서 남한에 민주주의를 구축하고 잘들 논 거지, 안 그런가?"

"모두 민족 얼들이 빠져서 그랬던 건데 뭘. 그건 근대사뿐만이 아니지, 흐훙! 고구려가 잃어버린 옛 조선의 강역을 되찾으려고 만주 정벌에 나섰을 때만 해도 그랬잖아. 삼국을 통일했다는 신라 문무왕도 고구려를 돕기는커녕 당과 연합하고 고구려 후미를 공략했던 거 아니었냐구? 단일민족이라는 배달 얼 정신이 살아있었으면 잃어버린 조선의 옛 영토를 찾겠다고 정벌에 나서는 고구려에 힘은 못 실어줄망정, 같은 민족적인 차원에서 그 따위짓을 했겠느냔 말이지. 안 그런가? 그리고 해방공간에서 있었던 근대사만 해도 그래. 김구 선생이 주도하고 있던 임시정부 계열이 이제 해방된 조국은 어떠한 외세의 간섭을 받아서도 안 된다는 주장이었지만 여기에 힘을 모으지 못했기 때문에 국토가 이 모양으로 양분된 거 아니냐구, 흐흐훙!"

요원들은 민족분단의 비극으로 인해 자신들이 받고 있는 훈련의

고통에 분단비극의 역사를 만들어 나온 원흉들을 입에 올리며 짓씹었다.

사실 해방정국에서의 정파간의 대립은 민족분단의 원인을 제공한 것이나 다를 것이 없었다.

1945년 12월 미국의 번즈 국무상, 영국의 베번 외상, 소련의 몰로토프 외상이 모스크바에 모여 결정한 한반도의 신탁통치안의 요지는, 자주독립국가로서 국권을 회복하는 시간은 필요했지만 절망적으로 어둡지는 않았다. 통치안의 요지는 다음과 같았기 때문이다.

1. 한국을 독립국가로 재건하기 위해 임시적인 한국 민주정부를 수립한다.
2. 한국의 임시정부 수립을 돕기 위해 미 · 소 공동위원회를 설치한다.
3. 미 · 영 · 소 · 중의 4개국이 공동관리하는 최고 5년 기한의 신탁통치를 실시한다.

이것이 모스크바 3상회의 내용이었다. 신탁통치안은 미국의 루스벨트 대통령이 세계 제2차 대전 중에 구상해낸 것으로, 식민지 국민은 자치 능력이 부족하기 때문에 일정기간 교육을 통한 준비기간이 필요하다는 것이었다.

1945년 12월 27일 한반도 신탁통치안은 그렇게 발표되었던 것이다. 하지만 국내 정치세력은 각 정파의 입장이 찬반양론으로 분열되면서 한반도 신탁통치안을 둘러싸고 반민족 친일세력, 민족세력간의 대립적 구도가 좌우익간의 대립으로 바뀌기 시작했다.

이러한 국내 분열은 마침내 김구 등의 통일정부수립 노력을 좌절될 수밖에 없도록 만든 것이다. 그것은 미군정 세력을 등에 업은 친미세력을 유리하게 만들어 주었기 때문이다.

결국 해방정국에서 각 정파간의 대립은 미군정의 세력을 업고 일신의 영달만을 위해 치닫는 해외 유학파 정치꾼들에게 그 기회를 만들어 준 것으로, 마침내 미군정이 남한 단독정부수립 노선을 치닫게 하는 데 도덕적 명분을 만들어 준 결과를 초래하고 말았던 것이다.

이렇게 민족분열을 가져오게 한 정파간의 대립은 완전한 통일국가를 이룰 수 없게 만들어 버린 요인이었다. 그러한 정파간의 갈등이 사실상 모스크바 3상회의 결정에는 한반도의 분단보다도 통일정부수립을 가능케 하는 구상이 더 많이 포함되어 있었던 것인데도 서로간의 이념을 달리하는 분열로 인하여 미 · 소 타협을 유도하려는 노력을 적극적으로 하지 못했다는 평가를 받고 있는 것이다.

한반도 신탁통치안의 내용 중에는 한반도를 어느 1개 강대국의 지배에 놓지 않으려는 중립화적 구상이 더 많이 포함되어 있었기 때문이다.

신탁통치란 국제연합 감시하에 특정국가가 특정지역에 대해 실시하는 특수 통치제도를 일컫는 것으로, 통치국은 이 제도의 기본 목적에 따라 평화증진, 주민보호, 인권존중, 자치 또는 독립원조를 하도록 되어 있는 것이다.

그러니까 5년간의 신탁통치를 거친 후 대한제국을 독립시킨다는 구상이다. 그러나 안타깝게도 해방정국에서 양파간의 내분은 국권을 빼앗기고 표류하고 있던 '대한제국' 을 이끌고 갈 구심점이 약해지면서, 좌파 노선에 선 김일성은 소련 공산세력을 업고 '조선인민공화국' 을 선포했고, 우파 노선에 선 이승만은 미국의 민주주의 세력을 업고 '대한제국' 이 아닌 '대한민국' 으로 남한만의 단독정부 수립을 하기에 이르렀던 것이다.

이렇게 광복과 더불어 양분화 되어 버린 국내세력은 마침내 동서 강대국의 사상대립의 반 노예국가로 전락하여 국권을 잃고 표류하고 있는 민족 정통성의 '대한제국' 을 자주독립국가로 회복할 수 있는 기회를 놓치고, 마침내 피비린내 나는 민족비극의 역사를 만들어내고 말았던 것이다.

그러한 그들의 욕구가 그토록 개인의 안위보다도 민족해방을 갈구하며 처절하게 싸워온 애국투사들이 민족의 공동선 그 목표만을 위해 치달리기 때문에 그들의 야욕에 걸림돌이 되면서 제거 암살하기에 이르렀던 것이다. 당시 민중으로부터 많은 지지와 호응을 얻고 있는 그들이었기 때문이다.

그러나 그들의 숭고한 애국정신은 그대로 민중 속에 애국의 숨결로 살아있어 마침내는 남한만의 단독정부를 반대하고 나서는 민중봉기로 번져가기에 이르렀다. 대구 폭동에 이어, 제주 민중봉기로 불이 옮아 붙었고, 그 사태는 연이어 여수, 순천으로 번져 옮아간 것이다.

그로 인한 인명 피해가 한국 현대사 연표에 의하면, 제주도에서 10만 여명이 살상되었으며, 여수를 비롯한 순천, 보성, 고흥, 광양, 구례, 곡성 등 8개 지역에서 총 10,000여명에 이르렀고, 행방불명된 자가 4,325명이었으며, 그리고 지방 좌익과 반란군에 의해 처형된 인명피해가 전체적으로 500명에 달하는 불행한 민족 비극의 참상을 불러 일으켰던 것이다.

그처럼 잔인한 인명 피해는 국권을 빼앗겼던 일제치하에서도 찾아볼 수 없었던 참혹한 참상으로, 해방이 되고 혼돈의 시대에 민족주체성을 잃은 채, 애국애족을 입에 달고 자기 일신의 안일과 영달만을 위해서 그처럼 숱한 인명을 무참하게 죽어가게 했던 사건이었다.

그러나 그로부터 비롯된 비극의 역사는 거기에서 끝나지 않았다. 총구 한 번 구경해 본 일 없는 이 땅의 어린 청소년들까지도 마침내 민족상잔의 전쟁터로 내몰아 죽어가게 했던 6.25동란은 해방이 되고 정권의 실세를 잡은 그들에 의해서 만들어진 분단비극의 씨앗으로 태동하기 시작한 것이다.

그렇기 때문에 그 씨앗의 뿌리에서 자란 오늘까지의 잎새들은, 암울한 시대의 혼돈 속에서 제멋대로 뿌리를 내리고 가지를 쳐 온 망령된 혼령들을 질타하며 옹골차게 자라지 못한 봉오리의 한 서린 가슴을 토해내고 있는 것이었다.

그야말로 오늘 고드름처럼 촘촘히 박힌 속살 시려옴의 고통, 그 원인제공의 주범을 찾아 시간을 더듬어 올라가는 원망의 푸념들은 해방공간에서 분단 상황이 벌어진 데에는 민족 주체성을 잃어버린 정치인, 지식인, 그 내적 요인과 국제정세에 의한 외적 요인이 얽혀 만들어낸 민족 비극과 모순을 관통하면서 어제에서부터 오늘에 이르기까지 그처럼 자신의 권익에만 눈이 어두워 있는 지배자들에게 그 원인의 허물이 귀결지어지면서 분노의 울분은 어슴프레 밤의 나래를 펴고 역사의 수레바퀴를 돌리며 끝없이 너울거렸다.

"그래, 6.25 동란에 씩씩한 이 땅의 젊은이들이 열 번 죽어도 나라만 산다면 이 한 몸 바치겠노라고 가는 곳마다 용감히 싸우다가 구국전선 냇골에 몸은 부서져 가루가 되었지만, 오오! 빛나는 그 충혼, 대한의 충직한 아들이라고? 그래, 청사에 빛나는 무공을 자랑하며 여기 고요히 잠들고 있다고? 흐흐흐. 차라리 이런 말이 더 어울리지 않겠어? 용감히 싸우고 마주 보니 우리는 형제였네. 대한의 바보 아들들이 여기 시대의 제물로 꼬꾸라져 잠들다. 어때? 그게 우리 얘기 아니겠어? 후후훗……."

자조 섞인 웃음을 치렁치렁 매달고 늘어놓는 질범의 말에 종걸이 한 수 떠서 응수를 했다.

"그물에 걸린 불쌍한 새들아! 몽땅 색깔 덧씌워 총살되기 전에 입들 조심하제이. 이 땅은 족보도 없는 육식 동물들이 판치는 우범지대인기라. 먼 옛날 불쌍한 왕손들 넋이 허수아비로 너울거리는, 그 늪

인기라. 흐흐흐……."

"그게 썩은 늪에 고개 내민 우리들 업보 아니겠나. 그러니 진흙탕에서 요 모양 요 꼴로 뒹굴다가 갈 밖에. 흐흥! 내 전생에 무슨 넘 못할 일을 그리 많이 시켰든고. 오늘은 차라리 창살 없는 감옥 죄수들이 부럽구마. 쳇!"

안에서는 요원들의 자조 섞인 원망의 소리들이 가슴 속에 맺힌 핏방울처럼 튕겨져 나왔고, 밖에서는 탈영병들의 신음소리가 소슬한 바람소리에 실려 간간이 들려오면서 서글픔을 더욱 자아내게 했다.

뿌옇게 먼동이 터오면서 외진 언덕배기에 무심하게 다시 찾아오는 아침 햇살은 응어리진 설움을 질겅질겅 짓씹고 있는 젊은이들을 위로나 하듯이 따사로이 퍼지고 있었다.

하지만 한밤내 아픈 세월의 물레방아를 돌려댄 요원들의 지친 눈동자들은 천명(天命)처럼 어설피 몸을 가누고 서서 그토록 온몸에 상처를 입고 발가벗은 알몸으로 고개를 떨어뜨리고 있는 탈영병들의 처참한 모습에 모두들 말을 잃고 고개를 외면했다. 다만 입부리만큼 토해내는 숲의 작은 새들이 그 둘레를 날갯짓하며 고요한 적막을 가르고 있었다.

그때 푸드득 살의 정맥을 떨며 눈을 떠 보려는 그들에게서 살아있음의 기미가 눈길을 잡아끌었다.

질범이 한 걸음에 그들에게 달려갔을 때는, 아! 참으로 반갑게도 그들은 아직 따뜻한 체온으로 살아 있으면서 힘에 겨운 듯 눈꺼풀이 파르르 떨고 있었다.

"살아 있었어! 살아 있다구!"

질범은 반가움의 비명 소리를 질러댔다. 그들의 어깨가 가늘게 떨며 심장이 밖으로 터져 나오는 듯 아픈 신음 소리를 길게 뿜어냈다.

"정신 차려! 정신 차리라구! 이 병신 같은 친구들아. 흐흑……."

모진 고문을 받은 탈영병들은, 그러나 타고난 질긴 명줄로 모질게도 살아있었고, 마침내 내무실로 옮겨져 동료들의 따뜻한 간호를 받으며 조금씩 기력을 회복해 가고 있었다.

꼼짝 없이 죽는 줄로만 알았다가 다시 살아 서로 얼굴을 마주 대할 수 있다는 기적 같은 사실에 요원들은 새삼 감격하고 있는 눈빛들이었지만, 그들의 생기 잃은 눈망울은 하늘을 향해 입을 벌리고 형벌 같은 시간의 적막을 삼키고 있었다.

그들의 살아있음을 기적처럼 바라보는 요원들이었다. 그런 그들을 바라보며 종걸은 처해진 우리의 운명 그대로를 받아들일 수밖에 없지 않느냐고, 체념했거나 초월한 사람의 목소리로 말했다.

"인간은 어쩌면 이웃과 싸우기 아니면, 자신과 싸우기 위해 사는지도 모르는 기라. 냉전이든 열전이든 이 세상에 피할 곳이 어디 있드나 말이다. 쿵!"

"그럴지도 모르지. 이 세상에서 가장 잔악한 짓은 언제나 가증스럽게도 양심이란 이름으로 행해져 왔으니까. 민주주의 사상이든, 공산주의 사상이든 간에 그 노선을 달리하는 사람들이 양심의 명령이라고 말하면서 서로를 미워하고, 서로 죽이고 해온 것이 인류 역사니까."

종걸이 말에 응수를 하고 나선 질범의 말이었다.

"사실 빨갱이 사상이고, 푸렁이 사상이고 간에 거기에서 도덕성을 배제시키면 무엇이 남는다고 생각한 것인지. 그것은 곧 환상이나 과장이나 허위의 잉여물로 변해 버리고 마는 거 아니겠냐구. 우리는 그 개떡 같은 사상의 희생물들인 기라, 흐흥!"

자조 섞인 종걸의 말에는 남북을 갈라놓은 강대국의 사상에 대한 짙은 회의가 물씬 배어나오고 있었다. 그것이 국가와 국가간에 갖는 이념 충돌로 인한 전쟁이란 것을, 더구나 같은 민족 동포끼리 서로 총

부리를 겨누고 있는 입장에서 사상이란 문제를 그만큼 더 깊이 절실하게 생각해 보게 했기 때문일 것이다.

질범은 여름이 서성거리는 골짜구니를 멀리 바라보며 자조 섞인 너털웃음으로 어느새 속살 아픈 시인의 가슴처럼 독백을 풀어내고 있었다.

"오오! 등뼈가 휘어지는 이 한 토막 세월을 어찌 할거나. 늪의 밀림지대로 우리를 몰고 가는 세월아, 오늘은 차라리 세상을 보지 못하는 장님이 부럽고 또 부럽구나! 야, 이 빌어먹을 놈의 세상아! 흐흐흐……."

그것은 아픈 세상을 야유하는 젊은 혈기의 울음이었고 절규였다.

7 인간 병기의 비명

탈영 사건으로 입은 상처에서 그들은 조금씩 기운을 회복하고 있었다.

그날도 어김없이 다시 찾아온 아침은 더는 부서질 수 없는 무거운 호흡들을 일으켜 세웠다.

"이보시게들. 우리 인간은 지구가 몇 번 공전하는 사이 서로를 바라보며 중얼거리다가 언젠가는 너나 없이 사라져 가는 바람이 흔드는 유서 같은 거여. 우리 헤어진다는 거 너무 슬퍼하지 말자구."

탈영 소동을 일으켰던 그들이 몸을 회복하고 그날 아침 어디론가 검은 지프차에 태워져 실려 가면서 뜹뜹하게 남겨 주고 간 말이었다. 그들의 후소문은 다른 부대로 전출되어 갔다고 했다.

그들이 그렇게 떠나가고 난 뒷자리에서 젖은 땀 훔쳐대는 대열의 기구한 행진은 미더운 대지를 밟고 다시 이어져 계속되었다.

1973년, 여름 해양 훈련을 마친 요원들은 무거운 모래 행장을 챙겨 짊어지고 일터로 나가듯 구보 행진으로 마니산 참성단을 향해 선착순 오르기를 시작했다.

정수사가 있는 곳에서 참성단을 가려면 먼저 절 뒷편 능선을 올라 정상능선을 가다 보면 바위와 바위 1.5m 정도를 건너뛰어야만 되는 코스가 있었다.

그날 따라 보슬비가 칙칙하게 내리고 있었다. 평상시에도 요원들은 이곳을 수시로 건너 뛰어 다니던 곳이어서 보슬비가 내리는데도 그대로 그곳을 건너뛰고 있었다. 그런데 보슬비쯤 하고 방심했던 것이 사고였다.

질범의 앞에서 그곳을 건너뛰던 한 요원이 바위에서 미끄러져 서쪽 수십 길 절벽 아래로 곤두박질치면서 떨어져 내렸다.

질범은 순간적으로 아찔해지면서 "앗!" 하고 비명을 질러댐과 동시에 두 눈을 질끈 감아버렸다. 차마 그 참혹한 광경을 목도하고 싶지 않았던 것이다. 그런데 그 낭떠러지 밑에서 희미하게 "살려줘요!" 하는 절박한 소리가 들려오고 있는 것이 아닌가.

순간 눈을 번쩍 뜬 질범은 옆에 서 있는 나무를 붙잡고 벼랑 밑을 내려다봤다. 미끄러져 떨어진 요원은 다행히도 10m 아래 깎아지른 벼랑 바위 사이에 분재처럼 서 있는 작은 소나무를 붙들고 살려달라고 애원하고 있었다.

강현덕이었다. 그는 키가 180이 넘었고, 깡마른 체구에 운동신경이 대단히 발달된 요원이었다. 그래서 그의 잽싼 운동 신경은 떨어지는 순간에도 필사적으로 작은 소나무를 붙들고 매달려 있었지만, 등에 짊어진 모래 배낭과 어깨에 짊어지고 있는 소총의 무게에 점점 힘이 빠지는 듯 대롱거리며 절박한 구원의 신음 소리를 토해내고 있었다.

평상시 로프를 타고 급하강 훈련을 받아온 요원들이었다. 급하게 로프를 타고 내려가서 마침내 그 요원을 구해내는 데 성공했다.

로프타기훈련

참으로 정신 아찔한 순간을 넘긴 요원들이었다. 이때만큼 극기 훈련의 보람을 크게 느낀 적이 없었다.

그 사고가 있고부터 교관은 비 오는 날의 참성단 선착순 훈련은 하지 않았다. 그러나 그 같은 사고는 다른 훈련에서도 마찬가지로 예측할 수가 없는 일이었다.

부대 뒷산에는 110m 하강대가 있었다. 직경 5㎜ 되는 마닐라삼 로프를 매어 놓고, 그 마닐라삼 로프를 풀어 두 겹으로 포갠 다음 이 로프를 타고 하강하게 하는 훈련이었다.

그 훈련에서 내려갈 때 속도가 너무 빠르다 싶으면 이 로프를 두 손에 힘을 주어 조이면서 내려가면 속도가 약간 느려지게 되는 것이다.

그러나 문제는 손에 힘을 주면 속도는 낮춰지는 것이지만 로프와 로프가 마찰이 더해져서 타는 연기가 난다는 데에 조심을 하지 않으면 안 되는 것이었다.

그래서 요원들은 이 하강대에 올라서면 누구나 지레 겁부터 먹게 마련이었다. 빠른 속도도 문제지만 착지점이 물이 아니고, 맨 땅에 매트리스를 몇 겹 깔아 놓고 착지를 하기 때문에 크고 작은 충격을 받게 마련이고 착지 순간에 여간 빠른 동작기술이 필요한 것이 아니었다.

그러한 로프 하강훈련으로 요원들은 허리에 부상을 입기가 다반사였다. 그래서 교관은 요원들의 공포심을 없애기 위하여 하강대에 올라서면 되도록 소리를 많이 지르도록 유도했다.

그날도 교관은 요원들의 공포감을 해소시키기 위해서 유도를 하기 시작했다.

"0번 하강 자신 있나?"

"네! 자신 있습니다."

"애인 있나?"

"네! 애인 있습니다."

"그럼 지금부터 애인 이름을 세 번 크게 부른다!"

"알았습니다! 영숙아! 영숙아! 영숙아!"

"목소리가 적다! 뛰어 하면 어머니를 부르고 내려간다, 알았나?!"

"알았습니다!"

"됐다! 뛰어!"

"어머니!"

그러나 잠시 후 '퍽!' 소리와 함께 0번의 자지러지는 듯한 비명소리가 저 밑에서 다급하게 들려왔다.

"흐흑! 아구구 내 허리……."

"또 엄살떤다, 짜식! 그래 가지고 어떻게 김일성이 모가지를 따오겠나. 쯔쯔쯧. 다음 누구야?!"

"네! 1번 유진규입니다."

"애인 있나?"

"없습니다!"

"짜슥! 아직 애인 하나 못 만들고 뭐 했나?!"

"시간이 없었습니다."

"뭘 했기에 시간이 없었어, 임마!"

"역도 국가대표라 운동하느라고 시간이 없었습니다!"

"그래 좋다! 총각 귀신 면하려면 제일 생각나는 여자 이름 세 번만 그 자리에서 힘차게 불러보도록, 실시!"

"네! 실시하겠습니다! 춘옥아! 춘옥아! 춘옥아!"

"좋아! 그럼 다음, 그 자리에 쪼그려 앉아 뛰기 5회 실시!"

"넷! 하나, 둘, 셋, 넷, 다섯, 5회 다 뛰었습니다!"

"그래 좋다! 이제 뛰어 내리면서 사랑하는 춘옥아, 하면서 뛰어내린다, 알았나?!"

"네! 알았습니다! 사랑하는 …… 아악!"

그 순간 로프가 끊어지면서 요원은 붕 떴다가 벼랑 밑으로 떨어지면서 숨넘어가는 비명소리를 질렀다. 그가 그대로 떨어져 내리꽂힌 곳은 바위가 밀집해 있는 곳이었다.

요원들은 소름끼쳐 오는 그 광경을 목도하면서 "유진규가 이제 죽었구나!" 하고 떨어진 곳으로 몰려갔다.

그런데 하늘이 도우셨는지 그는 다행스럽게도 바위틈 사이 모래밭에 떨어져 "아구구! 내 허리" 하고 절박한 신음을 토해내고 있었다.

"진규야! 진규야! …… 빨리빨리 들것 가져와! 어서!"

신음하는 그보다도 더 혼비백산한 요원들이었다. 언제 벼랑 위를 뛰어 올라가 들것을 들고 내려오겠는가. 쇠눈만큼 커진 교관이 다급하게 소리를 질렀다.

"빨리 상의를 벗어 들것 만들어라! 이런 사고를 대비해서 평소에

훈련받은 대로 상의로 들것을 만들란 말이다! 어서!"

요원들은 윗저고리를 벗어 응급조치로 환자를 운반할 들것을 잽싸게 만들어 냈다.

큰 눈을 부릅뜬 교관이 서늘하게 말했다.

"얼른 내무실로 떠메고 가!"

"부상이 너무 심한데 병원으로 가야 하는 것 아닙니까?"

누군가가 불만인 듯 나서며 한 마디 했다.

"뭐야?! 병원은 안돼! 내무실로 가서 위생하사 불러! 그리고 정수사 스님도 빨리 와달라고 해, 부상이 심하다고!"

특수 요원들은 훈련중에 사고를 당해도 보안관계상 병원치료마저 받을 수 없었던 것이다. 그래서 요원들이 훈련중에 어깨나 허리, 팔다리 관절을 다치거나 할 경우 정수사 스님의 한방 침술과 쑥뜸으로 물리치료를 받으며 진통제를 복용하면서까지 훈련을 계속했던 것이다.

그러나 그것은 상처가 어느 정도 경미했을 때 가능한 일이다. 하지만 이렇게 골반 부상으로 하반신을 완전히 쓰지 못하는 치명적인 사고인데도 병원치료를 받을 수 없다니, 요원들은 마치 자신의 일이나 되는 것처럼 분노하며 불만을 늘어놓았다.

"아니 세상에 우리 목숨은 파리 목숨이란 거여 뭐여. 부상이 이 정도인데 병원으로 가야지, 왜 못 간다는 거야. 쳇!"

"조용히들 못해?! 나머지 요원들은 훈련장 주변을 정리한다. 알았나?!"

한 인간 개인의 권리가 완전히 무시되는 곳이 군대라고 한다지만, 이것은 너무나 가혹한 처사라는 생각이었다. 그야말로 인간병기 취급을 하는 데는 견딜 수 없는 분노를 느끼게 했다.

정수사 노(老) 스님이 급히 연락을 받고 달려 내려왔다. 스님은 환자의 상태가 자신이 손을 쓸 수 없을 만큼 심각한 데에 혀를 끌끌 차대며 연신 관세음보살을 찾았다.

"고통의 사바세계라. 모든 재난이 다 중생들의 전생의 업보라고 부처님이 말씀하신 거요. 그러니 누굴 원망하겠소. 모든 고통 죄업이 소멸될 때까지 참고 견딜 수밖에요. 현세에 받는 모든 것이 내 탓인 것을……."

손놀림을 하면서 혼자 중얼거리듯 하는 스님의 말꼬리를 한 요원이 잡고 늘어졌다.

"그러니까 스님의 말씀대로라면 우리가 이 고통을 당하고 있는 것이 전생의 죄과로 우리 탓이란 말입니까?"

"부처님께서 말씀하신 삼세인과법에 따르면 그렇단 말씀이지요. 그래서 하늘은 공평하다는 것 아닙니까. 어찌 됐거나 깨닫게 하기 위해서 고통을 준다는 것이니까요. 앉은뱅이나 장님 같은 불구자로 태어남도, 다 전생의 인과에 의한 업보라고 했는데, 하구 많은 사람들 중에 이 고통을 당하는 것이 하늘이 내린 운명의 사슬이 아니고서야 부처님께서는 모든 중생들을 위해서 자세히 삼세인과법을 설하시었소. 착한 일과 악한 일의 원인과 결과를 소상히 말씀하셨는데 인간의 행복이나 부귀영화 등 존귀함은 다 전생에 닦은 바 인연이 되어 얻어지는 법, 사람 몸으로 태어나서 손과 눈이 같으며 또 같은 태양과 달 아래서 같은 공기를 마시며 살았으되 착한 사람과 악한 사람, 또 잘사는 사람과 못 사는 사람으로 나뉘어져서 그 삶이 각양각색이니 그 까닭은 자작자수요, 인과응보인지라. 곧 스스로 지어서 스스로 받는 것이라 했소. 그래 삼세인과법문을 들려주는 연유는 삼세의 인과가 모든 중생에게 다시 없이 소중한 까닭이니 이를 받들어 지니는 이는 세세생생에 온갖 복록을 누릴 것인즉 이를 정성껏 염송하되 가벼이 여기지 말라 하신 거요."

"그러니까 우리가 오늘 받는 이 고통이 전생의 죄과 때문이란 말씀인데 내 무슨 죄과를 그리도 많이 지었던고, 킁!"

"누가 압니까? 어느 생에 장군으로 태어나 많은 사람을 죽이게 했거나, 아니면 권좌에서 세도를 부리며 수하에게 괴로움을 주었다던지 부처님의 말씀이 그것이었소. 만 가지 업이 스스로 지어 스스로 받는 것이니 지옥에 들어가서 고통을 받은들 누굴 원망하겠느냐고 말이요. 그래서 인과를 현재에 보는 사람이 없다고 해서 일으키지 말라, 멀리는 자손에게 있고, 가까이는 자기 몸에 있느니라, 하시고 전세상에 닦아 와서 이 세상에서 받는 것이니 금생에서 닦지 못하면 악도에 떨어져서 사람 몸을 잃는다고 하셨고, 착한 마음을 가지면 하늘의 호법신장이 옹위한다고 하였으니 사람 몸을 받고 존귀하게 살고 싶으면 착한 마음 가지기를 힘쓰라 하신 거요. 그래 남에게 도움을 주는 것이 비록 적을지라도 그 보시는 적지 아니 하고, 남에게 지혜를 조금만 베풀어도 마침내는 큰 복을 얻는다는 것이 부처님께서 설하신 삼세인과법이란 것 아니겠소. 듣고 도움이 되셨으면 합니다. 흐흠흠……."

진중하게 들려주는 스님의 덕담에 요원들은 그 어떤 감흥을 나름대로 받고 있는지 숨소리조차 조용했다.

그 사이를 가르고 한 요원이 나서며 말했다.

"그러니까 오늘 스님께서는 법 보시로 공덕을 짓는 거네요."

"이를 말씀입니까? 그러니 소승이 오히려 감사해야지요. 이처럼 공덕을 짓게 해주시니까요. 허허허……."

사실 육신뿐 아니라 영혼까지도 지칠 대로 지쳐 창백해져 있는 요원들이었다. 스님의 그 같은 인과법에 의한 법문은 많은 위로가 되기도 했다. 오늘에 받는 고통을 자신의 탓으로 돌리며 잠시라도 원망 가득한 마음의 분노를 삭이게 해주었기 때문이다.

요원들은 스님의 법문으로 머리를 헹구고 그 앞에서 순진무구한 어린애마냥 신세타령을 멈춘 눈빛들이 낮은 천정 밑에서 오래간만에 도란도란 다정한 목소리로 서로를 위로하며 오늘의 아픔을 감싸 안았다.

다음 날 질범은 인생의 뚜껑을 다시 여는 마음으로 아침을 맞았다. 그리고 평소와 같이 산악 훈련장에서 로프도 타고, 외줄도 타며 훈련에 몰두하고 있을 때였다.

갑자기 훈련을 받고 있는 건너편에서 "으악!" 하는 비명 소리가 들려왔다. 비명 소리가 난 곳으로 달려갔을 때는 한 요원이 바위 위에서 의식을 잃은 채 피를 흘리고 누워 있었다. 이제 막 입소한 신참요원 이해곤이었다. 외줄 타기를 하다가 중심을 잃어 바위에 떨어진 것이다.

"해곤아! 해곤아! 정신 차려!"

질범은 다급하게 그의 이름을 부르며 부축해 일으켜 세우려는 순간, 그대로 허리가 뒤로 꺾여지면서 넘어갔다. 정신이 아찔했다. 그와 동시에 해곤은 무의식중에도 "악!"하고 짧은 비명을 토해내며 가쁜 숨을 몰아쉬고 있었다.

요원들이 달려왔다. 그리고 해곤을 등에 업으려다 말고 그럴 수도 없는 환자의 상태에 상의를 벗어 들것을 만들어 조심스럽게 올린 다음 내무실로 옮겼다. 하지만 계속 의식을 찾지 못하고 있는 해곤이었다.

지켜보던 교관이 머리를 좌우로 흔들며 차량에 싣고 통합병원으로 후송했다. 그렇게 병원으로 실려 간 해곤은 그러나 만 하루가 지나도 의식을 찾지 못하고 헤맸고, 마침내 살아도 제 구실을 할 수 없는 하반신 마비상태라는 의사 진단을 받은 것이다.

진단 결과를 전해 들은 요원들은 산마루에 주저앉아 길을 떠나는 구름에 눈을 얹고 있었고, 저만치 돌담 성곽 위에는 무색한 까마귀 떼가 지루한 멍에를 쓰고 버둥대는 요원들을 바라보며 "까악, 까악" 울어대고 있었다.

"그래, 우리는 털끝 같은 목숨, 나라 위해 던져질 대한의 아들들인데 울긴 왜 울어. 흐흐흐……."

두 볼에 소리 없이 흘러 내리는 눈물을 손등으로 찍어내며 자위하는 질범의 넋두리였다.

그처럼 한 사람 아프게 떠난 뒷자리에 깔려 있는 무거운 적막감 속에 '휘이잉, 후루루, 휘익 휘익' 교관의 호루라기가 멀리서 노란 수염 짓까부는 소리를 거느리고 달려오고 있었다.

8 삶과 죽음 사이

다음날 요원들은 팀장의 지시에 따라 무거운 모래 배낭을 메고 체력단련을 위해 산악구보 훈련에 나섰다.

가을이 깊어가면서 발밑에 바스락거리는 낙엽 소리가 삶과 죽음의 경계를 넘나드는 질범의 마음을 더욱 서글프게 했다.

비틀거리는 무거운 걸음으로 산악구보를 하고 막사로 돌아왔을 때였다.

한 요원이 대열에서 이탈하여 보이지 않는다며 서슬 새파래진 팀장의 눈이 희번득거리면서 씩씩거렸다. 이탈된 요원은 제주도가 고향이라고 했었다. 그와 함께 생활하면서 그것도 단독적으로 탈영을 시도할 그런 느낌을 전혀 주지 않은 요원이었다.

그래서 설마했지만 그 요원의 모습은 끝내 나타나질 않았다. 어둠이 깔리기 시작하면서 부대 안은 발칵 뒤집혔고 마침내 비상이 걸렸다.

"전원 집합! 지금부터 탈영자 수색에 들어간다! 강화도 바닥을 샅샅이 뒤져서라도 잡아오지 못하면 단체 기합에 들어갈 수밖에 없다! 알았나?!"

난감한 일이었다. 그 요원의 생사를 알 수 없는 상황에서 일단은 탈영으로 몰고 가는 것부터가 못마땅했다. 하지만 지시에 따라 샅샅이 뒤져서라도 생사를 확인해야 했다. 육지로 나가는 선박은 물론 산속과 해변가를 밤새 수색했지만 도무지 행방이 묘연했다.

이윽고 동이 트면서 마을 이장네 집 스피커에서는 간첩이 출몰했으므로 신고해 달라는 방송과 함께 요원들에게는 발견함과 동시에 사살해도 좋다는 명령이 떨어졌다.

수색을 나서는 요원들의 걸음은 무겁기만 했다. 지난번 탈영 요원들의 처참한 광경이 눈앞에 어른거렸기 때문이다.

요원들은 부대를 이탈한 요원을 잡기 위해 강화 바닥을 이 잡듯이 뒤지고 또 뒤졌다. 하루, 이틀이 지나고 삼일째 되는 날이었다.

뜻밖에도 그의 모습이 그것도 부대 근처에서 어슬렁거리고 있는 것이 아닌가. 믿어지질 않았다. 그는 지칠 대로 지친 모습이었다.

"아니 저게 누구야?! 저 병신 같은 새끼! 도망을 칠라면 제대로 치든가."

요원들은 반가움 반, 실망 반의 얼굴로 실탄을 장전하고 그 앞으로 다가섰다. 그러자 그는 기다렸다는 듯이 두 손을 번쩍 들어 보이며 고개를 푹 떨어뜨렸다.

"죄송합니다. 타, 탈영하려고 한 건 아닌데……."

두 손을 들고 힘없이 쏟아내는 그의 말에는 삶을 구걸하고 싶어 하는 궁색한 변명이 깔려 있었다.

더 말할 것도 없이 부대로 끌려온 그 요원은 지난번 탈영병이 그랬던 것처럼 팬티만 걸친 채 두 팔이 나무에 묶여졌고, 문초 아닌 고문이 시작되었다.
"사, 살려 주세요. 탈영을 하려고 한 게 아니라 비탈길에 미끄러져서 그대로 정신을 잃었습니다. 미, 믿어 주십시오……."
"뭐야?! 그 말을 어떻게 믿어 임마! 정신을 잃었어도 그렇지. 사흘이나 정신을 잃어?!"
"제발, 하, 한 번만 용서해 주십시오. 정신이 들고 용, 용기가 없어서 그만, 흐흐흑!"
그는 마침내 울음을 터뜨리며 애원하듯 말했다. 그가 고백하는 경위는 그랬다. 산악구보를 하다가 급경사 길에서 낙엽을 밟아 무장을 멘 채로 쭈루룩 미끄러져 내려가면서 정신을 잃었다는 것이었다. 눈을 떴을 때는 낙엽 속에 푹 파묻혀 있었고, 도저히 몸을 일으켜 세울 수가 없어 그냥 그대로 차라리 죽어 버렸으면, 하는 마음에 그대로 눈을 감아버렸노라고 했다.

얼마를 그렇게 자고 허기져 오는 시장기에 눈을 떴을 때는 캄캄한 밤중이었고, 그때야 더럭 겁이 나면서 어차피 부대로 돌아가기도 늦었다는 두려움이 무장과 소총을 낙엽에 묻어 놓고 도망을 칠 생각도 해보았다고 솔직한 심정을 그대로 털어놓았다.
물론 그의 정황이나 고백이 살기 위해 꾸며낸 것 같지는 않아 보였다. 하지만 똑 같은 사고의 반복을 막기 위한 징계의 고문은 전 요원들이 보는 앞에서 이전이나 마찬가지로 잔인하게 행해졌다.
그는 혹독한 매질에 몇 번이나 까무러치기를 거듭했다. 그리고 끼얹는 차가운 물세례에 온몸을 떨며 수없이 살려달라고 가쁜 숨을 몰아쉬며 애원했다. 차마 두 눈을 뜨고는 볼 수 없는 정경이었다.
그러나 고문은 그날로 끝나지 않았다. 부대를 이탈한 날짜만큼 사흘을 나무에 묶어두고 같은 고문을 계속했다.
요원들은 그 같은 고문에 모두들 말을 잃었고 긴장감 도는 속에 몸을 떨었다. 그러면서 인간의 생명이 그처럼 모질고 질긴 것에 놀랐고, 또 그처럼 잔인한 야수성에 다시 한 번 또 치를 떨었다.

탈영한 날짜만큼 고문을 당한 요원은 마침내 눈을 내려감은 채 숨소리조차 조용하게 축 늘어져 있었다. 도무지 살아있는 목숨이라고 느껴지지 않았다.

그러나 요원들이 지시를 받고 그를 나무에서 풀어 내릴 때였다. 가늘게 팔딱이고 있는 그의 맥박에 체온이 아직 살아있음을 느끼게 했다.

"살아있었어! 빨리 빨리!"

그는 다만 아직 살아있다는 이름뿐, 전혀 의식이 없었다. 그렇게 의식을 차리지 못한 요원은 내무실 난롯가로 옮겨졌다. 일단은 몸을 녹여 풀어주어야 했기 때문이다.

참으로 목숨 붙어 있다는 것만으로 그렇게 다행스러울 수가 없었다. 그러나 그의 수난은 불운하게도 거기에서 그치질 않았다. 희미하게 의식이 돌아오면서 난롯가 의자에 앉혀졌던 그는 몸의 중심을 잡지 못하고 하필이면 뜨거운 난로 쪽으로 몸이 쏠리면서 온몸에 화상을 입고 말았다.

하지만 부대 보안상 병원치료도 받지 못한 그였다. 말하자면 탈영병이라는 불명예로 후생담당원의 적당한 치료가 전부였다.

그렇게 사선을 넘어 조금씩 의식을 회복해 가는 그 요원은 막사 안에 틀어박혀 석고처럼 앉아 울고 있기가 예사였다. 그리고 어쩌다가 서로가 마주치는 눈빛이 저만치 외진 틈바구니에서 가는 허리를 살랑이고 있는 코스모스처럼 외로워 보이면서, 이를 바라보는 질범의 눈안에 물기를 차오르게 했다.

탈영병의 최후가 어떤 것이라는 것을 모델로 삼아 보여주는 가을은, 그렇게 더 없이 요원들의 마음을 우울하게 했다.

그런 가을은 소리 없이 떠나고 어느새 흰 눈발이 하나둘 날리는 겨울이 성큼 찾아왔다.

12월 중순, 그날도 해가 기우는 마루턱에서 등뼈가 휘인 발가벗은 나무가 속살 시려오는 바람소리로 잉잉거리고 있었다.

교관이 나와 전 요원들을 집합시켜 놓고 둘러보며 말했다.

"내일은 대관령 스키 훈련을 떠난다. 훈련에 대비해서 각자 준비물을 챙기도록, 알았나?!"

느닷없이 스키 훈련이라니, 요원들은 표정이 일시에 풀어지며 얼굴에 웃음꽃이 피었다. 어린 시절 눈밭에서 스키놀이를 하며 놀던 그리움이 되살아났기 때문이다.

하지만 교관이 말하는 스키 훈련은 그런 감상적인 스키 훈련이 아니란 것을 요원들은 미처 모르고 있었다.

요원들이 부대를 떠나 대관령에 도착했을 때는 하늘은 금방이라도 흰 눈을 펑펑 쏟을 것처럼 보였지만, 아직은 가벼운 눈발이 조금씩 바람에 날리고 있었다.

대관령의 추위는 의복에 신경을 썼지만 혹독했다. 추위가 스물스물 속살로 기어들어와 목을 움츠러들게 했다. 하지만 어쨌거나 스키 훈련이라는 데는 서로를 바라보며 눈을 찡끗했다.

처음 스키장에 도착했을 때는 학교들이 방학이어서 평창군 횡계면 도암리 도암초등학교 교실 한 칸을 빌려 숙소로 정했다.

여장을 풀고 난 다음 교관은 스키장에서 지켜야 할 에티켓부터 요원들에게 가르쳤다.

"잘 들어라! 이곳 스키장은 우리 부대 요원들만 스키를 타는 곳이 아니다. 일반인들은 물론, 타 군부대에서도 와서 훈련을 하기 때문에 몸가짐에 특히 유의하도록 하고 특히 스키장에서의 에티켓은 철저히 지켜야 한다는 것을 명심해 두도록, 알았나?!"

그리고 교관은 스키장내에 스키를 신지 않고 들어가서는 안 된다는 것과, 스키를 타고 내려가다가 위에서 스키맨이 "양노!"하고 소리를 지르면 자리를 비켜 주면서 역시 그 아래 밑을 보고 "양노!"하고 소리를 질러 주는 것이 에티켓이라고 했다. 또한 초보자들은 중급 이상자들의 자리에 가서 스키를 타지 않아야 한다는 등등의 여러 가지를 가르쳐 주었다.

그런데 이게 웬일인가? 정작 스키장에서 가장 중요한 것은 신발과 장비인데 나무 조각 베니아 합판을 스키모양으로 만든 다음 스키화를 나사못으로 고정시켜 만들어 신게 한 것이었다. 이렇게 만든 스키 장비는 한 번 신으면 스키화 끈을 풀지 않고서는 절대로 벗을 수가 없는 것이었다.

그러니까 보통 일반 스키 장비와는 다른 것으로, 일반 스키는 스키화를 먼저 신고 스키를 고정시키게 되어 있기 때문에 스키를 타는 사람이 넘어져 어느 각도를 넘어서면 스키가 저절로 분리가 되어 스키는 스키대로 발은 발대로 멈춰 서게 되어 있는 것이다.

그러나 특수임무 요원들에게 부대에서 내어준 합판 스키는 타다가 넘어져 뒹굴게 되면 스키가 눈 속에 꽂히게 되고 탄력에 의해 몸은 멈추지 못하고 굴러가게 되면서 무릎과 발목에 심한 상처를 입을 수밖에 없는 것이었다.

그렇게 스키 장비를 즉석에서 나무 조각 합판으로 만들어 신게 하는 이유는 적진에 침투했을 때 비상시를 대비한 스키 훈련이었기 때문이다.

그래서 합판으로 만든 스키는 특히 스키 초보자 대원의 경우에는 심한 다리의 부상을 입게 마련이었다.

그것도 맨몸이 아닌 임무수행에 따른 소총, 모포, 배낭, 침낭, 비상식량, 설피, 야전 삽 등등 산속에 혼자 떨어져도 생존할 수 있는 만반

스키 훈련

의 준비를 갖춘 상태에서 부실한 스키 장비를 갖추고 받아야 하는 스키 훈련은, 도무지 아슬아슬하여 손에 땀을 쥐게 했다.

그 훈련으로 온몸과 다리에 부상을 입지 않은 요원이 없었다. 스키 훈련이라고 잠시 들떠 있었던 요원들의 얼굴은 점점 겨울 날씨처럼 움츠러들기 시작했다.

그것도 산 지형을 따라 공격루트를 정하고 조별로 방어를 하다 보면 어느새 점심시간이었고, 또 어느 사이 저녁이 되면서 눈밭에서 삽으로 눈(雪)집을 만들게 했는데, 먼저 눈을 발로 다진 다음 삽으로 일정한 블럭 모양으로 떠서 둥그렇게 만들어 붙이면 반원 모양이 마치 북극의 에스키모 얼음집을 연상케 했다.

요원들은 자세를 낮춰 그 속으로 엉금엉금 기어들어가서 바닥에 소나무 가지를 깔고 우비를 깐 다음 각자 모포를 깔고 그 위에 개인 침낭을 펴고 그 속에 들어가서 잠을 자야 했다.

그렇게 눈 속에서 야영을 하면서 시간마다 요원들이 교대로 밖에 나가서 불침번을 서야 하는 혹독한 훈련이었다.

그런 속에 요원들을 더욱 슬프게 하는 것은 타 군부대 요원들의 스키 훈련 모습이었다. 육군 공수특전단 스키부대도 있었고, 해병대 스키부대도 있었는데 그들은 떳떳한 군복차림에 야영을 하면서도 학교 뒷산에 으젓하게 텐트를 치고 훈련을 받았다.

한 요원이 그들이 부러운 듯 투덜거렸다.

"저쪽 군발이들은 떳떳하게 군복에 부대 마크를 붙이고 나 보란 듯이 다니는데 우린 이게 뭐야? 도둑고양이들처럼, 쳇!"

그럴 만도 했다. 해병대하면 일반 군인들은 물론, 아무리 공수특전단이라지만 훈련을 받으면서도 마주치는 것을 꺼려 슬슬 피했기 때문이다.

하지만 아무리 남루한 작업복에 장발을 하고 있었어도 구보하는 것이나 행동거지가 군인 냄새가 날 수밖에 없었던지 현지 기자들이 다가와 사진을 찍어대면서 물었다.

"어느 군에 소속된 부대입니까?"

"군에 소속된 부대가 아니고 회사 직원인데, 아니 그런 것까지 알아서 뭣하겠소? 자 바빠서 그럼……."

적당히 회사 직원이라고 얼버무리고 그 자리를 피했다.

그러나 문제는 다음이었다. 주간 훈련이 끝나고 저녁 무렵 바리악산장을 오르는 길목에서 해병대 스키 부대원이나 공수특전단 대원들이 겁도 없이 시비를 걸어왔다.

그들의 눈에 비춰지는 요원들의 모습이 비록 허름한 작업복 차림의 행색이었지만, 그러나 어쩐지 살아 번득이는 눈빛의 압도에 그들 나름대로의 자부심이 객기를 부리고 먼저 시비를 걸어온 것이다.

그들 나름대로의 자부심을 모를 턱이 없는 요원들이다. 서둘러 자리를 피하곤 했다. 하지만 스키 훈련 1개월을 하는 동안 어쩔 수 없이 맞닥뜨려 문제를 일으키게 되면서, 포항 해병사단 본부나 특전단 본부에 보고가 올라가는 일이 종종 만들어졌다.

그때마다 상부에서는 한결같이 '접근금지(no touch)' 라는 명령만 내려왔다. 요원들은 답답했다, 아니 환장할 노릇이었다. 그래도 해병대 대원들은 그때쯤 이쪽 요원들의 정체를 대충 눈치를 채는 모양이었다. 마주치면 그쪽에서 먼저 슬슬 피해가기 시작했다.

그런데 공수특전단과 맞닥뜨려 문제를 일으킨 사고가 발생했다. 그날은 영하 26 ~ 8도를 넘나드는 날씨였다.

요원들이 묵고 있는 도암초등학교 뒷산에 텐트를 치고 있던 공수특전단 부대원들이 구보로 요원들이 묵고 있는 숙소 앞까지 행진해 왔다가 올라간 것이다.

그것을 본 교관이 요원들의 상의를 벗게 했다. 그리고 공수특전대가 텐트를 치고 있는 숙소 앞까지 구보를 해서 갔다 오게 한 것이다. 시비의 발단은 그렇게 해서 일어났다.

다음날 공수특전단 대원들이 워커에 팬티만 걸치고 요원들이 묵고 있는 숙소 앞까지 시위하듯 구보로 돌아 올라간 것이다.

거기에 맞대응을 하는 이쪽에서도 다음날 팬티만 걸치고 맨발로 그들 숙소 앞까지 구보를 하고 돌아왔다.

그러자 다음날 공수특전단 대원들이 팬티바람에 구보를 하고 내려와 요원들이 묵고 있는 학교 앞 계곡에서 눈밭을 뒹굴어가며 기합을 질러대는 것이었다.

그렇게 그들이 한바탕 소란을 피워대는 것을 보고 가만 있을 이쪽이 아니었다. 다음 날 이쪽에서는 뭔가를 보여주겠다며 공수특전단 앞 계곡에 들어가 얼음을 깨고 퐁당 들어앉아 괴성으로 기합을 넣다가 마침내 큰 소리로 군가를 부르기 시작했다.

그때서야 그들은 이쪽이 해병대 소속이라는 것을 눈치 챘던지 얼굴 내미는 사람 하나 없이 잠잠했다.

하지만 뭔가를 그렇게 보여주고 돌아오는 요원들은 그야말로 죽을 맛이었다. 그것도 살을 베어내는 것 같은 겨울 날씨에 팬티만 걸치고 물에 들어앉았다가 나오는 것이라니, 차라리 물속에 들어앉았을 때는 그래도 견딜 정도였었지만, 물속을 나와 구보를 하다 보니 팬티가 금방 얼어 빳빳해진 것이 한 걸음을 옮겨 놓을 때마다 송곳 끝처럼 살 속을 파고들어 고통스러웠다.

그러나 고통을 참아내며 될 수 있는 한 으젓하게 구보를 해야 했다. 그들이 숨어서 지켜 볼 것이기 때문이다.

요원들이 숙소로 돌아왔을 때는 얼어붙은 팬티 끝 부분에 깎인 살갗 피부가 벗겨져 붉은 핏물이 번지고 있었다.

그 때문에 다음날 스키 훈련을 받아야 하는 요원들의 모습은 하나같이 마치 포경 수술을 하고 나온 사람처럼 두 다리를 벌리고 엉기적거렸다.

그 모습이 우스웠던지 스키를 타러 왔던 일반인들은 배를 잡고 웃어대는 사람도 있었고, 장난스럽게 그 흉내를 내며 키득거리는 젊은이들도 있었다.

당시는 대한민국에서 스키를 탈 수 있는 곳은 오직 대관령 스키장뿐이었기 때문에 제법 밥술깨나 먹는다는 집 자제들이 겨울 낭만을 즐기기 위해 모여드는 곳이었다.

그런 고급스런 놀이 장소에 빨간 트레이닝복에, 가슴에 'MIU' 라는 노란 글씨를 써 붙이고 그것도 늠름한 장정 40명이 한 줄로 서서 하얀 눈 위를 스키 타고 내려온다는 것은 그야말로 장관일 수밖에 없었고, 그래서 일반인들의 흥미거리로 눈길을 끌 수밖에 없는 것이었다.

모여든 구경꾼들 속에 유독 노란 스키복을 입고 빨간 스카프에 선글라스를 끼고 나비처럼 살랑거리는 걸음으로 다가와 구경하는 아가씨가 있었다.

요원들의 눈이 그 아가씨에게 꽂히는 것은 당연했다. 하지만 그 아가씨는 어쩌면 요원들의 손이 닿지 않는 먼 하늘나라 천사처럼 요원들의 가슴을 분홍빛으로 살랑이게 해놓고 바람처럼 사라졌다.

그런데 그 환상처럼 보여진 천사가 문제였다. 그날 밤 요원 몇 명이 그 천사의 얼굴을 한 번이라도 더 보고 싶어서 몰래 부대를 빠져 나갔다가 들어온 것이 들통이 난 것이다. 허락 없는 자리 이탈에 온 부대가 비상이 걸렸고, 마침내 전원이 밤새도록 호된 기합을 받아야 했다.

몇 사람의 자리 이탈자 때문에 전체 기합을 받으면서 여기저기서 투덜거렸다.

"그래 여자는 자고로 남자의 몸을 망치게 하는 요괴라 하잖여. 어쩌다가 재수 없이 노란 요괴가 얼쩡해가꼬 이 고생을 시키는가 몰르겄네, 쳇!"

"암마, 입 닥쳐! 꽃 보고 안 날아가는 나비 봤어? 그것이 자연 본능이라는 거여, 임마!"

"도마 위에 오른 생선들이 주제 모르고 까불고 쫓아간 것이 문제지 임마. 시방 우리가 꽃보고 해롱거리게 생겼냐? 여자는 화약통이여, 쳇……."

"이 말도, 저 말도 다 맞는 말이니까 입들 다물어, 더 혼쭐 나기 전에, 큥!"

주제 모르는 몇몇 요원들 때문에 밤을 새운 요원들에게 기다리는 것은 눈 쌓인 산악 행군이었다. 행군하기에 앞서 설피를 신고하게 되어 있었다.

그런데 그날 따라 설피 줄이 풀려 허리까지 차는 눈밭 행군에 100m

도 못가고 그만 지쳐 버린 질범이었다. 눈밭에 벌렁 드러누워 그대로 시선을 멀리 던졌다.

거기 눈 쌓인 나뭇가지 사이로 싸늘한 바람이 헛손질을 해대며 어서 일어나라는 시늉을 해댔다. 그러나 질범은 그대로가 평화로웠다. 자신도 모르게 중얼거렸다.

"잎새 잃은 산 나무여! 꽃을 잃은 산새들이여! 오늘 여기 순백의 동산에 차라리 죽음의 잔칫상이나 차려다오, 흐흥!"

잠시 누워 그렇게 중얼거리고 있는 질범의 모습을 곱게 보아 넘겨줄 교관이 아니었다.

언제 다가왔는지 쇳소리가 날아왔다.

스키 타고 제자리에 멈춰 사격하기 훈련

"짜샤! 뭐, 니가 시방 한가하게스리 이태백이라도 된 거야? 짜식 건방지게 잔칫상이 뭐 어쩌고 저쨰?!"

그 말이 떨어짐과 동시에 그의 워커발이 번쩍하더니 사정없이 질범을 저만치 눈밭으로 굴러 떨어지게 했다.

저만치 가다가 뒤돌아 그 모습을 지켜보고 있던 종

걸이 쫓아와 질범을 부축해 주며 말했다.

"괜찮은겨?"

"그래, 사내 대장부가 나약하게 감상에 젖어서는 안 되겠지. 우리 고통스러울 때면 태양을 바라보자! 다시 떠오르는 태양을……."

질범은 종걸의 부축을 받으며 중얼거렸다. 그러자 종걸은 핀잔을 주듯이 말했다.

"짜식! 감상적이기는, 넌 이담에 시인이 될랑갚다. 우째 하는 소리마다, 흐흥!"

"봐라, 시라는 게 고통 속에서 마음 닦는 소리라 하드라. 이보다 더 한 고통이 어디 있겠나 말이다, 쳇!"

종걸은 부대 안에서 유일하게 서로의 눈빛만 보아도 그 마음을 읽어내는 유일한 친구였다. 물론 해병대 동기라는 것도 있었지만, 그만큼 심성이 맑아 남다르게 정이 가는 친구였다.

처음 스키 훈련을 떠난다고 좋아했던 질범이었다. 하지만 그것은 낭만적인 망상의 꿈으로 스키를 타고 가다가 제자리에 멈춰 사격하기, 또 스키를 타고 달리면서 사격하기, 눈을 보호막 삼아 위장하고 사격하기 등 설한풍 속에서 받아야 하는 훈련은 다른 기타 훈련이나 고통스럽기는 매한가지였다.

특히 스키 훈련은 요원들이 다리 부상을 많이 입었다. 그런데 거기에서도 지휘관들은 언제 알아두었는지 정수사 노스님처럼 침을 잘 놓는 할아버지를 찾아가 침을 맡게 했다.

그 분온 산 밑에 살고 계셨는데 긴 수염에 마치 도인처럼 화색이 좋은 할아버지였다. 그 분의 침술은 업혀 갔던 환자도 침을 맞고 20분 정도가 지나면 가뿐이 걸어 나올 정도로 신통한 침술이었다. 그래서 요원들은 몸이나 다리에 부상을 입게 되면 어김없이 그 할아버지를 찾아갔다. 그리고 답례의 인사로 가지고 간 담배 두 보루를 건네면

나라를 지키는 사람들이 무슨 돈이 있어서 이런 걸 사들고 오느냐며 오히려 화를 내시곤 했다.

그러나 요원들은 그토록 심지 깊은 할아버지의 배려에 고마워하면서 부엌 쪽 입구에 슬그머니 두고 오는 인사를 잊지 않았다. 그만큼 할아버지가 주는 인상은 조용히 초야에 묻혀 사는 도인의 모습 그것이었다.

그렇게 스키 훈련을 받으면서 너나없이 상처를 입는 날들 속에서도 그러나 즐거움이 없었던 것은 아니다. 그 해 1973년 겨울 제55회 전국 스키체전이 대관령 스키장에서 열렸다. 일반부 대회전에 출전한 부대의 김영빈 교관이 우승을 차지했다.

그것은 부대의 명예로 요원들의 사기를 북돋아 주는 축제의 잔치가 그곳 도암초등학교에서 벌어졌다. 요원들은 학교가 떠나갈 듯이 해병대 군가를 부르며 '아아! 우리는 자랑스러운 무적의 해병' 이라고 큰 소리로 외쳤다.

9 떠도는 배달(倍達)의 혼

요원들은 그처럼 잊을 수 없는 추억들을 멀고 아득한 전설처럼 대관령 스키장에 남겨 놓고 다시 강화도 훈련장으로 되돌아왔다.

겨울 흰 눈 자락이 흩날리고 있는 그 자리에는 잊어버린 아픈 사연들을 되새겨주듯 숲과 나무들, 그리고 뛰어넘던 계곡의 바위들이 모두 제 나름대로의 그림자를 점유하고 있었다.

다시 훈련에 들어간 요원들은 낮에는 완전무장 상태로 산악구보, 산악로프 타기 훈련에 여념이 없었다. 야간 특수훈련은 기습조와 방어조로 편성하여 기습훈련과 방어훈련을 번갈아 익혔으며 야간에서의 정확한 독도법은 50센티 정도의 오차까지도 정확하게 찾아내야 하는 강도 높은 훈련에 다시 들어간 것이다.

오직 임무수행만이 지상 목표였고, 상관에 대한 절대복종만이 존재하는 훈련의 연속은 차라리 죽든지 살든지 인간병기의 폭발물로어서 북파임무 명령이나 받고 부대를 떠나고 싶다는 요원들의 한결

체력훈련을 겸한 수색훈련

같은 마음이었다.

그러는 사이 어느덧 겨울 뒷자락에 흘끔이는 바위틈에 연초록 새잎이 다투어 얼굴을 내밀었다.

그러면서 곤한 잠에서 눈을 뜬 막사 안으로 봄볕이 따스한 어머니의 입김처럼 기웃거렸다.

또 하루의 시작으로 요원들이 밖으로 얼굴을 내밀었을 때는 어느새 파란 하늘을 바친 연초록 풀밭이 사랑스러운 여인의 미소처럼 가슴을 살랑이게 했다.

"오늘 아침은 산에 올라가서 닥나무를 뽑아온다, 실시!"

아침 식사 전에 닥나무를 뽑아오라는 교관의 명령이 떨어졌다.

닥나무는 유일하게 참성단 주위에 산재해 서식하고 있는 나무다. 교관이 그 닥나무를 뽑아오게 하는 것은 팔아서 돈이 되는 것이기 때문이었다. 그래서 요원들이 아직 굵지 않은 1, 2년생 닥나무를 뽑아

동네 이장 집으로 갖다 주게 되면 이장은 한 그루에 1,000원씩 환산해 주는 것이었다.

그 돈으로 요원들은 운동복도 사서 입었고, 또 사복을 맞추어 입을 수 있을 정도로 제법 돈이 되었기 때문에 모두들 저절로 신바람이 나기도 했다.

마을 이장은 요원들이 뽑아온 닥나무를 수거하여 짭짤한 수입을 올리고 있었던 것으로, 그것은 일본으로 수출되어 나간다고 했다. 닥나무는 바로 일본 화폐 '엔화'를 만드는 데 쓰여졌기 때문이다.

하지만 요원들은 왜 일본이 굳이 우리나라 닥나무를 수입해 가고 있는지를 알지 못했다. 닥나무는 기후나 토양적으로 우리나라에서만 자생하는 나무다.

일본은 그 1, 2년생 나무를 수입하여 연탄재와 잘 배합된 토양에서 키워내는 데 성공한 것이다. 어쩌면 우리나라 한지 보존 천년의 비밀이 바로 그 닥나무에 있었음을 알았기 때문이다.

우리나라 한지는 우선 섬유가 여리어 종이뜨기에 알맞은 것이다. 그래서 닥나무가 굵어지면 가지를 11월에서 1월 사이에 베어서 목질부와 껍질 부위가 잘 분리되도록 한 후 증기로 찌는 등 여러 공정을 거친 다음 한지로 만들어진다.

이렇게 닥나무로 만든 한지가 천년을 간다는 것을 일본도 알고 있다. 세계에서 제일 오래된 인쇄물이 지금으로부터 1,250여년 전인 경주 불국사에 있는 석가탑이 완성되기 이전, 한지에 목판으로 인쇄되어 석가탑 2층 탑신식 사리공에 봉안되어 있다가 최근 탄소연대 측정법에 의해 정확하게 밝혀진 것이다. 석가탑은 서기 750년 신라 경덕왕 10년에 건립된 것이다.

그만큼 닥나무는 우리나라에서만 자라는 신비스러운 나무란 것을 미처 알지 못한 요원들이었다. 하지만 어찌 됐거나 돈을 만들어 요원

들을 기쁘게 해주기 때문에 그만큼 산 오름의 걸음도 즐거웠다.

신선한 아침 공기를 마시며 요원들은 숲속을 향해 뛰어 오르기 시작했다. 그리고 참새가 방앗간 기웃하듯이 들르는 곳이 그 위의 정수사였다.

집단 수용소와 같은 막사를 벗어나 법당 토방에 걸터앉아 산 정상에서 흘러 내려오는 생수로 목을 적시고 가슴 속 먼지를 털어내는 아침 공기는 더 없이 상쾌했다.

그날도 다른 요원들보다 앞서 정수사에 당도한 질범과 종걸이었다.

"내 잠깐 부처님 좀 뵙고 나올란다."

어렸을 때 가끔씩 할머니를 따라 곧잘 절 구경을 했던 질범이었다. 그래서인지 법당안의 불상이 더없이 정겹게 느껴지기도 했다. 그래서 두 손을 합장하고 법당 안을 기웃했다. 마침 스님이 새벽 예불을 드리고 나오다가 반갑게 맞아 주었다.

"오늘도 참성단을 오르시는가 보지요?"

"네, 스님. 이런 날이 매일 이어지면 얼마나 좋겠습니까? 스님은 도력이 높으시니까 제발 좀 그런 날만 있게 해달라고 부처님께 빌어주시면 안 될까요? 핫핫하……."

"그렇겠지요. 불자의 그 마음이 충분히 이해가 갑니다. 허허허, 그러나 어쩌겠습니까? 중생들 모두가 진흙 밭에서 진화 성숙해 오라고 하늘이 고통을 주신 걸요. 저기 법당에 그려진 연꽃 문양이 그거랍니다. 온갖 벌레들이 서식하는 진흙 벌에서 피워낸 연꽃 한 송이를 어느날 부처님께서 제자들 앞에 들어 보이시고 너희가 이 꽃의 의미를 아느냐, 하고 빙긋이 웃으셨다는 것 아닙니까? 중생들의 삶이 바로 이러하니 잘 참고 인내해서 그렇듯 아름다운 진리의 꽃으로 피어나라, 이 말씀을 하시고자 하신 것이지요. 그것이 이 세상에 고개 내민

중생들의 거역할 수 없는 숙명이라는 거 아니겠습니까. 그래 인간 세상 고개 내민 삶의 무대가 고통의 사바세계라 하신 것이지요. 허허허…….”

“아침부터 법공양을 받는군요. 그런데 스님, 저기 저 법당 부처님 옆에 있는 여인상은 무엇을 의미합니까?”

질범은 산을 오르내리면서 가끔씩 들여다보는 법당 안의 그 조형물을 보면서 궁금했던 것이다.

“보통 무심하게들 보아 넘기는데 물으시니 잘 이해가 될는지 모르겠소만 소승이 아는 대로만 대답해 올리지요, 흠흠. 저 여인상은 말법시대 미래불로 현신하실 미륵부처님을 상징해서 만든 모형물입지요.”

“그 참 이해가 잘 되지 않는데요. 그러니까 현신하실 미륵부처님을 왜 하필이면 여자로 상징한다는 말입니까?”

당할 수밖에 없는 스님의 말에 질범이 뜨악하게 묻는 것은 당연했다.

“그러실 테지요. 태초 우주를 상징하는 근원적인 이야기니까요. 그럼 제가 불자에게 묻겠습니다. 생명을 포태하고 만들어내는 것이 여잡니까? 남잡니까?”

“그야 여자지요.”

“바로 그겁니다. 태초 우주가 음양 두 원기에 의해서 만물이 형상을 이루었는데, 밝은 양적 기운이 어두운 음적 기운과 합해져서 물질을 만들어내게 하는 것이지요. 그래 음은 양적인 기운을 받아 물질생명을 잉태하는 포태 자리로 만 생명의 어머니 자리요, 양은 그 기운을 불어 넣어주는 아버지 자리라, 이렇게 우주자체가 태초에 그러한 음양 이성기운에 의해서 태동을 시작한 것이고, 그 우주근본 원리를 우리나라 태극기에 상징적으로 나타내고 있는 것인데 그것이 바로 우

주 기운행의 음양 사상이라는 거지요. 그러니까 태초 우주만물을 생성시킨 우주 근본 에너지가 이렇게 음양으로 대별해서 정자와 난자 모양을 하고 있다 이겁니다. 그래 물질은 모양의 형상을 나타내는 것으로, 그 모태자리에서 미래 세상에 미래불로 출현하신다는 지극한 태극의 위치가 바로 미륵부처님이라 생명을 만들어내는 여자로 상징할 수밖에 더 있겠소? 그래 미륵이라는 어휘가 충만할 미(彌)자에 굴레 륵(勒)자로 충만한 정법을 가지고 말법시대에 출현한다는 것이 석가 부처님께서 화엄경에 예언해 두신 월단월 용화세계라는 것인데, 그러니까 만 생명의 주인이 그때에 성숙된 인간 종자를 거두러 지상에 출현하신다는 것이 불교 경전의 예언이지요. 그것이 기독교나, 불교나, 신선도교나 거슬러 올라가면 최종 결론은 똑 같은 귀결점에서 만나게 되는 것이라고 봅니다. 세상 끝에, 이 땅에서 지상낙원이 이루어진다는 것이니까요. 흠흠…….”

“아니 스님, 지금 불경이 푸렁이 사상이 어쩌고저쩌고 하면서 지구촌은 그만두고라도 우리 같은 민족끼리 총구를 겨누고 있는 판인데 언제 지상낙원이 이 땅에서 이루어진단 말입니까? 꿈속 같은 이야기지요.”

“제가 이런 말을 하면 놀라시겠지만, 저 미륵부처님 자리에서 오래전에 이 땅에 출현하셔서 그 지상낙원 대도의 정법을 그것도 이 땅 백두산정에 심어두고 가셨던 거요. 그래 우리 민족을 백의민족이라 한 거요.”

“예에? 도대체 그, 그게 무슨 말씀입니까?”

처음 들어보는 황당한 스님의 말에 질범과 종걸은 스님의 얼굴을 뚫어져라 쳐다보다가 질범이 장난스럽게 말했다.

“그런 우리나라가 세계 속에서 왜 이 모양 이 꼴을 하고 있답니까? 정법을 잘못 심으신 것 아닙니까? 훗후후…….”

그러자 스님은 그럴 줄 알았다는 듯이 빙그레 입가에 웃음을 담으며 입을 열었다.

"우리 한민족 뿌리 역사에 등장하는 천신 환웅을 우리 조상들은 한울님이라고 했지요. 그 뜻이 뭔지 압니까? 바로 환한 하늘나라 웅장한 음적 성모 하나님을 뜻하는 것이고, 그분이 태시에 하늘 천신들의 옹위를 받으면서 태백산정에 내려와 하늘 제사권 민족을 세운 우리 배달민족 조상신으로 환웅천제, 혹은 한울님이라고 했답니다. 아무튼 우리가 배달민족, 한민족 어쩌구 하는 민족정기가 그로부터 심어진 조상뿌리라는 건데, 지금 우리 민족이 그 뿌리 족보를 잃어버린 거요. 왜 일본이 침략해서 우리 배달민족 뿌리 역사 족보를 모조리 거둬가고 왜곡시키면서 실제 민족역사를 신화라고 했겠소? 민족정신은 그 민족이 자존하는 동맥이라 노예를 삼으려니까 본정신 민족 얼을 빼내야 했던 거요. 그런 면에서 동서고금의 민족 뿌리 역사를 한번쯤 재고해 볼 필요가 있다 이겁니다. 기독교가 업고 들어온 것이 뭐였소? 이스라엘 민족 창조신 '야훼'였소. 그 민족이 이루어 나온 창조 뿌리 역사 과정을 보게 되면 처음 물질인간 창조를 하고 그 이름이 무수히 등장하는 일명 천사들이 있었소. 그들이 백성들의 삶의 방법을 가르쳐 나온 것이나 우리 배달민족 뿌리 역사의 그 전개 모습이 전혀 다르질 않다는 거요. 일명 천사라는 하늘 천신들이 원시인간 백성이 살아가는 집의 모형을 만들어 살게 했다는 기록이 그것 아니겠소이까, 흠흠……."

스님은 놀랍게도 우리 뿌리 역사와 성서를 비교분석해 가며 그 이해의 설명을 장중하게 들려주었다.

부정도 긍정도 할 수 없는 두 사람이었다. 사실 그동안 우리 배달민족 뿌리 역사에 대해서 학교에서 그렇게 깊이 배워 온 바도 없었고, 또 깊이 생각해 보지도 않았기 때문에 '단군신화' 운운하는 것에도

크게 관심이 없었던 것이 사실이었다.

그런데 생각지도 않은 장소에서 스님의 입을 통해 듣는 우리 민족 뿌리 역사를, 더구나 기독교 구약성서와 비교 일원화하며 들려주는 스님의 뿌리 이야기는 여간 흥미롭지가 않았다.

다시 스님의 말씀이 이어졌다.

"기독교 구약성서 창세기 속에서 보여주는 여호와 신의 인간 창조론도 그렇고, 또 그 여호와를 도와 인간이 살아가는 여러 가지 방법을 가르쳐 주고 있는 일명 천사들, 그 행사 모습이 우리 민족 뿌리 역사 기록과 다를 것이 없는데도 우리 뿌리 역사는 신화라니, 허허허……."

자조 섞인 웃음을 풀어내는 스님의 진의가 조금은 이해되기도 했다. 사실 단군신화로 가볍게 넘겨 버렸던 우리 뿌리 역사 기록은 그랬다. 처음 아시 땅 삼위태백에 환웅 천제(天帝)를 옹위하고 하강했다는 천신(天神) 신장(神將)들이 무려 삼천(三千)이라고 했다. 이름은 토지를 개척하는 방법을 일러준 신장이 있었고, 짐승 발자욱 모양의 문자 녹도문을 제정하여 인륜 도덕을 강론하게 한 사관 신지, 선악을 분별 가늠하게 하는 신장, 명령체계를 맡은 신장, 그리고 사시절의 기운을 순하게 이용하여 쓰는 법을 가르친 신장하며, 또 모든 형벌을 가르쳐 알게 한 신장이 있었고, 선과 악을 관장한 신장과 그리고 여인들에게 길쌈하고 누에치는 법에서부터 자르고 꿰매어 입는 옷의 모양을 가르치게 한 비서갑신모, 등등. 수많은 천신들의 이름이 등장하면서 하늘의 도리로 인간이 땅에서 살아가는 방법 360가지 사(事)를 가르쳐 왔다는 것이 우리 민족 뿌리 역사 환단고기(桓檀古記)의 기록이다.

스님은 그 같은 우리 뿌리 역사 기록이나 이스라엘 민족 뿌리 역사 구약성서나 그 실제성을 이해함에 있어서 동서(東西)가 조금도 다르지 않다는 설명으로 이어졌다.

"이렇게 동서양 지구촌은 각 민족 뿌리 역사가 있어 왔음인데 우리 배달민족 뿌리 역사는 신화고, 그들 뿌리 역사는 실제 역사로 그것도 지구촌 인류조상 뿌리라고 한 거요. 하지만 정작 기독교 스승 예수는 이 세상에 출현해서 신약복음서에 각 민족 조상 뿌리가 다름을 분명히 말씀해 두고 가셨던 거요. 몰라서 그렇지, 흠흠……."

"아니 스님, 언제 그렇게 기독교 성경을 읽으셨습니까?"

기독교 성서까지를 입에 올리며 뿌리 역사를 말하는 스님의 말씀에 종걸은 의외라는 듯이 물었다.

"허허허, 그러시겠지요. 인간은 신적인 환경에 살고 있기 때문에 각기 나름대로 믿는 신앙의 대상이 있게 마련이라, 그래 나라와 시대를 달리 하고 믿는 각 민족 종교의 뿌리에 대해서도 알아야 한다는 것이 제 생각이질 않았겠소. 그래 종교를 거슬러 올라가다 보니 모두 한 뿌리의 근원에서 유불선, 기독교가 비롯된 것인데, 지구촌 물질문명을 발전시킨 서양 문화가 기독교를 업고 들어오면서 지구촌 각 민족 육신을 있게 한 조상의 뿌리까지 왜곡시키고 있다는 게 문제점이지요. 흠흠, 자 우리 여기서 이럴 게 아니라 잠깐 안으로 들어가서 곡차나 한 잔 들고 가시지요."

스님은 이쪽의 대답을 기다릴 틈도 없이 벌써 저만치 앞서 가고 있었다. 따라오라는 몸짓이었다.

질범은 엉거주춤 '어쩌지?' 하는 표정으로 종걸을 쳐다봤다. 그 표정이 따라들어가자는 듯 씨익 웃었다.

스님을 따라 안으로 들어갔다. 향내음이 은은했다. 이윽고 스님은 곡차를 따라 두 사람에게 권하며 천천히 말문을 열었다.

"좀 전에 불자께서 물어 오신 이야깁니다만 인도에서 꽃을 피운 불교가 됐던, 서양에서 도입된 기독교가 됐던, 또 중국문화권의 유교가 됐던 간에 종교란 다 그 민족의 문화적 표현이라고 봅니다. 모두가 외래 종교들이지요. 그런데 거기에 어디 못 쓸 말이 있습디까? 문제는 들어와 우리 배달민족 홍익사상 속에 바르게 용해되어져야 하는 것인데 그렇지를 못했다는 게 문제지요. 중국문화로 대표되는 유교는 수기치인(修己治人)을 기본원리로 윤리적 규범의 견고성의 저력은 대단한 겁니다. 그건 기독교도 마찬가지지요. 구약의 십계명 율법이란 것이 그 이스라엘 백성들에게 윤리적 규범을 가르친 것이니까요. 그건 분명히 동물과 다른 인간으로서의 도리를 가르친 거란 말씀이야. 그런데 어찌 되었소? 중국의 유교문화는 현실주의와 인본주의 사상에 입각해서 생활화했기 때문에 종교적 입지가 매우 협소해서 인간 물리적 죽음 이후에 갖는 고등종교 사상을 갖는 사람이 거의 없었고, 예수 출현 이전에 구약 율법시대가 바로 그런 거였소. 그 백성의 수호신 여호와가 율법 십계명으로 사람의 윤리적 규범을 가르쳐 왔던 시대란 말씀이요. 그래 중국 문화의 유교지침의 덕목과 다른 게 없었다는 거요. 다만 다른 것이 있다면 나 이외는 다른 신을 섬기지 말라! 그 하나가 다른 것 밖에 더 있겠소? 흐흥! 그런데 기독교 스승 예수가 그 시대에 이스라엘 땅에 출현해서 이단자로 내몰렸던 이유가 뭔지 아시요? 이스라엘 민족을 창조하고 다스려오던 여호와의 구약 율법시대가 마감했다는 것 때문이었소. 당연히 소동이 날 수밖에 더 있었겠소? 왜 그런지 아십니까? 허허허……. 너희가 그동안 배워온 것은 초등학문이니 그것을 배웠거든 이제 내게 와서 인간 물리적 죽음 이후 하늘로 돌아갈 속사람 영혼의 신법을 배우라 한 것 때문이었소. 그러니까 이게 무슨 소리? 감히 네가 뭔데 우리 조상 대대로 믿어온 여호와께서 엄히 지키라고 한 율법을 폐하라고 하느냐? 참람하다 했던 거요. 허허허……."

종교에 대해서 별로 아는 것이 없는 종걸은 스님의 말에 귀를 기울이고 있다가 고개를 갸우뚱하며 불쑥 물었다.

"그럼 하나님 아들이라는 예수와 여호와 관계가 묘하게 되지 않습니까요. 아들이 아버지의 법을 폐하러 왔다니 말입니더."

"그것을 서양신학에서 정리했으면 오죽이나 반가운 일이었겠소만, 구약에서 여호와가 그 이스라엘 백성에게 가르치던 법을 예수 신약에 얹고 들여오다 보니까 여호와가 전지전능한 예수의 아버지가 돼버린 거요. 그런데 보면 예수는 분명히 나는 아버지 일을 행하러 왔노라 했단 말씀이야. 아들이 아버지 법을 폐하라고 한 자식이 아버지 일을 행하러 왔다고 하겠수? 아니 아들이 아버지 법은 초등학문이니 폐하라는 그 맞아 죽을 소리를 했겠느냐 말이지. 그리고 내가 가지고 온 새 계명은 율법의 완성이니라, 하고 또 뭐라고 한지 아시오? '너희가 그동안 본질상 하나님이 아닌 자들에게 종노릇 하였더니…….' 했단 말씀이야, 그러니 그 백성이 가만 있었겠소?"

"……?"

"그래 귀신이 들렸다 하고 돌멩이를 들어 내쳤는데 쫓기면서도 그들을 향해 시대 구별을 잘 하라고 외쳤던 거요. 그리고 제자들에게 마지막으로 남긴 말씀이 족속을 초월해서 그가 이 세상에 전하러 왔다는 하늘나라 성부 하나님, 우주정신의 사랑법을 전하라고 당부하고 새 술은 새 부대에 담아야 둘 다 보존 되느니라, 이 말씀을 신약에 남긴 거요. 말하자면 육신을 있게 한 육신의 조상 혈류와 영혼의 근본자리를 혼돈하지 말라는 것이었고 보면 예수는 당연히 그 백성들에게 내침을 받을 수밖에 더 있었겠소? 결국 그들 조상에서부터 믿어온 여호와 하나님을 반역하는 불경모독죄에 내몰려 파란의 생애를 십자가 위에서 마친 거요, 흐흥!"

"……."

"그러면 예수 성자만 그런 파란을 겪은 거냐? 그건 붓다도 마찬가지였소. 붓다 출현 이전에 그 백성들이 믿어오던 신에게 사람까지 제물로 바치던 시대였단 말씀이야. 예수 출현 전에 이스라엘 백성들이 여호와 신에게 양을 제물로 잡아 바치듯이 말이요. 그런데 붓다 역시 그 법을 폐하라고 했다가 기존의 사상가들로부터 내침을 받았었던 거요. 붓다 역시도 인간영혼이 오고가는 심법을 가르쳤으니까……. 그것이 이 땅에 오고간 고등종교 스승들이 천도변화에 따른 종교개혁으로 참 진리라고 외친 경전의 말씀들이라는 거요. 그러니까 성자들로 비롯된 고등종교 말씀을 거슬러 올라가게 되면 한결같이 처음 이 땅에 하늘 천법을 가르친 우리 배달 한민족 홍익인간 이화세계로 그 귀결점이 모아진다는 것 아니겠습니까, 왜 그런지 아시오? 바로 우리 배달민족을 있게 한 조상신 환웅께서는 이 땅에 하늘 천법을 펴신 천도의 원동맥이었다 이겁니다. 그래서 천손이라 한 거고, 그렇게 타민족에 앞서 처음부터 하늘 신법을 배운 민족이라는 거지. 세분하자면 홍익인간은 사람의 도리를 알게 하는 것이고, 이화세계는 예수나 붓다가 말한 하늘나라 영혼의 신법이라서 이화세계라, 그게 바로 예수가 신약복음서에 말한 지상천국이고, 붓다가 경전에 말한 용화세계라는 거요. 용어상으로만 다를 뿐이지, 그 이치는 똑 같은 거요. 허허허……."

그야말로 동서의 종교는 물론 우리 민족의 뿌리 역사까지를 종횡무진으로 함께 엮어 풀어놓는 스님이었다.

그야말로 난생 처음 들어보는 스님의 말씀이 너무나 엄청나서 두 사람은 할 말을 잃고 있었다.

그때였다. 열어 놓은 방안으로 불쑥 들이민 얼굴이 있었다. 팀장이었다.

"아니, 이 친구들 지금 뭣들하고 있는 거야? 한가하게 앉아서 노닥거리다니……."

"허허, 허물은 내게 있으니 너무 나무라지 마시오. 내가 붙들고 이야기 좀 하자고 했소이다. 이왕 오셨으니 들어와 곡차나 같이 한 잔 하십시다. 이 좋은 아침에 안 그렇소이까?"

팀장은 가끔 스님에게 여러 가지로 신세를 지고 있던 처지여서 난색을 표하다가 마지못한 듯 신발을 벗고 들어와 머쓱하게 앉음새를 취했다.

스님이 두 사람을 향해 안심하라는 듯 눈을 찡긋해 보였다. 그리고 팀장 앞에 곡차를 따라주면서 말했다.

"내 오늘 아침 이 젊은이들에게 우리 민족 뿌리 찾는 이야기를 들려주고 있었소이다. 물론 다른 일도 중요하지만 그 일도 젊은이들에게는 무엇보다도 중요한 일 아니겠소이까? 허허허……. 저 마니산 참성단이 언제 쌓아진 것인지 압니까? 참성단은 배달민족을 백두산정에 세우신 환웅 천제시대가 지나고 일대 단군왕검이 하늘 조상신께 천제를 올리고 배달민족 혼을 일깨웠던 성지였소. 물론 이 강역 요소요소에 백두산 보본단도 있고, 태백산 천제단도 있지만 강화도 참성단은 1대 단군왕검이 2대 부루, 부서, 부우, 세 명의 태자로 하여 수호케 하고 지키게 했다 해서 삼랑성(三郎城)이라 했던 거요. 그래 제단은 바로 그 민족 권위의 상징과 같은 것이라서 우리 민족뿐 아니라 각 민족마다 그 조상신을 맞아들이고 빌어온 것이 성전 아니었겠소? 그래 지구촌 도처에 각 민족마다 받들어 온 성전이 좀 많수? 이스라엘 성전도 그 중에 하나지만, 그래 우리 민족이 하늘에 제사를 드리던 곳이 저기 보이는 참성단이라, 거기에서 하늘 제사를 지내면서 하늘 천법과 애국혼을 일깨우게 했던 민족성지지요. 흠흠, 그래 배달겨레 단군왕검 조선은 건국 이래 72대에 거쳐 3840년간 황금시대가 이어지면서 배달나라 본토 만주를 중심으로 동양문화와 동양철학을 낳았던 근원지로 어느 민족 국가보다도 훌륭한 우리 역사 기틀을 견고히 하

여 한족을 비롯한 이웃 민족들을 지배했던 우수한 민족이었던 거요."

"그렇게 우수했다는 배달민족이 왜 이 모양 이 꼴로 전락했다는 말입니까? 스님."

듣고 있던 질범은 성질도 급하게 스님의 말을 자르며 조급하게 되물었다.

"그것은 어쩔 수 없는 천도의 변화 기운으로 보아야 하겠지요. 정신문명은 분명히 동방에서 먼저 이룬 것이지만, 물질문명은 서방에서부터 이루어져 나왔으니까, 이 양자가 합일을 이루게 한 것이 천도의 순행이라고 할 수 있겠지요. 태초에 우주가 음양 한 짝을 이루고 나왔듯이 동양과 서양이 한 짝을 이루게 하기 위한 하늘 섭리라고 봅니다. 그래서 동양이 서양에 앞서 정신문명으로 꽃을 피우다가 서쪽으로 저물어 간 것이 천기에 의한 기운행 돌림이라고 보면 맞겠지요, 흠흠……."

듣다 보니 어쩌면 그럴지도 모른다는 생각이 슬그머니 들었다. 우리 배달민족은 그처럼 한때 찬란하게 동방의 정신문화를 이루어 나왔음이 세계사 속에 기록되어 있기 때문이다.

"그러나 어쩌겠습니까. 아침 태양이 힘차게 한낮을 불태우고 서쪽으로 기울어지는 것이 자연 섭리이며 그 이치이듯이 배달겨레 황실의 문은 개천 3840년 해모수 천황 고무서를 마지막으로 황실의 문이 닫히고 말았고, 고주몽의 독립된 왕조로 배달나라 맥이 이어졌던 것 아닙니까? 그러나 고구려마저도 왕조수립 725년 만인 개천 4565년, 서기 668년 28대 보장왕 27년에 신라와 당나라 연합군에 의해 평양성이 함락되고 왕조가 멸망하기에 이른 것이지요. 이 무렵 고구려 사람 대중상이 흩어진 유민을 이끌고 본토를 중심으로 하여 말갈족과 그 외 소수 부족들을 규합하여 개천 4565년에 대진국이라는 새로운 왕조를 세워 고구려의 정통 맥을 계승했는데 개천 4595년 서기 698년 만주 돈화현 동모산에서 대중상의 맏아들 대조영이 왕위에 오르면서 국가체제를 갖춘 진국(震國 ; 振國)을 세우면서 공식적인 건국을 선언하였다. 이후 당나라도 7년 뒤인 705년에는 진의 건국을 인정하였으며, 더구나 713년에는 발해군공이라는 관작까지 보내오면서 대조영은 나라 이름을 발해라고 하고 연호를 천통으로 바꾸어 배달나라 전통을 계승해 나가다가 왕조수립 258년만인 개천 4823년 서기 926년, 15대 애왕 26년에 거란족의 요나라 태조 야율아보기가 침략하여 수도 홀안성이 함락되고 왕조가 멸망하기에 이른 것이지요, 쯧쯧. 그 후 유민들은 본토에서 200여 년간 광복투쟁을 하였지만 그 뜻을 이루지 못하고 일부는 사방으로 흩어져 살기에 이르렀고, 또 일부는 고려로 망명하여 살았다는 것이 우리의 역사니까요, 허허……."

"그러고 보니 오늘 아침 학교에서 배우지 못한 공부를 스님을 통해 하게 되는군요, 그런 줄도 모르고……."

팀장이 들어올 때와는 달리 표정이 바뀌면서 오히려 스님에게 치하의 입인사를 하고 있었다.

그러자 스님은 지긋하게 웃음을 담고 말을 이었다.

"사실 우리 배달나라 역사는 환웅천황께서 천지인(天地人) 삼계 대권주로 이 땅에 내려와 배달나라를 세우고 후사이신 단군왕검으로 하여 조선을 개국하신 이래 3840년 동안 통일자주 국가로서 홍익인간 이화세계의 건국이념 아래 만주를 중심으로 한 아시아 대륙을 주름잡고 다스리던 천황의 나라는 왕국으로 전락되면서 점차 그 빛을 잃기 시작하였고, 따라서 배달나라 사람들의 사상도 점차 흐려지기 시작하였지요. 그러나 신라에서는 단군 한배검의 가르침을 크게 일으켜 풍류교, 혹은 풍월도, 또 풍월교라고도 불렀는데 진흥왕 때는 이 풍월도의 실행자를 모집하여 인재등용의 기틀을 이루었다는 거 아닙니까? 이들이 곧 화랑도로 신라 삼국통일의 구심점으로 원동력이 된 것이지요. 그러나 고려 말기부터 이조 오백년을 지나오는 동안 한민족 우리 뿌리 배달정신은 점점 흐려졌고, 따라서 주체성도 잃어가기 시작했다는 거 아닙니까. 그래 저물어 간 거지요, 이 조선이란 나라가…….”

사실 주체성이란 내가 나의 주인공이라는 마음의 상태로 내가 객체가 될 수 없는 것이며, 그러므로 주체성에는 부족의 주체성이 있을 수 있고 또 민족의 주체성, 개인의 주체성이 있으므로 이와 같은 주체성은 곧, 내가 나의 주인공이며 우리 민족, 우리나라의 주인공이라는 자부심의 자각에서 비롯되는 것이라고 했다.

그러므로 우리 배달겨레의 주체성이란, 인간이 창조된 뜻대로 참자아를 깨달아 자기의 위치를 바르게 확보한 상태의 정신사상을 말하는 것으로, 곧 인간인 내가 만물의 영장으로서 영장다운 자격을 얻고 나아가서 천하 만물을 다스리는 권한을 소유한 모든 것의 주인으로서 본질적인 자기의 보좌에 앉아 우주의 주인으로서의 삼라만상을 지배하는 모든 인간과는 화이동(和而同)하는 정신 상태를 말한다고 했다.

그리고 이것이 환웅천황께서 개천(開天)하신 이래 우리 한민족 정신세계에 깊이 뿌리를 내려 찬란한 동방의 문화를 꽃피게 했던 배달겨레 주체성의 극치였다는 것이다.

곧 자연관과 인간관을 바탕으로 하는 국조 단군께서는 한얼숭배, 조상숭배, 인간 사랑을 골자로 한 홍익인간의 이념을 펴신 것이다. 그 이념이 바로 우리 배달 한민족의 종교이며 철학으로서 큰 덕과 슬기와 힘을 갖추고 자각자(自覺者), 곧 참사람으로서 진인(眞人)이 될 수 있다는 종교며 사상이었다.

사실 이러한 배달얼 홍익인간 이념과 만물감통사상(萬物感通思想)은 배달 사람들에게 그 진의가 구현되어 찬란한 동방의 문화를 꽃피게 했던 자연관과 인간관을 바탕으로 한 홍익인간 이념의 사상은 서양에 앞서 동양은 종교와 예술방면에 현저하게 발전을 보여 왔었다는 기록이다.

스님은 마치 강물이 흘러가듯이 그렇게 근엄하면서도 잔잔한 목소리로 다시 말씀을 이어나갔다.

"헌데 이처럼 높고 숭고한 우리 민족의 정신이 배달겨레 단군조선의 세대가 멀어지면서 본질의 뜻은 흐려지고 사실상 백성들은 하늘을 숭상하는 배달정신이 멀어져간 거요. 도(道)가 오래 되면 마(魔)가 꼬이듯 그런 거지요. 우리 조상들의 얼과 마음을 지배해 온 사상이자 종교는 특히 인간의 도리(道理)만 가르쳐 온 유교가 들어오면서 정치적인 색채를 띠고 지배자의 방편으로 이용되어지기 시작했다는 거 아닙니까?"

"……."

"신분관계를 중시하는 관존민비, 남존여비, 그리고 반상제도 등 엄격한 인간차별의 사대주의 사상을 뿌리내리기 시작하면서 우리 배달겨레의 주체성을 상실하고 중국을 숭상하는 모화풍조는 마침내 사대주의와 게으르고 나태한 인간상을 만들어내기 시작한 것이지요. 즉, 수족을 움직이는 농공(農工)과 상업행위 등, 생산적인 면보다는 오히려 글이나 읽고 청렴하게 살아가며 나라에서 내리는 녹이나 받기를 즐겨하고, 또 선현의 글이나 암송하면서 형식적인 윤리 도덕으로 소일하는 것이 그 한 예일 수 있지요. 그래서 내세(來世)에 대한 적극적인 관념도 없었고, 생활 또한 자연적인 성정(性情)에 맡겨 두므로써 사회에 수없이 많은 폐단을 가져왔단 말씀이야. 허허허……."

"……."

"그리고 또 인도로부터 불교가 들어오면서부터 불교의 진면목과는 다르게 지배자 계층과 일반 민중과 부녀자들은 현세의 복덕을 기원

하는 방법으로, 유교와는 다른 차원에서 정신적인 위안처를 삼으면서 민족정신은 멀어지기 시작했다는 것 아니겠소. 그러니까 이렇게 우리 민족의 사상과 혼합된 불교는 점점 더 세속적으로 붓다의 근본정신 자성불을 깨닫는 것과는 거리가 멀어지게 되면서 우리 민족 사상의 본질이 퇴색되어 간 것이지요. 우리 조상들이 세계 으뜸의 문화를 일으킬 수 있었던 것은 만물감통사상, 재세이화, 홍익인간의 이념과 사상은 단순히 자연과 그저 어울리는 것이 아니라 호연한 자연과 감정을 같이 하려는 공감의 정신이 그 본질인 것이외다. 말하자면 자연과 인간이 서로 주체를 잃지 않고 조화를 이루었을 때 자연은 더욱 자연다워지고 인간은 더욱 인간다워진다는 뜻인 것인데 이렇듯 본질이 흐려지면서 우리의 자연 숭상의 사상과 종교를 밑바탕으로 혼합된 기복신앙관은 다만 높은 산은 생명의 근원이며 산신(山神)은 생명과 화복(禍福)의 사신으로서 백두산, 금강산, 토함산 등이 모두 다 생명이 나오고 죽으면 혼백이 돌아가는 것으로 믿어 산신을 위하는 산신제를 비롯한 각종 제사가 가장 소중한 일로 여겨져 신성한 장소를 택하여 정결한 몸가짐으로 부정이 접하지 못하게 하는 데에만 열중해 버린 거란 말씀이야. 흠흠……."

그렇다. 지구상에 현존하는 약 2억 3 ~ 4천에 달하는 미개발 야만인들이 종교라는 형태로 가지고 있는 것이 이러한 샤머니즘으로 하늘 천법(天法)이라는 고등종교의 가르침과는 그 본질이 다른 것이다.

그러니까 우리 배달겨레 조상들이 자연과의 교감을 통해서 이루어진다는 사상이자 종교인 만물감통은 이렇게 단군세대가 멀어지면서 미신적인 차원으로 떨어져 시베리아로 흘러들어가 샤머니즘으로 통하고 있는 것이다.

그 원인이 바로 유교와 불교가 들어오면서 건전한 우리 민족의 근본정신 위에서 받아들여지지 못했기 때문에 미신적 차원으로 떨어져

버렸기 때문이라는 스님의 말씀이었다.

세 사람은 우리 민족 뿌리 사상을 새롭게 일깨워 주고 있는 스님의 말씀에 심취되어 시간 가는 줄도 모르고 그 속에 빠져들고 있었다.

"그래, 이조 오백년을 중심으로 한 우리 역사상의 왕도정치는 왕도에 바로 서서 치정했던 왕은 세종대왕과 태종 이외에는 거의 없었고, 또 설령 있었다 하더라도 관인들의 세도에 월권적인 타락으로 왕도를 바로 펴나가지 못했으며, 또는 왕 자신이 뚜렷한 사상이 결여되어 주체성 없는 무능한 상태에서 민중을 오도함으로써 천명에 위배하면서 또 자기 일신만의 사리사욕을 충족하려는 군신들의 행사에 자연히 백성들도 부패하여 주체성은 말할 나위도 없이 기회주의로까지 그 근성이 변질되어간 것이지요, 헛헛헛……."

"……."

"나라와 개인 그 어떤 집단도 뚜렷한 사상이 없을 때에 내가 나의 주인공이라는 그 주체성이 있을 수 없고 그러니 매사에 우유부단할 뿐만 아니라 자기 비하로까지 떨어져 타에 의지하려는 나약한 걸인 근성이 심어지게 된 것 아니겠소. 모든 사물의 주체가 되는 인간 주체의식이라는 것은 그 역사와 전통과 사회 환경 등 모든 요소들과 깊은 관계가 있다고 했소이다. 그래, 우리 민족이 주체성을 잃고 표류하는 데에는 고대사의 사실보다는 근대사의 사실이, 근대사보다는 최근의 현대사가 또 역사에 기록된 과거사보다는 금일 우리에게 당면한 현실이 더 큰 영양소가 되어 온갖 풍운을 겪는 동안 우리는 뿌리를 잃은 채 주체성마저 상실하게 하는 원인을 만들고 말았던 것이외다. 역사 속에서 깨닫지 못하는 민족은 미래가 보장되지 않는다고 했소이다. 과거 없는 현재도 없고, 바른 역사관 없는 현재는 밝은 미래를 계획할 수 없다는 거 아닙니까. 과거에 대해 눈을 감는 자는 결국 현재에 대하여서도 장님이 된다고 했단 말씀이야."

"……."

"그런데 일본을 예로 들어 봅시다. 해방 후 우리 역사학자의 비역사적 처신은 차마 부끄러워 나열할 가치조차 없는 반면, 일제 731부대의 세균전 생체실험 만행을 중등 교과서에 실리게 한 사람은 일본의 역사학자였다는 거 아니겠소. 32년간 소송 끝에 인생의 황혼을 맞이한 그의 역사정신의 실천은 마음을 숙연하게 하지요. 그런데 이러한 역사를 올바르게 가르치고 전수하여 참되게 이어가야 할 우리의 국사 교육현장이 난장판이니, 민족정신을 잃고 망국으로 치달리던 이조 말엽이나 다를 게 뭐 있겠소이까, 헛헛헛……."

사실 그랬다. 20세기 초, 조선(朝鮮)은 제국주의의 격랑 속에 외롭게 꺼져가는 동방의 불빛이었다.

과거 삼국시대 이래로 통치해 온 왕도정치가 한민족의 주체성에 너무나 많은 영향을 끼침으로 하여 있었던 민족의 수난, 그리고 1876년 강화도조약 이래로 일본이라는 매개체를 통해서 서양적인 풍조가 들어옴으로써 우리 민족이 겪어야 했던 시련, 36년간의 주권의 단절, 그리고 이를 극복하려는 노력, 연합군의 승리로 자력이 아닌 타력에 의하여 얻어진 해방으로 주권을 회복하였다고는 하지만 광복은 아직도 미완의 상태로 정신적 의미에서 볼 때 배달민족의 수치가 아닐 수 없는 것이다.

그야말로 자력이 아닌, 강대국의 힘에 의존하여 겨우 얻어진 해방정국에서 그랬다. 미국이 주둔하고 있는 남한만의 단독정부를 반대하고 나선 여운형, 김구 선생 등의 암살사건 배후에는 미국의 테러임이 구체적으로 밝혀지는 문서가 공개되고 있다는 사실이다.

이렇게 미국에 의존하는 데 익숙한 이승만의 회전머리가 다시 또 분열로써 국토의 양분, 그리고 또 이어서 비참했던 6.25동란과 극복, 정치 및 경제의 불안 등은 민족 긍지의 자부심과 주체성을 잃어버린 걸인근성에서 비롯된 요인이라고 할 수 있을 것이다. 나라나 개인이나 주체성을 잃어버렸을 때는 언제나 타(他)로부터 지배를 받을 수밖에 없기 때문이다.

우리의 4천 3백년 남짓한 역사 위에서 삼백여회나 있었던 민족의 시련과 또 근세에 들어와서 일본인의 침략은 우리 민족의 주체성을 송두리째 상실하게 만든 가장 큰 요인이라고 볼 수 있다.

오늘 우리는 그처럼 대륙을 뻗어나가 아시아 전 대륙을 주름잡았던 민족역사의 뿌리를 잃고 사실상 조상을 잃어버린 고아처럼 뿌리 잘린 역사 속에 표류하고 있는 것이 사실이다.

우리 민족에게 불명예스럽게 붙여진 사대사상, 노비근성, 걸인근성이라는 엽전근성은 역사적으로 주체성 침해를 물리적으로 이겨내지 못한 결과에서 초래된 것이라는 스님의 말씀이었다.

그로부터 민족과 문화를 말살하여 일본화하려던 창씨개명을 비롯한 언어의 말살 등, 한민족은 온갖것을 착취당하는 속에서 조상의 뿌리까지도 그들의 요구에 따라 근절 당해 왔기 때문이다.

그러나 일본에게 침략 당하기 전, 조선 말엽 본래의 우리 것을 찾자는 운동이 밀물처럼 일어나 그 사명을 받은 사람이 바로 동학운동을 촉발시킨 수운 최제우 선생이었다. 하지만 이미 사대사상에 젖어 배달의 얼이 빠져 있는 지배계급들로 국운은 저물어가고 있었던 것이다. 되돌려 세울 수 없는 배달정신이었다.

그대로 강대국의 물리적인 침략을 막아내지 못하고 치욕의 강화조약으로 대한제국의 주권을 빼앗긴 것이다.

하지만 이렇게 동학운동을 촉발시킨 수운 최제우 선생은 하느님을 위하는 지극한 마음과 아울러 하느님의 영기(靈氣)와 화합하는 신적(神的)인 상태를 갖추어야만 하느님을 모실 수 있다고 생각하여, 이러한 신적인 상태를 갖추려는 물질적인 상태를 수심정기(守心正氣)

라고 했다.

이처럼 지극한 수심정기로써 하느님을 모실 수 있다고 믿어온 우리의 인내천(人乃天) 사상이야말로 동서를 막론하고 인간존엄성의 극치가 되는 것이다.

그러므로 본래의 배달종교를 되찾자는 수운 선생의 천도교 사상에는 우리 뿌리 사상이 짙게 깔려 있어 일제 36년의 압박 속에서 특히 중국과 만주를 주무대로 독립운동을 벌렸던 독립군들이 그처럼 민족해방을 외치고 그 한 몸을 나라의 광복을 위해 던질 수 있었던 것은 이 같은 민족 주체의식이 투철했었기 때문이다.

그만큼 인간 주체의식이라는 것은 내가 나의 주인공이라는 정신상태로 일정한 방향을 가지고 움직일 때 큰 힘을 만들어 낸다는 것이었고, 민족 사상이란 여러 민족들이 나름대로 신성시하는 종교적인 믿음에서 출발한다는 스님의 말씀이었다.

그 같은 역사의식을 스님은 강연하듯 새롭게 일깨워 주고 있었고, 어느새 아침 햇살이 스님의 얼굴 위로 퍼지면서 지긋한 아침 향기 같은 깨우침이 다시 이어졌다.

"부처님께서는 옷깃만 스쳐도 인연이라 하셨습니다. 이 나라 장래를 짊어지고 나갈 젊은이들이 나와 이렇게 인연을 맺었으니 이것이 보통 큰 인연이겠습니까? 젊은이들이 이곳에 와 머무는 것도 그렇고 이 강화가 어떤 곳인지 압니까? 이곳 강화 삼랑성은 우리 민족혼 그 얼이 숨쉬는 성스러운 곳이랍니다. 그래서 고려가 몽고와 40년 항쟁 속에서도 이곳 강화섬만은 함락 당하지 않았던 거지요. 당시 몽고침략군은 현대의 미 · 영 · 불 · 소의 연합군과 같은 강력한 힘을 가졌던 나라지요. 거기에 맞서 국권을 지킬 수 있었다는 것은 비록 작은 강화도 섬이지만 자급자족하면서 자주적으로 삶을 이룰 수 있었기 때문에 고려가 자주성을 가지고 버텨낼 수 있었다는 것 아닙니까. 그러다가 강국이 연합해서 들어오는 바람에 고려왕이 몽고 원나라 왕에게 공주를 보내서 화친을 청한 것으로 그래도 비굴한 굴복의 역사를 만들지 않았던 거요. 그렇게 고려와 몽고의 40년 항쟁의 역사가 끝나고 훗날 이성계에 의해서 조선이 건국되면서 몽고와의 교역을 갖게 되었다는 거 아닙니까, 흠흠……. 그게 다 배달민족 혼을 되살리게 하는 주체의식이 뚜렷했기 때문이었던 거요. 그런데 해방이 되고 서양문물과 문화를 받아들이기 시작하면서부터 우리 국민들은 우리 민족의 정서와 문화의 소중함을 잃어버리고 국적불명의 남의 나라 것만 새로운 문화라고 받아들이고 모방하고 있으니 한심하다는 것 아니겠소. 세계 인류는 그 나라 국토에 맞는 그들만의 삶의 방식과 문화를 이루어 나온 거요. 그래 변화하는 문화가 있는 반면, 지켜야 하는 문화가 있는 것인데, 기독교혁명의 역사가 그것의 모델이 아니었겠소이까. 예수가 보인 종교적 시대변혁은 이스라엘 민족을 창조하고 가르쳐 나온 그들 민족 조상신 십계명 율법에서 하늘 천법을 깨닫게 하는 천도의 변화흐름의 개혁적인 보완이었던 거요. 그러니까 민족의 역사적인 것은 옛 모습 그대로 두고 변화하는 문화를 수용해야 한다는 것인데……."

"……."

"그것이 새 술은 새 부대에 담아야 둘 다 보존한다는 이치의 말씀인 거고, 그래 지금 우리 민족의 숙제인 통일 문제를 풀기 위해서는 우리 민족의 뿌리 역사관을 바로 살려 민족의 근원적인 문제를 해결하려는 주체의식이 절실히 필요한 것인데 누굴 탓하겠소이까? 역사의식의 부재를 한탄할 밖에요, 흐흥……. 그러고도 말이 좋아 무궁화 삼천리 금수강산이라. 뜻도 모르고 불러대니 한심스럽다는 거 아닙니까. 그래 젊은이들은 무궁화가 왜 우리나라 국화로 정해진 지나 아시요?"

"……? 죄송합니다. 거기에 대해서 듣고 배운 바가 없어서……."

사실 그건 그랬다. 스님이 말씀한 우리나라 태극기의 상징성이나, 또 나라꽃으로 지정되어 있는 무궁화에 대해서 학교에서 들어 배운 것이 없는 것이 사실이었다.

"그렇겠지요. 서양문화 속에서 살아오고 있는 젊은이들이니까 그 이해를 돕자면 서양 문화를 토대로 말해 주리다. 흠흠……. 이스라엘 뿌리 역사 기록에서 보여주듯이 신과 인간이 어우러졌던 시대가 구약시대였소. 그 구약성서 역사가 예수성자 출현으로 마감되었듯이 우리 민족 뿌리 역사도 마찬가지였소. 하늘 천신들이 내려와 창조된 인간과 어우러지던 시대를 신인합발(神人合發) 시대라고 한 건데, 그 시대가 완전한 인간 단군왕검 시대로 구약의 시대에서 예수 신약의 시대로 문이 열렸던 것처럼 그 변화의 문이 열렸던 거요. 그러니까 배달민족 창조신이 그 백성을 교화하며 가르쳐 오던 시대에서 인간 단군왕검이 백성을 가르치며 다스리는 치화의 시대로 변혁된 거란 말씀이야. 그렇다고 민족뿌리 정신까지 바꾸란 게 아니라 어디까지나 그 토대 위에서의 보완을 위한 변화를 요구한 시대였던 거요."

사실 우리 배달민족 상고사 기록에서 신인(神人)이라는 존엄한 단군왕검은 인간주체로서의 홍익인간, 재세이화가 건국이념이었다. 즉 인본주체사상과 인간조화사상을 토대로 인간 최고의 철학을 심어준 스승이자 국조이신 것이었다.

그러므로 단군왕검 조선은 건국 이래, 중국의 최고 지리지(地理志)인 산해경(山海經)에 이르면 '동방에 있는 군자불사지국(君子不死之國)은 의관(衣冠)을 정제(整齊)하고 칼을 찼으며, 성격이 양보를 좋아하고 다투지 않으며, 아침에 피어나 저녁에 지는 조생석화(朝生石花) 꽃 백단심계(무궁화)가 있다고 하였으며, 2,500년 전 공자도 논어(論語)에서 중국에는 도(道)가 행해지지 않기 때문에 한반도 백성 구이

(九夷)의 나라에 가서 살고 싶다고 하며 우리 배달나라를 군자국(君子國), 또는 동방예의지국(東方禮義之國)이라 하여 다른 동서북방민족(東西北方民族)과 다르다고 말하였다는 기록이다.

이렇게 국조 단군왕검은 백성들의 문화를 크게 향상 발전시키면서 큰 풍년으로 남아도는 농작물이 많아 그 곡식들을 동남쪽 먼 바닷가의 백성에 이르기까지 베풀어 주는 한편, 또 종이공창을 설치하게 하였는데 소재는 닥나무 껍질과 칡넝쿨 껍질로 많은 종이를 만들어 내도록 하였고, 송화강 남안에 조선공창을 설치하게 하였으며, 또 한편으로는 나라 안의 열두 명산을 택하여 국선소도(國仙蘇塗)를 설치케 하여 미혼의 자제들을 뽑아 모아 하늘을 펴는 도리(道理)로써 경천숭조애인(敬天崇祖愛人)이라는 즉, 하늘을 공경하고 조상을 숭배하며 사람을 사랑하는 정신의 독서와 습사를 익히도록 하였으며, 특히 이들에게 충(忠) 효(孝) 신(信) 용(勇) 인(仁) 다섯 가지의 화랑오훈(花郎五訓)을 교육덕목으로 무예연마와 함께 심신수련의 교육을 받게 했는데, 이들을 '국자랑' 이라고 불렀으며, 이 국자랑이 출행할 때는 머리에 환인제국(桓因帝國)의 정신을 상징하는 나라꽃 백단심계 환화(桓花)를 머리에 꽂게 했다는 것이다.

그것의 의미는 하늘과 땅 사이에 영원무궁하게 지긋이 피어날 무궁한 사람을 상징하는 것으로, 이들을 일컬어 국자랑(國子郎) 혹은 천지화랑(天地花郎)이라고도 불렀다고 한다. 이들이 훗날 신라시대의 화랑도를 만들게 한 그 전신이 되는 것이었다.

이렇게 배달나라 정신을 나타내는 나라꽃 백단심계(무궁화)는 배달(倍達)이라는 백의민족(白衣民族)의 상징성을 그대로 나타내 주는 꽃으로 팔도명산 소도(蘇塗) 주위와 특히 단군시대 하늘 제사를 올리던 백두산 보본단이나, 강화도 참성단, 그리고 태백산 제천단 주위에 많이 심게 했으며, 하늘 제사를 올릴 때는 신성한 제단에 이 배달꽃

(무궁화)이 올려졌다는 기록이다.

"그럼 그 배달꽃이 언제부터 무궁화라고 고쳐 부르게 된 겁니까?"

질범이 머리를 조아리며 스님을 보고 가만히 물었다.

"고구려와 고려시대에는 나라꽃으로 근화향(槿花鄕) 또는 목근(木槿)이라고도 했던 것인데, 고려 말엽 대학자 이규보 선생께서 동국집(東國集)에 처음으로 꽃의 성질이 그렇듯이 강인하여 백일 동안을 피고지면서 무궁한 조화성을 보이는 것이 강인한 우리 배달민족 정신을 나타낸다 하여 무궁화(無窮花)라고 기록하여 고쳐 불리어오면서 대한제국의 민족정신을 상징하는 나라꽃으로 지정된 것이랍니다."

"스님 말씀대로라면 저 마니산 참성단 주위에 무궁화 꽃이 지금쯤은 많이 서식해 있어야 하는 것 아닙니까?"

"그게 다 뿌리 역사를 잃어버린 탓이지요. 일본이 우리나라를 침략하고 정책적으로 민족 얼을 말살하고자 뿌리 역사를 신화라고 왜곡시키고 그 정신을 상징하는 나라꽃 무궁화를 죄다 뽑아내게 한 것인데 어디 그 뿐인가요? 민족정기가 살아있는 산맥마다 쇠말뚝을 박고 쇠물을 붓게 했다는 것 아닙니까, 허허허. 그리고 우리나라가 해방이 됐다고는 하지만 아직 양분 상태로 언제 뿌리사관 정립할 정신들이나 있었느냐 이거요. 죄다 국가와 민족보다 내 앞에 큰 감 갖다 놓기가 더 급급했던 정치인들인데……. 하지만 그렇다고 낙심할 건 없지요. 해가 떠서 기울면 밤이 오고, 밤이 오면 다시 아침 태양이 떠오르는 것처럼 이 동방의 터전에 다시 아침 태양이 힘차게 떠오르게 돼 있는 것이 천도의 순행이니까 믿어도 좋을 것이오. 이 소승이야 그때를 보지 못하겠지만……."

"그럼 통일이 온다는 이야깁니까?"

"사람이 허리가 묶여 피가 통하지 않는데 힘을 쓰는 것 보셨수? 말하자면 나라가 반 토막으로 허리가 잘려 동여져 있는데 힘을 쓰겠느냐는 거요. 하지만 풀어지게 되어 있는 게 천도의 순행이라 두고 보면 아시게 될 게요. 지구상의 마지막 분단국가로 백두산에 태극기를 휘날리게 될 테니, 그때가 되면 공산주의가 어디 있고, 민주주의가 어디 있겠소? 본래 우리 배달겨레 홍익사상이라는 게 너와 내가 개체가 아니라 하나라는 사상인데 너 따로 나 따로 총구를 겨누게 생겼소? 그러니까 내 말은 우리 배달겨레 조상의 대도무문 천법 속에 모든 종교든 사상이든 모두 하나로 용해된다는 거요. 그게 저 유명한 인도의 시성 타골이 미래를 내다보고 예언했던 '동방의 등불' 이었던 나라 코리아가 다시 그 등불이 켜진다고 예언했던 거 아니겠소이까. 그 때가 되면 세계가 그 앞에 무적이라 했소이다, 흠흠……."

"아아! 무적이라 했습니까? 스님!"

"그렇소이다. 너와 내가 하나라는 사상 앞에 적이 어디 따로 있겠소이까. 그게 평화의 나라 바로 지상낙원 아니겠소? 하하하……."

스님은 아침 햇살처럼 환한 웃음을 터뜨리며 염주 든 손을 치켜 올려 보이면서 덧붙였다.

"자, 바쁜 시간에 이렇게 귀들을 기울여 주셨으니 새싹이 움트는 복된 날이 되기를 빌어 올리겠소이다. 그럼 오늘은 바쁘신데 그만들 일어나시고……."

그리고 스님은 어서 일어나라는 듯 활기차게 두 팔을 내저어 보였다. 세 사람은 두 말할 여지도 없이 스님 앞에서 물러나며 다시 찾아뵙겠다는 인사를 하고 정수사를 빠져 나왔다.

밖에서 바라보는 소나무 숲속에서는 이름 모를 산새들이 제멋대로 지저귀고 있었고, 코끝을 스치는 맑은 공기와 푸른 솔내음의 향기가 한결 기분을 상쾌하게 만들어 주었다.

그때서야 팀장이 자신의 임무에 화들짝 정신이 드는지 바람을 타듯 달려 내려가면서 말했다.

"내 먼저 내려갈 테니 그리 알고 늦지 않게들 오라구……."

그 모습이 재미있다는 듯이 종걸이 키득거리며 말했다.

"봐라, 우리 그동안 세상 돌아가는 물정이 어떤 것인지도 모르고 원망만 하고 살아왔는데 차암말로 오늘 아침 큰 공부한기라."

"그래, 목탁 두들기는 수도승인 줄만 알았드니……. 그나저나 닥나무 뽑을 시간이 없어서 어쩌지?"

"봐라, 닥나무 몇 개라도 뽑아가야 안 되나? 빨리 서두르자 카이."

"그보다 더 큰 우리 조상, 존재의 뿌리를 찾았는데 큰 소득 아니겠나. 교관한테 혼날 때 혼나더라도 마음 편안하게 갖자."

이미 닥나무를 뽑기 위해서 산을 쏘다니기에는 늦은 시간이었다. 더는 멀리 올라가지 못하고 길 옆 숲속을 헤집고 올라가면서 질범은 뒤따라오는 종걸을 돌아보며 말했다.

"봐라, 난 이담에 여기서 살아남는다면 우리가 뽑아낸 닥나무 자리에 무궁화나무를 심을란다. 아니 전국에 무궁화나무 심기운동을 벌릴란다. 니 생각은 어떻나?"

"그래, 애국은 내 힘이 닿는 적은 일에서부터 해야 하는 것 아니겠나. 내도 동참할란다."

그 일이야 생지옥 같은 시간을 벗어났을 때의 일이지만, 아무튼 종걸이 생각만이라도 선뜻 따라주는 것이 고맙고 든든했다.

"그때까지 우리 병신 안 되고 용케 살아내야 할 건데……."

"그 재수 옴 붙는 소리 그만 좀 하그래이, 내 어제 해곤이 소식 들응께 그마 하늘이 다 아득한기라. 그게 어디 남의 일 같드나 말이다."

서로의 생각들을 주고받으며 두 사람이 숲속을 헤치고 나왔을 때는 손에 들린 닥나무는 겨우 네 뿌리에 불과했다.

"어쩌지?"

"어쩌긴? 할 수 없잖나."

뒤늦게 막사로 돌아왔을 때는 교관이 서늘한 눈초리를 하고 두 사람의 아래 위를 훑어보며 서슴없이 거친 말을 쏟아냈다.

"이눔 새끼들! 그래 지금까지 뭣들하고 손에 겨우 달랑 네 뿌리 들고 온 거야?!"

"겨우 네 뿌리라뇨? 그보다 우리는 오늘 아침 더 큰 우리 민족 뿌리를 어떻게 해야 찾는가를 스님으로부터 듣고 오느라고……."

"뭐얏?! 이 새끼들 보게. 언제 떨어질지 모르는 긴급 명령에 항상 비상대기 상태여야 할 놈들이 제멋대로 지금 농담하게 생겼어? 엉!"

"아, 아닙니다! 정수사 노스님이 대한민국 무적의 정신을 새롭게 일깨워 주시는 바람에 그만 황송해서……."

교관은 질범이 쏟아놓는 알듯 모를 듯한 말에 어쨌거나 가끔씩 신세를 지고 있는 스님을 엮고 말하는 데에는 크게 화를 낼 수 없었던지 입을 쩝쩝하다가 돌아서면서 말했다.

"오늘은 여기서 봐주겠지만, 다음부터 농땡이 치는 놈은 누구도 용서 없을 테니까 알아서들 해!"

함께 있었던 팀장이 교관의 뒤에서 한 눈을 찡긋해 보였다. 안심해도 좋다는 신호 같은 거였다.

"캄사합니다!"

그만한 것이 어쨌거나 재수 좋은 날임에는 틀림없는 것 같았다. 새로운 눈뜸의 공부에 그 정도로 기합을 면할 수 있었기 때문이다. 배꼽까지 허리 굽힌 인사를 하고 돌아서 건너다보이는 바위 틈에는 뱅뱅 말아 접은 줄기에서 애기 이파리 하나가 먼 옛날 이 땅에 불쌍한 왕손의 넋을 조용히 담고 있는 듯 새벽 이슬에 젖은 줄기를 하늘거리고 있었다.

아아! 배달민족 코리아여! 어서 깨어나라는 듯이…….

10 바람이 쓸고 간 유서

1973년 5월 12일 토요일이었다.

닥쳐 올 내일의 비극을 예시해 주었던 것일까?

그날 밤 질범은 잠 속에서 참으로 이상한 꿈을 꾸고 있었다.

질범은 서부영화에서나 나올 법한 황량한 벌판에서 철길을 따라 걷고 있었다. 얼마나 걸었을까? 멀리에서 새까만 기관차가 검은 연기를 내뿜으며 달려오고 있었다.

질범은 정거장도 아닌 벌판에서 무조건 손을 들어 기차를 세웠다. 이윽고 기차는 멈췄고, 질범은 화물칸인 듯한 기차의 문을 열고 선뜻 올라섰다.

그런데 이게 웬일인가?

거기에는 머리를 빡빡 깎은 사람들이 모두 새까만 옷들을 입고 줄을 맞춰 앉아있는 것이었다. 참으로 이상해서 뜨악하게 둘러보고 있을 때였다. 앉아 있던 사람 중에서 한 사람이 벌떡 일어나 품에서 칼을 빼내 들고 질범을 향해 달려들면서 갈비뼈를 빼내먹겠다는 것이었다.

너무나 다급해진 질범은 몸을 돌려 출입문을 두드리면서 애원하듯 소리를 질렀다.

"무, 문 좀 열어줘요! 나는 이런 기차는 못타고 갑니다, 어서요!"

그러자 열차는 가다가 멈춰 섰고, 질범은 열차 문을 열고 있는 힘껏 뛰어내렸다.

순간 '아! 악!' 비명 소리와 함께 질범은 꿈에서 화들짝 깨어났다. 온몸이 땀으로 흠뻑 젖어 있었다.

"후 ~ 휴."

질범은 일어나 자신이 살아있음을 확인하고 어쩐지 꺼림칙한 기분에 중얼거렸다.

"이게 무슨 해괴망측한 꿈이람!"

그러나 그 꿈은 매일 강도 높은 훈련을 받고 있기 때문에 그런 것이려니 하고 생각했었다.

그러니까 그날이 토요일 밤으로 다음 날이 일요일이었다.

그날 아침 요원들은 매일같이 밤낮 없이 이어지는 훈련에 잠시라도 벗어나고 싶어 했다. 벚꽃 만발한 봄이 안겨주는 심란함 때문이기도 했다.

그 같은 마음들이 하나로 모아지면서 마침내 벚꽃 구경이라도 한번 시켜 달라고 회장에게 건의서를 써서 올렸다.

처음에는 무반응이던 회장이었다. 그러다가 다시 생각을 돌렸던지 얼굴색을 고치고 지시를 했다.

"야! 남 실장 들어오라고 해!"

남 실장이 들어오자 회장은 그에게 지시했다.

"대원들이 이런 건의서를 올렸는데 말야. 마침 오늘이 일요일이니

까 애들 사복 입혀서 강화읍에 가서 극장구경이나 시켜 주고 바로 부대로 데리고 오도록 해, 알았나?!"

"네! 알겠습니다!"

회장의 명령이 떨어지자 요원들은 오래간만에 한가하게 읍내 나들이를 간다는 사실에 마치 소풍가는 아이들처럼 얼굴이 밝아지면서 키득거렸다.

요원들은 점심을 부대에서 먹고 오후 12시 30분쯤 트럭에 실려 강화읍을 향해 가고 있었다. 누구랄 것도 없이 모두가 모처럼의 한가한 나들이에 저절로 콧노래가 나오는지 트럭 위에서 발장단까지 쳐대며 신바람이 났다.

강화극장에서 영화를 보고 나왔을 때는 오후 3시쯤이었다. 요원들은 다시 트럭에 올랐다. 그리고 귀대하기 위해 온수리 전등사 쪽으로 차가 막 돌고 있을 때였다.

그런데 마침 그날이 일요일인 탓인지 벚꽃 구경을 나온 사람들의 행렬이 요원들의 마음을 들뜨게 했다.

"저 남 실장님, 지금 4시밖에 안 됐는데 말입니다, 이왕 배려해 주신 나들이, 막걸리 한 잔씩만 걸치고 가면 안 될까요?"

앞에서 불쑥 누군가가 남 실장을 보고 하는 말이었다.

"글쎄? 나도 마음 같아서는 그렇게 해주고 싶지만……."

남 실장은 입장이 곤란하다는 듯이 난색을 표했다.

"그렇게 하십시다요. 이런 날이 어디 또 있습니까요. 목도 컬컬한데 한 잔 쭈욱 어떻습니까? 핫핫핫……."

옆의 요원 하나가 너스레를 떨며 끼어드는 말이었다.

남 실장은 요원들의 간청에 더는 거절할 수 없었던지 부대 쪽으로 가고 있던 차를 돌려 세우게 했다. 그리고 요원들을 온수리에 내려놓으면서 말했다.

“대원들은 잘 들어라! 지금이 4시니까 앞으로 두 시간의 자유 시간을 주겠다. 혼자서 돌아다니지 말고 삼명씩 조를 지어 술집에 들어가 막걸리 한 잔씩 하고 6시에 이 자리에 다시 집합한다 알았나?!”

“감사합니다! 실장님.”

요원들은 그들의 간청을 들어준 남 실장에게 거듭 감사하다는 인사를 하고 삼삼오오 짝을 지어 근처 술집으로 잽싸게 흩어져 들어갔다.

술집 아가씨들이 요원들을 알아보고 반갑게 맞아주었다. 언젠가 하수관 통과 훈련을 하면서 있었던 일들로 화제가 되면서 모두 나와 구경을 했었기 때문에 관심들을 가지고 있었던 것이다.

어떤 아가씨는 호들갑을 떨기까지 했다.

“아니 오빠들이 오늘 웬 일이래? 이렇게 한가하게 흐흥. 나는 저번 날 밤에 오빠들이 한밤중에 구령을 붙여가며 뛰는 것을 보고 얼마나 안 돼서 울었던지, 그런데 나만 운 게 아니고 저기 숙자도 울었어. 오빠들이 불쌍하다고…….”

“그래, 불쌍한 오빠들 목이 마르니까 어서 막걸리나 퍼뜩 가지고 와라.”

이윽고 한 아가씨가 김치와 막걸리를 쟁반에 받쳐 들고 나왔다.

“애개, 이 안주가 다야? 안주 다른 거 없어?”

“오늘 같은 날 모두 야외로 나가는데 장사가 되겠수? 그러니까 안주 준비를 안 해 놔서 뭐 내놓을 게 있어야지. 빈대떡이라도 구워올까, 오빠?”

“야, 목 타서 죽겠는데 언제 빈대떡을 부쳐 임마! 됐어. 내가 점빵에 가서 깡통 안주를 사들고 오는 게 더 빠르겠다.”

그 말을 한 이동수 요원이 느새 빠르게도 문을 열고 밖으로 뛰어나갔다.

그러는 사이 질범과 배형수 요원은 막걸리 병마개를 따고 잔이 넘치도록 가득 부어 벌컥벌컥 잔을 거푸 마셔대면서 기분이 좋아 헤벌쭉거렸다.

"역시 술이란 가슴 속 먼지까지 쓸어내 주는 보약이란 말씀이야, 카, 핫하하……."

질범이 막걸리 잔을 내려놓으며 크게 웃고 있을 때였다.

"어머! 저 오빠가 싸우고 있네, 왜 그러지?"

옆에 앉아 있던 아가씨가 갑자기 소리를 질러대며 행길쪽으로 손가락질을 했다.

질범은 술잔을 입에 대고 아가씨가 손짓을 하는 행길 쪽으로 시선을 돌렸을 때였다.

"어?! 저 선배 싸우고 있잖아……."

분명히 안주를 사오겠다고 나간 이동수 요원이 양손에 통조림을 들고 행길 복판에 세워진 소형 군트럭 앞에서 운전수석을 향해 얼굴이 상기된 채 씨근덕거리고 있는 것이었다. 아무래도 시비가 붙은 것 같았다.

그러나 다음 순간이었다. 이동수 요원이 잽싸게 트럭 앞문 발판을 밟고 본네트 위로 몸을 휙 날리는가 싶더니 천으로 되어 있는 운전석과 조수석을 워커발로 사정없이 밟아댔고, 그 밑에서는 이리저리 머리를 피하면서 비명을 질러대는 것이 눈에 들어왔다.

그러는 순간 조수석에 앉아있던 군인이 차 문을 열고 튕겨져 나옴과 동시에 본네트 위에 있는 동수를 여지없이 잡아 끌어내렸다. 일이 벌어졌구나 싶었다.

질범이 반사적으로 몸을 일으켜 행길로 뛰어나갔을 때는 상대 군인이 한 손으로 동수의 멱살을 잡고 또 한 손으로 동수의 얼굴을 향해 주먹을 날리려는 찰나였다.

생존을 위한 실전 격투훈련

“이 새끼가 어디서 누굴 쳐, 임마!”

순간 상대 군인의 손목을 낚아 챈 질범의 거센 주먹이 그의 턱을 향해 여지없이 날아갔다. 참으로 눈 깜짝할 사이였다.

군인은 “퍽” 하는 소리와 함께 몸이 붕 떴다가 저만치 담벼락에 부딪쳐 힘없이 앞으로 고꾸라졌다. 그의 코에서는 검붉은 피가 사정없이 쏟아져 나오고 있었다.

그것을 본 트럭 위의 군인들이 뛰어 내리면서 소리를 질렀다.

“야! 이 새끼들아! 엄 중위님이 맞아 쓰러졌다, 다 뛰어내렷!”

그와 동시에 뒤따라 멈춰 서 있던 트럭에서는 군인들이 눈 깜짝할 사이에 와르르 쏟아져 나왔다. 그리고 질범을 에워싼 군인의 숫자가 20명에 가까운 듯했다.

질범은 이 상황을 어떻게 할 것인가를 가늠해 볼 그런 시간이 없었다. 뒤늦게 차에서 내린 한 군인이 간격을 좁혀 오며 참으로 가소롭다는 듯이 어깨까지 흔들어 보이면서 으름장을 놓았다.

"어디서 굴러먹던 잔챙이가……. 감히 너 오늘 눈 좀 감아 줘야겠다, 임마!"

그 말과 동시에 그의 발이 쭉 뻗치면서 치고 들어왔다.

"뭐얏! 이건!"

잽싸게 몸을 날려 막아낸 질범이었다. 내뱉듯이 코웃음을 쳤다. 그리고 상대방을 향해 여지없이 치고 들어갔다.

"누군 병정놀이 안 해 본 줄 아나, 꺼져 이 새끼야!"

질범은 상대방의 복부를 치고 들어가면서 주먹으로 울대 밑을 내리 찍었다. 치고 들어오던 상대가 "헉" 하는 소리를 내며 쓰러졌다.

"그래, 기생 오래비같이 생긴 놈들이 한 판 붙자는 데야, 얼마든지 덤벼라, 쿵!"

질범은 여유 있게 웃어가며 다시 에워싸고 다가오는 상대를 한 명씩 가슴팍 돌려 꺾어차기로 나가떨어지게 했고, 마침내는 한꺼번에 달려드는 데에 열을 받은 질범이었다. 무자비하게 극기 훈련에서 익히고 연마해 온 솜씨로 갈겨대기 시작했다.

오직 인간 살인 폭파 병기로 그것도 국가가 인정하는 가운데 길들여진 이쪽의 주먹을 그들이 맞선다는 것은 어쩌면 운수불길한 날인지도 몰랐다.

어느새 그 자리에는 통조림 깡통을 던져버린 동수가 합세하고 있었고, 형수도 뛰어나와 합세를 하고 있었다.

이윽고 20대 3의 육박전이 벌어졌다. 하지만 숫자는 문제가 아니었다. 이미 살인 병기로 산악에서 펄펄 날으고 훼훼 뛰어오르며 무쇠로 길들여진 주먹 실력이다. 마치 엿가락 갖고 놀듯 웃어가며 후려쳤다.

"달밤의 체조가 별 건가? 어디 붙어보자, 쌍!"

분위기는 점점 험악해졌다. 옆 술집에서 술을 먹던 요원들도 나와 합세를 하기 시작했다. 마침내 상대는 한 명, 한 명, 비실비실 쓰러져

앓은 신음 소리를 토하기도 하고, 꼼짝없이 죽은 듯이 나자빠져 있는 군인도 있었다.

이미 흥분하여 이성(理性)을 잃어버린 요원들은 숫자가 문제가 아니라 그야말로 일당백(一當百)일 수밖에 없는 싸움이었다.

상대가 모두 땅에 쓰러져 비명 소리를 내뱉으며 나뒹굴고 있을 때쯤, 길옆 좌우 할 것 없이 싸움을 구경하는 사람들이 인산인해를 이루고 있었다.

상황이 그렇게 목불인견으로 걸판지게 벌어져 있을 때였다. 그 소식을 어디서 들었는지 남 실장이 허둥지둥 호루라기를 불어대며 대원들을 한쪽으로 집합시키기에 바빴다.

그때였다. 검은 지프차 한 대가 도착했다. 그리고 지휘봉을 들고 내린 사람은 모자에 별 하나를 붙인 해병대 장교였다.

아마도 김포 마송에 있는 여단본부에 긴급 보고가 들어가 출동한 여단장인 듯싶었다.

큰 눈을 부릅뜬 여단장이 두리번거리며 책임자를 찾았다.

"책임자가 누구야?!"

"접니다, 죄송합니다."

남 실장은 난감한 듯 고개를 숙였다.

그러자 여단장은 노기 서린 목소리로 힐책하듯 남 실장을 노려보며 물었다.

"당신이 책임자야? 당신 계급이 뭐야?"

"네! 우린 계급이 없습니다."

"뭐야?! 당신들 군인 아니야?"

"네! 그것도 말할 수 없습니다."

"뭐얏! 이 새끼들 당장 모두 헌병대로 연행해!"

"안 됩니다! 우리는 오직 중정의 명령만 따릅니다!"

상황이 이쯤으로 발전되자 요원들은 헌병들과 붙게 될지도 모른다는 생각에 긴장을 하고 여단장의 다음 말을 주시했다.

그제서야 여단장은 함부로 다루었다간 일이 나겠다고 생각했던지 표정이 바뀌면서 대동하고 온 헌병들을 뒤로 물렸다. 그리고 느슨해진 목소리로 말했다.

"여러분들이 누구인지 나는 압니다. 그래서 나도 여러분들을 부대로 복귀시키고 싶지만 지금 공군 장교들이 많이 다쳐 병원으로 실려가는 상황이니 여러분들만 복귀시키면 공군에서 가만히 있지 않을 겁니다. 그렇다고 여러분들 전원을 연행할 수도 없으니 처음 시작이 어떻게 되어 일어났는지 경위를 설명할 사람 두세 명만 헌병대로 가고 나머지 요원들은 부대로 복귀하세요."

그러나 이쪽에서는 누구도 선뜻 앞으로 나서는 사람이 없었다. 모두들 표정이 굳어 있었다.

보다 못한 남 실장이 요원들 앞으로 나서며 말했다.

"이 사건을 마무리하려면 이 사건이 어떻게 해서 일어났는지 처음 시작된 관련자는 앞으로 나와라!"

하지만 질범은 물론 누구도 앞으로 나서려 하지 않았다. 그러자 남 실장이 재차 설득조로 말했다.

"꼭 누구의 잘못을 가리려는 게 아니라 부대 전체를 위하여 여단 헌병대에 가서 경위만 설명해 주고 돌아오면 되니까 걱정하지 말고 나오기 바란다."

듣고 보니 어찌 되었거나 그래야만 될 것 같았다. 질범과 이동수, 그리고 원덕길 세 명이 앞으로 나섰다.

"나머지 요원은 복귀한다!"

사건은 거기서 일단 종료되면서 셋은 여단 헌병대 지프차를 타고 여단 헌병대 교도계로 안내되었다. 가는 동안 헌병들은 아주 부드럽고 정중하게 대해 주었다.

그러나 정작 헌병대 교도계 문을 열고 들어서는 순간부터 상황이 완전히 달라졌다.

교도계장이라는 사람이 단상에 올라서서 서늘한 눈초리로 내려다보며 말했다.

"지금부터 워커 끈을 모두 풀고 혁띠 끈을 푼다!"

어리둥절해 있던 질범은 말이 다르다는 듯이 거부를 했다.

"이게 무슨 말이야, 혁띠 끈을 풀으라니? 우리는 사건 경위만 설명하고 부대로 돌아가서 훈련을 받으면 되는 거로 알고 왔다. 여단장님도 그렇게 말씀하셨다."

그러자 교도계장은 질범을 노려보며 위협을 주듯 곤봉으로 단상을 탁! 내리치면서 꽥 소리를 질렀다.

"벗으라면 벗어 이 새끼야! 여기가 뭐 느그들 안방인 줄 알아?!"

"뭐라고? 이 새끼들이 우리가 누군 줄 알고 뒤질라고 환장을 했나, 쳇!"

그리고 더는 볼 일 없다는 듯이 질범이 몸을 돌렸을 때였다. 그런데 이건 또 뭐란 말인가?

방금 들어 왔던 출입문에 M16 소총을 든 헌병들이 두 줄로 서서 앗차 하면 사격을 해댈 자세를 취하고 노려보고 있는 것이 아닌가.

순간 셋은 흠칫 당황할 수밖에 없었다.

"우리가 순순히 워커를 벗지, 그럼 됐습니까?"

동수가 그 말을 하고 순순히 워커를 벗기 시작하면서 어서 벗으라는 눈짓을 빠르게 보내왔다. 어쩔 수 없는 상황에서 순순히 따를 수밖에 없었다.

그때였다. 등 뒤에서 서슬 새파란 고함소리가 들려왔다.

"빨리빨리 벗어! 동작이 그거 밖에 안 되나?!"

그리고 숨을 돌릴 사이도 없이 그 목소리가 재차 또 날아왔다.

"야! 이 새끼들 보호감실에 쳐넣어! 그리고 말을 안 들으면 사정없이 두들겨 패라. 알았지!"

그 뒤로 "삐그덕" 하는 소리와 함께 교도계 사무실 안의 철창문이 열렸다. 꼼짝없이 철창 안에 갇힌 신세가 되고 말았다.

밖은 헌병들이 보초를 서고 있었다.

"쳇! 어젯밤 꿈자리가 더럽더라니……."

질범은 꿈땜을 야무지게 한다는 생각이었다. 쭈그리고 앉았다가 그대로 잠이 들었다. 한바탕 힘을 쓰고 난 뒤여서 모두가 몸이 노곤한 탓인지 잠 속에 빠져 있을 때였다.

누군가 들어와 곤봉으로 툭 치면서 잠을 깨웠다. 헌병이었다. 밤 12시가 넘는 시간이었다.

"야! 너 일어나 따라와!"

세 사람은 각자 불려 나갔다. 조사실에서 취조가 시작되었다.

조사의 핵심은 질범이 처음 달려나가 군인 복장의 사람에게 턱을 주먹으로 날릴 때 계급장을 확인했느냐는 것이었다.

"계급장을 보고 말고 할 상황이 아니었습니다. 동료 턱 밑에 막 주먹이 날아 들어가는 것을 막고자 했던 것뿐인데 일이 그만 죄송합니다."

질범은 사실 그대로를 말했다.

"무슨 소리 하고 있는 거야? 공군 장교가 정복을 하면 모자에나 목 밑 상의에도 계급장이 붙어 있고, 어깨에도 계급장이 있는데 그걸 못 봤단 말이야?"

"진심입니다. 동료가 위급한 상황에 위 아래 계급장 훑어보고 말고 할 경황이 어디 있겠습니까? 우리는 해병훈련을 받아오면서 군인이란 먹고 자는 일뿐 아니라 생명도 함께 나누는 공동체라고 배워 왔습니다. 그래서 동료가 적진에서 위급한 상황에 처해 있을 때 어떻게 대처해야 하는가 하는 정신과 기술만 익혀 와서 그런 것은 안중에도 없었습니다. 상대는 모두가 적이라고 생각했으니까요."

사실 그랬다. 특히 북파 요원들에게 익혀진 훈련은 너 따로 나 따로라는 개체가 아니라 운명을 함께 하는 공동체적인 단결력으로 정신훈련을 받아온 것이다.

그것이 그 같은 상황에서 사건을 일으킨 유죄라는 것이고 보면, 더는 할 말이 없는 듯, 있는 그대로의 상황 진술서를 쓰도록 했다.

신문조사를 받으면서 질범은 그때서야 때려 눕혔던 그들이 공군 장교들이었으며, 그 장교들이 강화도 외포리 산꼭대기에 근무하며 레이더망을 조종하고 있었던 공군 장교들이었다는 사실에 더욱 놀랐다.

조사는 며칠을 두고 계속했다. 그것도 꼭 밤 12가 넘어서 시작했고, 질문은 집중적으로 계급장을 보았는지 여부에 대해서였다. 만약 허위 진술을 하게 되면 계속되는 진술서에 드러나기 때문에 몇 번이고 거듭 그 같은 신문과 진술서를 쓰게 했다.

그러니까 질범이 공군 장교라는 것을 알고 때린 것과 모르고 때린 것과는 죄질이 다른 만큼 형량 또한 달라지는 것이기 때문이었다.

사실 질범은 부대내에서 계급장을 착용한 사람이 없었기에 순간적으로 계급장을 얼핏 보았다고 하더라도 그 인식개념이 희박할 수밖에 없는 것이었다.

그 같은 조사는 해병대 조사과에 이어 그 다음 공군 수사대로 넘어갔고, 다음 합동수사본부로 넘어갔다가 마지막에는 남산 헌병감실로 넘어갔다.

계속되는 조사과정에서 원덕길은 동기 부여에 아무런 관련이 없는 것으로 세 사람의 입이 거짓 없이 모아졌으므로 조사 3일만에 부대로

복귀했다.

그리고 동수와 질범은 포승줄에 묶여 감방이 있는 곳으로 끌려갔다. 감방 입구에 멈췄을 때였다. 머리 위에 아치형의 대형 글씨가 눈길을 끌었다.

'죄는 미워하되 사람은 미워하지 말라!'

신약 복음서에 예수께서 하신 말씀이다. 그 글씨가 크게 마음에 와 닿으면서 가슴이 뭉클해졌다. 그러면서 희망과 용기로 마음을 크게 안정시켜 주었다.

기어 들어갈 수밖에 없는 감방문이 열렸다. 더구나 체격이 큰 질범은 기어 들어가듯 해야 했다. 몸을 구부리고 기어 들어가면서 질범은 눈앞에 펼쳐진 광경에 그만 움찔 놀라고 말았다. 그것은 그날 밤 꿈에서 본 전경 그대로였기 때문이다.

그 안의 죄수들은 머리를 빡빡 깎고 있었는데 새까만 감방 안에서 줄을 맞춰 앉아 있었으며 눈동자만 반짝반짝 빛을 내고 있었다. 몸이 오싹했다.

그래도 나름대로 담력이 세다고 자부해 온 질범이었다. 더럭 겁이 나면서 멈칫하고 있을 때였다. 감방 안의 독특한 신고식인 듯 순간 시커먼 담요조각이 머리에 씌워지면서 수없는 발길질과 주먹질에 정신을 놓지 말아야 한다는 희미한 생각뿐, 마침내 정신이 아득히 멀어져 감을 느꼈다.

그러면서 어느 순간 육신의 몸에서 빠져 나가는 또 다른 자신이 있음을 느꼈다. 그것을 보고 유체이탈이라고 하던가.

마치 아련한 꿈속 같았다. 그 속에 어머니의 울듯 말듯한 울음이 질범을 안고 도닥거리고 있었다.

질범은 마침내 흐느끼며 "어머니! 왜 나를 낳으셨어요? 왜 낳으셨냐구요, 흑흑" 하며 몸부림을 치고 있었다.

얼마나 시간이 흘렀을까?

질범이 희미하게 눈을 떴을 때는 감방 안에 그대로 모포를 뒤집어 쓴 채 엎어져 있었다. 온몸이 쑤셔왔다. 고통을 참아가며 일어서 보려고 했지만 마음대로 몸이 따라주질 않았다.

결국 호된 신고식에 질범은 걸음을 제대로 걷지 못하고 사흘을 그대로 누워서 보내야 했다.

질범의 감방 생활은 그렇게 시작되었다. 들어올 때 죄명은 분명히 '상관폭행치상' 이었다. 그런데 며칠이 지나고 죄명이 '상관폭행치사' 로 바뀌었다.

질범은 영문을 몰라 헌병에게 물었다.

"어찌된 겁니까? 폭행치사라뇨?"

"공군 장교 두 분이 그날 싸우다 맞고 병원에서 치료를 받다가 회복을 못하고 갔으니 죄명이 바뀐 거지요."

"예에?!"

질범은 눈앞이 아찔했다. 일이 그렇게까지 될 줄은 정말 상상조차 못했었다.

질범은 자신이 사람을 죽였다는 죄의식에 다시 몸을 떨면서 흐느끼기 시작했다.

"내가 사람을 죽이다니, 흐흑. 이럴 수가 흑흑……."

그러나 그것은 어쩌면 질범의 죄가 아니었다. 오직 인간병기로 길들여 온 정부에 책임이 더 큰 것이었다. 밤낮 없이 산과 바다를 누비며 맹수로 길들여지기 위해 그처럼 참혹한 훈련을 받아오게 한 것이 누구였던가.

그래서 어느 순간 발작하는 그들의 광기는 한 인간이기 전에 야수성만 남게 훈련을 시켜 왔고, 또 그렇게 길들여져 온 그들이 아니었던가 말이다.

그러나 어려서부터 불교적인 심성이 밑바탕에 깔려 있는 질범은 '인과응보'에 대한 두려움에 두 손을 모으고 그로 인해 세상을 떠난 영혼을 향해 울먹이며 용서를 빌고 또 빌었다. 그러면서 지금 자신이 받고 있는 고통은 너무나 당연한 것이라고 생각했다.

그래서 질범은 아침 저녁으로 매일 습관처럼 두 손을 모으고 그들 영혼이 편안한 곳에서 다시 환생해 주기를 빌고 또 빌었다. 물론 그것이 남아있는 그 유족들에게 용서를 구할 수 있는 것은 아니었지만, 그렇게 해야만이 조금이라도 자신에게 위로가 되기 때문이었다.

세상에 태어나 누구에게 용서를 빌어본 일이 없는 참회의 시간을 거듭하면서 질범은 다시 태어난 사람처럼 겸허해지고 있었다. 본의 아닌 실수였지만 어쨌거나 살인을 했다는 죄의식 때문이었다.

그러는 동안 이상한 일이 벌어졌다. 질범과 동수를 제외한 다른 수감자들은 들어온 지 30일에서 40일만 되면 재판을 받고, 또 형을 확정 받고 나가는 것이었다.

형량을 2년 이상 받으면 민간 감방으로 이송되어 수감되고, 6개월에서 1년 6개월의 형량을 확정 받은 자는 남한산성(산성형무소)으로 이송되어 형을 마친 후 다시 군복무를 마치고 제대를 하게 되어 있으며, 또 6개월 이하의 형량을 받으면 이감되지 않고 당해 감방에서 형을 마치고 원대 복귀하게 되어 있었다. 그런데 어찌된 일인지 두 사람에게는 감방생활 4개월이 되어도 재판을 하지 않는 것이었다.

감방 안은 기성 감자방과 미성 감자방으로 나뉘어 있었다. 기성 감자방은 형을 확정 받은 죄수들 방이어서 조금은 편하게 지낼 수가 있었고, 미성 감자방은 아직 형을 확정 받지 못했기 때문에 감방 생활이 힘들었다.

그래서 질범은 차라리 형량을 확정 받고 기성 감자방으로 옮겨가기를 원했다. 그런데도 재판은 아직 감감 무소식이었다.

처음 들어올 때는 그냥 조사만 받고 나가는 줄 알고 가볍게 들어왔다가 상대가 죽었다는 절망적인 소식과 함께 도무지 불분명해진 거취 앞에서 시간만 흘러갔다. 하루하루 지루하게 기다리는 시간 속에서 점점 더 절망 속으로 빠져드는 안타까운 현실의 연속이었다.

그러던 어느날이었다. 반갑게도 재판 날짜가 잡혔다는 통보가 전달되었다. 반가웠다. 4개월을 넘기고 있었기 때문이다.

드디어 재판 날이었다. 아침 조반을 같은 감방 죄수들에게 한 수저씩 나눠줘야 그날의 형량을 가볍게 받을 수 있다는 감방 안의 전통적인 징크스에 따라 질범은 밥그릇을 통째로 죄수들에게 나누어 주었다.

그리고 헌병을 따라 온몸이 포승줄에 묶인 채 재판정으로 향했다. 재판정은 김포 해병 여단본부였다.

재판이 열리는 군법정의 재판관은 모두가 참모들로 보였다. 그날의 재판은 특별히 질범과 동수 두 사람뿐이었다.

재판이 열렸다. 먼저 언도형의 재판이 열리고, 한 30분을 쉬었다가 확정 재판이 열렸다.

재판이 시작됐다. 질범은 포승에 묶인 채 재판장 앞에 고개를 숙이고 있었다. 가슴이 마구 뛰면서 쿵쾅거렸다.

"피고 이질범은 특수부대 소속된 자로서 군번 9382383이 맞는가?"

"네!"

"피고 이동수는 특수부대에 소속된 자로서 군번 93……이 맞는가?"

"네!"

"먼저 피고 이질범에게 묻겠다. 그날 강화도 길상면 온수리에서 외포리에 근무하는 공군 첩보부대 요원들과 싸운 사실이 있는가?"

"네!"

"그럼 공군 첩보부대 차량의 승차책임자인 엄○○ 중위를 기억하는가?"

"모릅니다."

"그럼 그날 싸운 기억은 나는가?"

"네!"

"그런데도 엄○○ 중위를 기억 못한단 말인가?"

"네, 순간적으로 일어난 일로 그분의 계급이나 성함을 알지 못합니다."

그러한 신문 조사는 열 번을 물어도 마찬가지 대답일 수밖에 없었다. 이어 다시 신문이 시작됐다.

"그럼 정복을 차려 입은 장교의 계급을 보지 못했단 말인가?"

"네, 미처 확인을 하지 못했습니다."

"그래! 그렇다면 그 사람이 군인이라는 것은 알았나?"

"네! 짧은 순간에도 군인이라는 느낌은 받았습니다."

"그래, 무엇 때문에 폭행을 하게 되었나?"

"내 옆에 서 있는 이동수 요원이 술안주를 사러 나갔다가 돌아오는 길에 시비가 붙어 멱살이 잡히고 얻어맞으려는 순간에 제가 나가서 동료를 구하려는 마음에서 부득이 한 대 친 것이 발단이 된 듯싶습니다."

"그럼 그 엄○○ 중위가 사망한 사실을 알고 있나?"

"당시는 몰랐습니다. 들어와서 비로소 알게 됐습니다."

질범은 그 신문의 답변에 목소리가 기어들어가면서 고개를 떨구었다.

"지금의 심정은 어떤가?"

"많이 후회하고 있습니다."

"마지막으로 할 말이 있는가?"

"이 다음에도 또 다시 그 같은 상황이 벌어진다면 저는 훈련을 받아온 대로 저의 동료를 구할 겁니다."

그러자 잠시 침묵이 흘렀다. 그러다가 이응고 재판장은 무겁게 입을 열었다.

"결정합니다. 피고 이질범은 같은 군인의 신분임에도 불구하고 장교복을 입은 군인을 무차별 폭력행사를 하여 사망케 하였으며, 그로 인한 부대와 부대끼리 충돌을 유발케 하여 공군 첩보부대 요원 사망 2명, 중상자 7명과 다수의 경상자를 내게 하였다. 이에 본 재판관은 피고 이질범에게 사형을 선고한다. 땅! 땅! 땅!"

순간 질범은 하늘이 노라지면서 풀썩 주저앉고 말았다. 다만 귓속이 윙하는 속에 희미하게 재판장의 소리가 아득하게 멀리 들려 왔다.

"피고 이동수, 무기. 땅! 땅! 땅!"

그때였다. 누군가 질범의 입에 물려주는 것이 있었다. 감각을 잃어버린 입술이 담배가 물려진 것을 느끼지 못했다. 그러나 무의식적인 습관이 담배를 빨아댔지만 전혀 그 맛을 느낄 수가 없었다.

누군가 옆으로 와서 그런 질범의 등을 쓸어주고 있었다. 흘끔 올려다봤다. 처음 사고현장에서 인솔하고 왔던 명세백이라는 헌병이었다. 그는 고향이 목포 삼학도라며 제대하면 언제든지 삼학도에 들러 명세백만 찾으라고 수송 중에 거리감 없이 다가와 말해주던 사람이었다.

하지만 그가 법정에서 사형언도를 받은 죄수에게 헌병의 신분으로서 그것도 재판장이 지켜보는 가운데 베푸는 친절은 분명 헌병 규정에 위반하고 있는 것이었다.

일차 언도 공판이 끝나고 잠시 사이를 두고 확정 공판이 열리게 되어 있었다. 하지만 반 넋이 나가 버린 질범이었다. 다만 검은 물체가 눈앞에 어른거리면서 작은 반딧불 같은 불똥이 수 없이 일고 있었다.

그런 시간이 얼마나 흘렀을까?

다시 확정 재판을 한다는 의사봉 소리가 들려오고 흩어졌던 주변의 사람들이 다시 제자리로 와서 앉았다.

"재판을 재개하겠습니다. 땅! 땅! 땅!"

그 순간이었다. 저쪽에서 황급히 뛰어들어온 헌병 한 사람이 거침없이 재판장에게로 다가가 귀에다 대고 뭐라고 귓속말을 하고 나갔다. 상황으로 보아 긴급보고 같았다.

재판을 시작하겠다는 재판장이 벌떡 자리에서 일어나 헌병의 뒤를 따라 나갔다. 재판이 잠시 지연되었다.

하지만 질범은 자신의 재판과는 전혀 무관한 일로 생각하고 여전히 아득한 공포 속에 몸을 떨고 있었다. 아니 아무 생각도 없었다. 다만 눈앞에 소매 끝으로 눈물을 훔치는 어머니의 모습만 아른거렸다.

질범은 수감생활 동안 몇 번이나 차가운 마룻바닥에 손가락으로 어머니 앞으로 보내는 유서를 썼다가 지우곤 했었다. 그런데 이제 정말 유서를 써야 한다는 생각에 눈물이 솟구치면서 흐느끼기 시작했다.

"어무니! 이 불효를 용서해 주세요. 흑흑……."

11 순백의 조각 구름으로

죽음이라고 부르는 것이 생명인지, 생명이라고 부르는 것이 죽음인지 알 수 없는 아득한 시간이 얼마나 지났을까?

재판장이 들어와 제자리에 앉았고, 재판은 다시 시작되었다.

"피고 이질범 마지막으로 할 말 없는가?"

"네, 없습니다."

이미 받아 놓은 확정에 무슨 말을 더 할 수 있을 것인가.

재판장의 다음 말이 이어졌다.

"피고 이동수 마지막으로 할 말 없는가?"

"네! 없습니다."

"에 그럼 피고 이질범에게 묻겠다. 만약 다시 한 번 기회가 주어진다면 나머지 군생활을 충실히 할 수 있겠는가?"

'어?! 이게 무슨 소리?'

질범은 자신의 두 귀를 의심하면서 대답을 했다.

"네! 충실히 할 수 있습니다!"

"다음, 피고 이동수! 만약 다시 한 번 기회가 주어진다면 나머지 군생활을 충실히 할 수 있겠는가?"

"네! 충실히 할 수 있습니다!"

"그럼 지금부터 형을 확정합니다! 피고 이질범 징역 6개월! 이동수 징역 4개월을 선고한다! 땅! 땅! 땅!"

질범은 두 귀를 의심했다. 아니 도무지 믿어지지가 않았다.

옆에 서 있던 명세백이 마치 자신의 일이나 되는 것처럼 '우와' 소리를 내지르며 질범의 등을 툭툭 쳤다.

"이게 뭔 일이여?"

처음에는 언뜻 믿어지지 않는 질범이었다. 몇 번 눈을 깜빡이다가 벌떡 자리를 박차고 일어났다. 그리고 자신도 모르게 두 손을 들어 '만세! 만세! 만세!' 하고 소리를 질렀다.

재판이 끝났다. 질범과 동수는 다시 포승줄에 묶여 헌병 백차를 타고 교도소로 향했다. 스쳐 지나가는 거리가 새롭게 채색된 듯 지나가는 사람들의 걸음이 모두 생기가 돌아 보였다.

차가 교도소 앞에 당도했을 때였다. 수송 임무를 맡고 있던 명세백이 차에서 내리는 질범의 옆으로 다가와 옆구리를 한 번 쿡 찌르면서 말했다.

"질범아, 축하한다. 그런데 아까 확정 재판이 시작되기 전에 재판장이 왜 나갔다가 온지 모르지?"

"……?"

"그때 말이야, 중앙정보부에서 전화가 왔었어."

"예에? 중앙정보부요?"

"그렇다니까."

"중앙정보부에서 무슨 전화가 왔는데요?"

질범은 뭔가 감이 잡혔지만 짐짓 되물었다.

"그 내용은 자세히 모르겠는데 아마도 불쌍한 아이들이니 적당히 하고 돌려보내라는 것 같았어. 혹시 너희 부대가 중앙정보부와 무슨 관련이 있냐?"

그러나 질범은 그 물음에 만큼은 대답을 할 수가 없었다. 제발 왜 벙어리가 됐느냐고 묻지 말아 주었으면 싶었다. 그것은 부대 소속을 어떠한 경우에도 발설해서는 안 된다는 부대 안의 엄격한 규칙 때문이었다.

질범은 대답 대신에 도리질을 하면서 엉뚱한 말로 대답을 회피했다.

"삶과 죽음의 사이가 백지장 한 장 차이라더니 정말이지 실감나네요."

"그럴 테지, 너 그 기분 충분히 이해한다."

사실 질범은 짧은 시간에 그야말로 삶과 죽음의 사이를 숨 가쁘게 넘나든 기분이었다. 살아있음으로 갖는 기분을 충분히 만끽하고 있었다.

그동안 감방 생활 4개월을 함께 해온 동수는 감방으로 돌아오자마자 바로 석방이 되어 부대로 돌아갔다. 그리고 질범은 6개월 형을 받았기 때문에 그날로부터 2개월을 더 채워야 석방이 된다고 했다.

하지만 그 남은 두 달은 징역살이가 아니었다. 어쩌면 오래간만에 맛보는 정신적인 안주였다. 연신 싱글벙글 웃음이 나왔다. 그래서 그 안의 무료한 죄수들에게 잡다한 농짓거리로 곧잘 웃기곤 했다. 그러면서 마치 어린 아이들이 소풍가는 날을 손꼽아 기다리듯이 수감자 생활 마침표를 찍고 나간 후 자신의 모습을 그려보기도 했다.

석방이 되어 나가면 부대에서는 어디든 본인이 원하는 부대로 보내준다는 것을 익히 들어 알고 있는 질범이었다.

'나가서 어디로 보내 달라고 하지?'

질범은 벌써부터 마음이 들떠 있었다. 석방돼서 나간 동수가 부산 헌병대로 갔다는 소식을 전해 들었기 때문이다.

그런저런 생각에 들떠 있는 동안 어느새 형마감을 하고 석방되는 날이었다.

1973년 11월 20일 오전 6시, 굳게 닫혀 있던 교도소 철 대문이 이윽고 소리도 요란하게 열렸다.

질범은 방마다 돌아다니며 그동안 정들었던 죄수들에게 일일이 악수를 청했다.

"모두들 건강하십시오."

"그래, 가서 다시는 이런 데 들어오지 마래이."

눈빛이 더 없이 맑아 보이던 친구였다. 악수를 하고 삐쭉 눈물을 보이면서 다시 또 말했다.

"우리 오늘 헤어지면 언제 또 어느 하늘 아래서 만날꼬? 하긴 헤어지기 싫으면 만나지 말아라 하는 말도 있는 기라. 잘 가서 건강하게 잘 살으래이……."

그동안 응달진 곳에서 주고받던 가난한 정이 코끝에 찡해 오면서 가슴이 뭉클해 왔다.

죄수들과 인사가 끝나고 간수 헌병들과 석별의 인사를 나눌 때였다. 그동안 형제처럼 다정한 눈빛으로 마음을 써 주던 명세백이 다가와서 귓속말로 빠르게 말했다.

"질범아, 너 있던 부대를 떠나고 싶거든 목포 헌병대로 보내달라고 해라. 거긴 낭만도 있지만 목포 앞바다를 드나드는 어선들을 관리하기 때문에 끝내 주거든."

그리고 귀를 떼고 난 다음 다시 느슨하게 말했다.

"나도 그렇게 그곳으로 가고 싶어도 못가는 곳이지만 너는 아마 갈

수 있을 거야, 꼭 기억해 둬."

"고마워 형! 그동안 잘 해준 것 나 평생 잊지 않을게. 그리고 나 이다음에 제대하면 꼭 목포에 갈 테니까 그때 우리 삼학도에 가서 근사하게 소주 한 잔 합시다. 알았지요?"

"그래, 나도 그날을 기다리고 있을게. 부디 다시 만날 때까지 건강해라."

가난할 때 주고받은 정이 더 살갑고 뜨겁다고 했던가. 헤어짐의 손을 흔들면서 질범은 그 약속을 꼭 지키겠다고 마음 속으로 다짐했다.

형무소 수감생활 마침표를 찍고 교도소 문을 나설 때였다. 그날 따라 하얀 눈송이가 하늘의 선물처럼 펑펑 쏟아져 내렸다. 세상은 온통 은세계였다.

질범은 하늘을 향해 입을 벌리고 고요히 입안에 감촉을 주는 하늘의 물기를 삼키면서 중얼거렸다.

"그래 우리 인간은 지구가 몇 번 공전하는 동안 서로를 바라보고 스치면서 미워하기도 하고, 또 사랑하기도 하다가 한 줄기 바람처럼 그렇게 사라져가는 것을……."

오래 간만에 맑은 정신으로 들이마시는 바깥 공기가 더 없이 상큼했다.

질범은 걸음도 가볍게 여단 중대본부로 향했다.

그런데 생각지도 않은 일이 벌어졌다. 다른 사람들은 출옥을 하면 당연히 명단이 따라 온다는데 질범의 경우 기록이 오지 않아 근거가 없다는 것이었다.

"설마 그럴리가요?"

"글쎄? 그 참, 나도 이유를 모르겠으니 놀든지 가든지 마음대로 하시오."

근거가 없다는 데야 더는 할 말이 없어진 질범이었다. 순간 슬그머

니 현실에서 달아나 버리고 싶다는 마음이 꿈틀했다.

"하긴 애써 탈영하려는 친구도 있는 판인데 에라 모르겠다. 머리도 식힐 겸 무전여행이나 해버려?"

그러나 그것은 마음뿐 정작 어디를 가야 할지 막막했다. 잠시 망설이던 질범은 마침내 부대로 돌아가 남은 기간을 마쳐야 한다는 생각으로 걸음을 부대쪽으로 옮겼다.

마니산 부대로 돌아왔을 때였다. 그동안 생사를 넘나들며 함께 훈련을 받던 얼굴들 속에 유독 반가워하는 종걸이 한 걸음으로 달려와 질범을 와락 끌어안았다. 그리고 울음을 터뜨리면서 말했다.

"고생 많았제? 흐흑 살아서는 못 보는 줄 알았데이, 흑흑……."

"다 염려해 준 덕분으로 다 건강들 하나?"

"하모, 흑흑. 이제 우리 다시는 헤어지지 말제이."

"정말 고맙다. 하지만 어쩌지? 나는 지금 목포 헌병대로 보내달라고 말할려고 생각했거든……."

"뭐, 뭐라꼬? 니가 전 부대원의 총대를 메고 주먹을 휘두르다가 형무소로 갔는데, 니 혼자 이대로 훌쩍 떠나뿔믄 우리는 니한테 평생 빚을 못 갚는 죄인이 되는 기라."

"그래, 니 마음은 안다. 하지만 내가 여기를 떠나야 부대에도 문제가 없고 나도 자유스럽지 않겠어? 미안하다 친구야."

"그럼, 내는 우짜란 말이고? 니 없는 이곳은 더 지옥이드라 카이, 흑흑……."

질범을 부둥켜안고 울음을 쏟아내는 종걸의 그 말은 마침내 감방을 나서며 그 부대를 떠나기로 생각했던 질범의 마음을 바꾸어 놓고 말았다. 매달리는 우정에 소매 끝으로 눈물을 훔치면서 회장실 문을 두들겼다.

이윽고 문이 열리고 뜻밖에 불쑥 나타난 질범의 모습에 회장의 눈이 크게 떠졌다.
"어?! 이게 누구야?"
"충성! 이질범입니다!"
"야! 야야 됐다, 신고는 무슨 놈의 신고냐? 그동안 고생 많았지? 면회도 한 번 못가 보고 정말 미안하구나, 거기 앉거라. 그래 몸은 괜찮으냐?"
"네! 보시다시피 건강합니다."
"그래, 운수불길해서 마음 고생 많이 한 줄 안다. 혹시 어디 다른 데 가서 근무하고 싶거든 말해 보아."
"아, 아닙니다! 회장님. 저는 이곳에서 생사를 같이했던 동지들과 함께 근무하다가 제대를 하겠습니다."
"뭐야? 너 지금 한 말 진심이야?"
"네! 저는 무적을 사랑하기로 했습니다. 그대로 이곳이 좋습니다!"
"허허 그 참, 다른 요원들은 이곳을 못 빠져 나가서 탈영을 하고 야단들인데 그래, 다른 곳으로 보내준다는 데도 싫다니, 이유라도 있나?"
"네! 저는 사실 이곳에 올 때 목포 헌병대로 보내달라고 해야겠다고 생각했는데 마음이 바뀌었습니다."
"그 이유는?"
"말씀드리지 않았습니까? 그동안 생사를 같이 해왔던 저 친구들을 여기 두고 저 혼자 편하자고 타부대로 간다는 것은 무적을 자랑하는 해병대 정신이 아니라고 생각해서 죽어도 살아도 저 동지들과 함께 하기로 결심했습니다."
그리고 질범은 두 주먹을 불끈 쥐고 들어 보였다.
"허허 짜식! 정말이냐? 야, 김 상무! 애가 지금 하는 소리 너도 들었지? 나가서 부식병 들어오라고 해!"

김 상무가 나가서 부식병을 대동하고 들어왔다.

"부르셨습니까?"

"그래, 너 말이다. 질범이가 돌아왔으니 우리 축하파티라도 해주어야 되지 않겠냐. 나가서 황소 한 마리 사가지고 오너라. 내일 잡아서 자축파티를 열도록, 알았나?!"

"네! 알겠습니다."

어두운 밤이 지나면 밝은 아침의 태양이 다시 떠오르듯이 웅달진 계곡에는 웃음꽃이 활짝 피었다.

"야야, 재 질범이 말야. 역시 배짱 한 번 좋은 짱이다. 짱! 후후후……."

요원들이 질범을 추켜올려 주며 하는 말이었다.

질범은 그동안의 마음 고생이 어느새 눈 녹는 듯 사라지면서 어깨가 으쓱해졌다. 그러나 또 한편으로는 그날 있어서는 안 될 충돌이 이처럼 동료들로부터 치하를 듣게 되었다는 생각이 들자 그날 본의 아닌 사고로 세상을 떠난 두 영령들에게 더없이 죄스러운 마음이 들었다.

무거우면서도 나직하게 입을 열었다.

"우리 자축하는 것도 좋지만 먼저 해야 할 게 안 있겠나 싶다. 시비도 가릴 수 없는 철없는 병정놀이에 유명을 달리한 엄 중위, 그리고 또 한 사람 말이다. 이 자리를 빌어 우리 모두 삼가 조의를 표하는 게 도리일 성 싶다."

"그래 질범이 니 말이 맞다. 역시 짱이다. 짱! 그렇게 하자."

차려 놓은 잔칫상은 마치 천도제를 올리는 것처럼 분위기가 무거웠다. 질범의 마음을 읽어낸 듯 모두들 숨소리조차 조용했다.

질범은 술잔을 따라 올리고 이제도 허공을 떠돌고 있을 영령들을 향해 절을 올리며 간절한 기도의 가슴을 거기에 얹고 뇌까렸다.

"부디 다음 생에는 전쟁이 없는 복된 땅에 환생하시어 천수를 누리시기를 또 빌겠습니다. 부디 괴로운 세상일들 다 잊으시고……."

질범은 마침내 가슴이 젖어 말끝을 맺지 못했다. 주머니에서 담배를 빼내 물었다. 그리고 불을 붙여 길게 한 모금 빨아들였다가 길게 내뿜었다.

하늘하늘 흩어지는 담배 연기를 바라보고 있는 파란 하늘에 순백의 조각 구름이 시공을 넘어 아득한 길을 떠나는 그들의 영령들처럼 멈칫멈칫 서럽게 그 자리를 맴돌고 있었다.

다시 그날의 고통스러운 기억들이 되살아나는 질범은 스스로를 자위하듯이 뇌까렸다.

"그래, 조각난 국토의 아픔인 것을 언젠가는 우리를 이해해 줄 그날이 꼭 오리라고 믿겠습니다, 흐흐흑……."

12 삶의 존재 이유를 찾아서

마니산 부대로 다시 돌아온 질범은 계속되는 사계절 극기 훈련을 반복하면서 가을로 접어들었다.

그즈음 남북관계는 화해무드로 가고 있었다. 그러한 분위기는 정확히 말해서 1973년 말부터 중앙정보부장 이후락 씨가 비밀리에 몇 차례 북한을 다녀오면서부터 비롯되었다.

남북이 이전과 달라진 화해무드는 언제 백두산이 한라산을 미워했으며, 한라산이 언제 백두산을 미워했었느냐, 하는 그런 분위기로 무르익어가고 있었다.

그러면서 마침내 1974년 7월 4일 남북공동성명이 발표되었고, 이로써 정부에서는 북파공작의 임무를 띤 특수임무 요원들의 절대적인 필요성을 느끼지 않게 되었는지도 모른다.

교관들이 훈련 중에 '그래 가지고 김일성의 모가지를 어떻게 따오겠느냐' 고 으름장을 놓던 말도 쏙 들어갔다. 그러니까 각군 부대에서

적진 침투 훈련

차출된 특수요원들의 임무란, 유사시 상부 명령을 받게 되면 군의 정상적인 루트가 아닌 비밀 루트로 북한에 침투하여 지령 받은 임무를 수행하고 돌아와야 하는 것이었다.

하지만, 설혹 그 임무를 수행했다 하더라도 살아 돌아온다는 보장이 희박했던 관계로 특수요원들은 차출되면서 만약을 대비하여 '자살' 처럼 집으로 보내는 유서를 미리 작성해 두게 했던 것이다.

뿐만 아니라 북파되어 생포되었을 경우 정부가 남북협정 위반의 책임을 피하기 위해 군번은 물론 본명 아닌 또 하나의 이름을 쓰게 했던 것이다. 그래서 북파요원들에게는 '특수' 라는 단어가 붙게 된 것이었다.

그런데 화해무드로 접어들고 있던 정부 분위기는 '특수한 임무' 의 북파공작대원들에게는 할 일이 없어진 것이나 다름이 없다고나 할까? 교관들이 요원들을 대하는 표정들도 조금은 인간적으로 부드러워졌다.

그러나 부대의 성격상 요원들의 생활이 달라진 것은 아니었다. 여전히 일과처럼 행해지는 훈련 분위기 속에서 1974년 그 해를 넘겼다.

다시 봄이 왔다. 새 풀이 돋아 파인 상처를 덮고 다시 녹색의 세상을 만들어가는 1975년 5월 질범은 마침내 군복무를 그곳에서 마치게 된 것이다. 1972년 8월 26일 해병대 진해 훈련소에 입소하기 위해 용산역을 출발한 지 33개월만이었다.

그러니까 이왕 군복무를 할 바에는 사나이답게 '귀신 잡는 해병대' 얼룩무늬 군복에 대한민국 깃발을 자랑스럽게 흔들어 보이며 제대를 해야겠다고 호언장담했던 질범이 그렇게 시작했던 대한민국 국방 의무였다.

그러나 질범은 군복무를 하는 동안, 해병대 정복 한 번 입어 본 일도 없었으며, 휴가는 물론 가족들과 통신연락조차도 단절되었던 참으로 악몽 같은 시간들이었다.

해병입소 훈련을 마치고 1973년 2월, 꿈에도 생각해 본 일이 없는 해병대 제5차 특수임무 북파공작 요원으로 끌려와 마치 외딴섬에 갇힌 범죄자들이 형량을 채우는 듯한 극기 훈련은 악랄했던 일제가 독립투사나 그들을 도운 사람들을 생포하여 투옥하고 생체시험을 했던 그 '마루타' 처럼 인간 한계를 시험하는 것과 조금도 다를 것이 없는 지옥 같은 훈련생활이었다. 그야말로 언제 자신에게 불쑥 닥칠지 모르는 죽음의 위험이 생활의 일부분처럼 되어 있었던 고통의 날들, 그 시간을 마감하게 된 것이다.

질범은 감회가 깊었다. 그처럼 자신의 생각과는 다르게 어느날 끌려와 덧없이 젊음의 꽃봉오리를 채 피워 보지도 못한 채 죽어간 젊은이들과 살아도 산 목숨이 아닌 불구자로 실려나간 젊은이는 또 얼마였던가.

하지만 질범의 경우, 그래도 하늘이 도왔던지 그처럼 아슬아슬한 곤혹을 거듭 치룬 훈련생활 속에서 사지육신(四肢肉身)이 온전하게 살아남아 다시 고향 흙을 밟을 수 있게 되었다는 것은 생각만 해도 기적처럼 느껴졌다. 그러나 불운하게도 한 번 짐지워진 멍에는 검은 그림자를 끌고 부대를 나서는 걸음에도 운명처럼 따라 붙어 오고 있다는 사실을 미처 알지 못했다.

제대 명령을 받기 위해 회장실에 들어갔을 때였다. 섬뜩한 각서를 써야 했다. 그러니까 무덤에 들어가는 그날까지 국가기밀인 만큼 그동안 그곳에서 받아왔던 특수임무에 따른 일체배경의 관계를 누구에게도 발설하지 않겠다는 보안각서를 쓰게 한 것이다.

그러니까 만약 그 각서의 서약을 어기고 경거망동(輕擧妄動)할 시는 보안상 쥐도 새도 모르게 죽어주어야 한다는 엄포성 경고를 받은 것이다.

그야말로 제대를 해도 끝까지 자유스러울 수가 없는 요원들이었다. 그래서 제대를 해도 형틀의 무거운 족쇄가 채워진 걸음은 삶의 존재 이유를 찾아 힘차게 뛰어야 하는 각박한 현실 앞에서 삶에 대한 열정은 도무지 적극적일 수가 없었으며, 함께 어우러져 적응하지 못하게 만든 요인이기도 했다.

한참 물오른 젊은이들이 앞으로 살아가야 할 인생길에 절름거려야 하는 오류는 거기서부터 비롯되어졌다고 해도 과언은 아니다. 앞으로 헤쳐 나가야 할 인생길에 세상을 한꺼번에 살아버린 것처럼 허무주의로 빠져들게 했기 때문이다.

1975년 5월 17일 질범은 헐값의 평상복을 먼지 털어 말쑥이 차려입고 행장 챙겨 지니고 이종걸과 함께 부대를 나섰다. 그 역시도 해병대 동기생으로 함께 제대를 했다.

5월의 파아란 하늘, 연초록 풀숲을 멀리 바라보며 종걸은 질범과 헤어짐이 못내 아쉬운 듯 가만하게 말했다.

"친구야, 우리 오늘 헤어지면 언제 또 만나지? 소식 끊지 말제이……."

어느새 종걸의 목소리에는 물기가 젖어 있었다.

"그래 어떻게 만난 우린데 소식을 끊겠냐. 그러다 보면 너와 마주칠 또 다른 길이 있겠지. 우리 약속했잖아 임마! 우리 함께 무궁화 심기로 말야."

"그렇게 돼야 할낀데……."

그 말 속에는 앞으로 살아가야 할 삶의 무게가 어둡고 무겁게 짓누르고 있었다.

"짜식! 이보다 더 아프고 어두운 세상이 또 있겠냐? 살다가 힘이 들면 목소리 높이고 우리 사지에서 손잡고 불렀던 해병대 군가 힘차게 부르는 거여. 그리고 힘차게 태양을 보며 살자."

"그래, 이 길보다 더 아픈 길이 있겠나? 참 아팠제. 내사마 나가믄 이쪽 보고 오줌도 안 눌끼라, 흐흥……."

"그걸 말이라고 하냐? 오늘 이 길 떠나면 우리들 그림자도 이 행로에서 지워지겠지, 뭐……."

가슴을 주고 받으며 둘은 헤어짐의 종착역에서 몇 번이나 뒤돌아보며 아쉬운 석별의 손을 흔들었다. 끈끈하게 서로를 바라보는 눈망울에 무한의 기원을 담고 있었다.

드디어 집 떠난 3년 만에 꿈에도 잊지 못한 고향집을 향했다. 혹독한 훈련에 고통스러운 밤이면 두고 온 고향집을 얼마나 그리워했었던가. 한 방에 밥상 마주하고 조랑조랑 웃음짓던 어머니, 아버지, 형, 누나, 동생, 그리운 식구들의 얼굴이 눈앞에 삼삼거리면서 남 모르게 소매 끝을 얼마나 적셨던가.

질범은 대문을 밀치고 들어가면서 어머니부터 찾았다.

"엄니! 저 왔구만요!"

그동안 죽었는지 살았는지 도무지 소식 캄캄했던 아들이 검게 그을린 얼굴을 하고 예고도 없이 불쑥 나타난 모습에 어머니는 기겁을 하고 달려 나왔다.

어머니는 그동안 많이 초췌해져 있었다. 두 팔을 벌리고 서 있는 질범을 보자 와락 끌어안으며 울음부터 터뜨렸다.

"흐흑! 이 무심한 새끼야, 넘 아들은 휴가도 잘 나오드만. 그래, 소식 한 장 주믄 어디가 덧나드나. 그리 에미 애간장을 녹이고, 아이고, 흐흐흑……."

어머니는 질범을 끌어안고 엉엉 울음을 터뜨렸다. 그러다가 얼마 만에 눈물이 범벅인 채로 말했다.

"이거이 꿈이다냐. 생시다냐. 어디 보자, 내 새끼……."

"죄송해요, 엄니!"

"짜식! 죄송하단 말이 나오냐? 까막눈도 넘 손 빌려가꼬 안부 전한다는디, 니는 편지 한 장 써 보낼 시간도 없었던겨?"

형은 소식 없던 동생이 살아있었구나, 하는 안도감이 드는지 생기 도는 반가운 눈빛의 웃음을 담고 힐책하듯 나무랬다.

"일이 그렇게 생겨가꼬 죄송해요, 형……."

"죄송이고 나발이고 니 땜에 우리는 엄니 앞에서 크게 웃지도 못했어 임마! 그래, 해병대는 집에 편지도 못 보내게 한다더냐?"

이럴 때 뭐라고 변명을 해야 할지 질범은 벙어리마냥 가슴만 답답했다. 연신 '일이 그리 생겨가꼬' 하는 소리만 거푸 하고 있었다.

질범이 돌아오고 가족은 웃음을 되찾은 듯 밥상에 활기가 돌았다. 몇 해만에 마주한 가족의 평화 그 기쁨이었다.

그 속에서 질범은 악몽 같았던 시간들을 잊어버리려고 노력했다. 그러나 밤이면 꿈속에서 다시 훈련에 들어가 헐떡거리는 질범이었

고, 그러다가 곧잘 비명을 내지르며 화들짝 놀라 깨곤 했다. 그때마다 온몸은 식은땀에 흠뻑 젖어 있곤 했다.

"야가 밤마다 뭔 꿈을 이렇게 험하게 꾼다냐?"

형이 자다가 말고 동생의 비명에 일어나 앉으며 하는 말이었다. 그렇다고 군에서 있었던 일들을 털어 놓을 수도 없는 질범이었다.

당시의 중앙정보부가 어떤 곳이던가. 국가기밀을 폭탄처럼 안고 나가는 요원들의 주위를 권총에 쇠눈을 뜨고 배회하게 할 것은 당연한 것이었다. 불쾌한 생각들을 지워버리기 위해서는 새로운 일거리를 찾아나서야 한다고 생각했다.

언젠가 책에서 읽은 세익스피어가 한 말이 떠올랐다.

'이 세상은 마음먹기 나름, 세상에는 복이나 화가 따로 없다. 다만 생각 여하에 따라 이렇게도 저렇게도 되는 것이다.'

"그래, 이제는 인간병기로 길들여진 생각에서 벗어나자."

질범은 주먹을 불끈 쥐고 연고를 찾아 서울거리를 배회하며 얼마간 싸돌기를 했다.

그러나 두리번거려도 질범을 맞아줄 생활무대는 마땅하게 눈에 띄는 곳이 없었다. 할 수 없이 신문을 뒤적거렸다. 그런데 어느 순간 눈에 들어오는 활자가 있었다. 한참 신개발 상품으로 주부들에게 인기가 있는 전자밥솥 '한상주식회사' 에서 영업사원을 모집한다는 광고였다.

질범은 앞으로 살아갈 세상에서 많은 경험을 쌓아서 내 지식으로 만들어야 한다는 생각으로 거기에 응모했다. 반갑게도 출근하라는 통지서를 받았다. 사회에 내딛는 첫 걸음이었다.

통지서를 받아들고 회사문을 들어섰을 때였다. 질범의 얼굴을 유심히 눈여겨보고 있던 상사 한 분이 질문을 했다.

"자네 해병대에서 군복무를 마쳤다고 했나?"

"네! 그렇습니다."

"어쩐지 눈빛이 살아 있는 것이 그랬구만. 반갑네, 나도 해병대 출신이라네. 자네 영업부보다도 내가 근무하고 있는 사고 처리반에서 함께 일해 볼 생각 없나?"

나긋하게 의중을 물어오는 상사의 눈빛이 그렇게 해주기를 바라는 눈치였다.

"네! 그렇게 하겠습니다."

질범은 우선 사회에 나와 해병대 선배를 만났다는 것이 마치 잊고 있었던 형을 만난 것처럼 반가웠다. 선뜻 그 자리에서 승낙했다.

참으로 건강한 삶의 생명력을 되찾고 싶어 세상에 발걸음을 내디딘 질범의 첫 출발은 그렇게 시작되었다.

그러나 질범에게 맡겨진 일은 3년 동안 인간병기로 길들여져 온 상처투성이의 정신을 치유해 주지 못하고 오히려 더 정서적인 불안을 안겨 주는 요인으로 작용했다. 일의 성격상 상품이 다단계 형식으로 여자들 계방 모임을 통해 팔려 나가는 것이 허다했기 때문에 회수에 문제가 곧잘 발생했다. 한탕 해치우고 잠적해 버린 주범을 찾아 나서야 했고, 또 찾았을 때 트릿하게 나오면 으름장을 놓아 그 돈을 받아내야 했다. 그런 만큼 때에 따라서는 자신도 모르게 열을 받게 하는 상대는 적이라고 길들여졌던 주먹이 불끈거려 참아내는 데 오히려 힘이 들었다. 그것은 일에 보람을 느끼게 하는 것이 아니라 오히려 삶에 회의감을 몰고 오게 했다.

그렇게 생활해 오던 어느날 새벽이었다. 그날도 물건을 한탕하고 튀어버린 계주를 찾으러 집 밖 골목 어귀를 돌아설 때였다.

저만치 골목 담벼락 밑에 한 아가씨가 주저앉아 배를 움켜쥔 채 신음하고 있는 것이 보였다. 한 걸음으로 쫓아가 아가씨를 부축해 주려고 했다.

그러나 어찌된 일인지 아가씨는 일어나 걷지를 못하고 그대로 배를 움켜 쥔 채 다시 주저앉으며 손을 내저으며 허우적거렸다. 아무래도 상태가 심상치 않아 보였다.

"아가씨 여기서 이럴 게 아니라 병원에 가야 되지 않겠소? 자, 내 등에 업혀요!"

질범은 대답을 기다릴 것도 없이 아가씨를 등에 들쳐 업고 새벽길을 달리는 택시를 붙잡았다.

그때서야 아가씨는 모기 같은 소리를 숨넘어가듯 내면서 말했다.

"죄, 죄송하지만 필동 서, 성심병원으로 저를 좀……."

택시는 그 아가씨가 말하는 필동 성심병원 앞에서 멎었고, 질범이 아가씨를 다시 들쳐 업고 병원 응급실로 뛰어 들어갔을 때였다. 응급실 간호원이 눈을 휘둥그렇게 뜨면서 말했다.

"어머?! 서 간호원 아냐? 이게 무슨 일이야?"

"으응, 출근길에 그만 위경련이 났지 뭐야."

질범은 그때서야 그 아가씨가 그 병원에 근무하는 간호원이라는 사실을 짐작하게 됐다.

참으로 붓다는 옷깃만 스쳐도 전생의 인연이라고 했던가. 그것이 몇 억겁의 스침이 없고는 맺어질 수 없다는 부부 인연의 끈으로 이어질 줄을 누가 알았겠는가?

묘한 운명의 만남은 그로부터 그녀와 교제를 갖기 시작하면서 잃어버렸던 생의 즐거움을 느끼는 한편 서서히 삶의 의욕을 찾아가기 시작했다. 마침내 청혼을 했고, 양가의 축복 속에 결혼식을 올렸다.

그리고 아들 딸 셋을 낳으면서 이것저것 안 해 본 것이 없이 열심히 뛰었다. 둥지를 이룬 가장의 의무를 다 하기 위해 열심히 뛰는 동안 강산뿐 아니라 세상은 여러 번 바뀌면서 많은 변화를 거듭하고 있었다.

우선 질범이 제대한 그해 11월 14일 월미도에서 해군 특수요원들의 총기사건이 일어나면서 정부에서는 마침내 해병상륙공작대 MIU 특수요원들을 해산하게 되었다. 남북이 화해무드로 가고 있었기 때문이다.

그러면서 정부에서는 남북긴장완화 정책으로 '남북이산가족 찾기' 로 대화의 문을 서서히 열어가다가 1979년 10월 26일 온 국민들을 그처럼 경악하게 했던 박정희 대통령 시해사건이 일어났다.

이어서 그해 12월 12일 전두환, 노태우를 비롯한 신군부들이 군사쿠데타를 일으키고 군사정부가 들어서게 되었다. 뒤이어 1980년 광주민주화 운동이 일어나고 또 다른 민주화운동이 들불처럼 번져 80년대는 그야말로 민주화운동으로 점철되었다. 다시 1990년대가 되고 정치적 소용돌이가 잠잠해지면서 1992년 김영삼 후보가 대통령에 당선됨으로써 이 땅에 문민정부가 등장하게 되었다. 드디어 진정한 민주주의가 정착된 것이다. 어쨌거나 1993년 8월에는 신예작가 김진명이 이휘소 박사를 소재로 한 〈무궁화 꽃이 피었습니다〉라는 장편소설을 발표했다. 핵무기에 관한 내용 외에도 고(故) 박정희 대통령이 내건 경제부흥정책인 '잘 살아보세' 라는 슬로건 속에 포함된 자주적 국방력을 갖추기 위한 기밀이 놀랍게도 담겨져 있었던 것이다.

그것은 그동안 우리나라가 강대국에 의존해 왔던 경제뿐 아니라 국방력을 비밀리에 키워 나가려고 했던 프로그램이었다. 어쩌면 작은 동물이 소망하는 몸부림 같은 것이기도 했다.

그러니까 기민한 움직임으로 자국적 국방력을 이미 키워 그처럼 세계 강대국의 영향권을 벗어난 북한이 강대국을 향해 '어디 붙을 테면 붙어보자' 하고 코웃음 치고 있는 것처럼, 남한의 중앙정보부장이 비밀리에 북한을 왕래하면서 얻은 결론은 그것이었다. 실제로 중앙정보부는 외국에 나가 있던 물리학자 이휘소 박사를 불러들여 핵무

기 제조기술개발을 서두르기 시작했었다. 이러한 내용을 담고 있는 책자가 국민들에게 던져 주는 메시지는 참으로 충격적이었다.

그러므로 박정희 대통령을 저격했던 김재규의 입에서 당당하게 '내 뒤에는 미국이 있다' 라고 불쑥 내뱉었던 말의 의미를 새삼 되새겨보게 한 것이다.

결국, 민족이 하나로 힘을 뭉쳐야 세계 속에 살아남을 수 있다는 작은 몸부림을 싹뚝 제거해 버린 이면에는 코끼리처럼 거대한 손이 있었음을 충분히 짐작해 보게 한 것이었다.

물론 그것은 국운이 아직 거기에 따라주지 못했던 것이라고도 할 수 있지만, 아무튼 그처럼 비밀리에 시도됐던 작은 동물의 몸부림, 그 열망은 허망하게도 그렇게 무너져 버리고 말았던 것이다.

그것이 한국 현대사에서 보여주고 있는 민족과 나라를 사랑했던 숨결의 눈빛들이 슬프게 남기고 간 발자국으로 진보적 시대 변혁을 꿈꾸는 민족적 지도자들은 색깔이라는 덧씌우기로 좌절되어 갔고, 혹은 그처럼 거대한 벽을 돌파하지 못하고 사라져 갔던 것이다.

이렇게 대한민국은 일제로부터 해방은 되었다고 하지만 미완의 상태로 주권을 잃고 진통을 겪으면서, 오늘도 비극의 색깔론 시비로 얼룩진 시간의 역사는 흐르고 있는 것이다.

그러니까 남북분단의 비극이 부른 역사의 시간 위에서 희생되어진 별들의 행진은 아직도 이어지고 있으면서 그 속에서 아픈 시대의 상처를 안고 허우적거리며 힘겹게 삶을 영위하고 있는 질범이었다. 그런데 질범의 마음을 더욱 우울하게 하는 것은 가끔씩 부산에서 날아오는 종걸의 소식이었다. 그는 해묵은 아픔을 아직도 지워 버리지 못한 채 늘 어둠 속에 매몰되어 있었다.

그늘진 친구의 목소리를 듣고 있노라면 질범은 문득 옛날 일들이 주마등처럼 새로워지면서 마음이 아파왔다. 그렇게 마음 한쪽 구석에 처절한 몰골로 매달려 있는 친구 종걸이었다.

그는 아직도 육체적 정신적인 상처를 치유하지 못하고 독신으로 지내고 있다고 했다.

그래서인지 어쩌다가 상경하여 잠시 만나고 헤어지는 날에는 종걸의 멍든 등허리에 생(生)이라는 글자가 땀방울로 젖어 있는 듯 질범의 눈 안에 가만하게 물기를 차오르게 했다.

어느날이었다. 제법 활기 띤 목소리로 종걸이 서울로 올라온다는 전화를 걸어왔다.

“친구야, 그래도 인생은 살아볼 만한 가치가 있는 것 같애. 재미있는 직장에 취직했거든. 올라가서 이야기하꾸마.”

질범은 우선 친구의 목소리에 생기가 있는 것이 더 없이 반가웠다. 대충 이야기로 보아 한참 유행처럼 번지고 있는 다단계회사에서 제품을 설명하는 직책을 맡고 있는 듯했다. 하긴 차분한 성격에 앞뒤 논리가 분명한 종걸이고 보면, 어쩌면 적성에 잘 맞을지도 모른다는 생각이 들었다.

다음 날 질범이 도착지점에 마중 나갔을 때 종걸은 버스 한 대에 아줌마부대를 가득 싣고 올라와 헤벌쭉하게 웃으면서 말했다.

“본사 제품 설명 들으러 안 왔나.”

“그랬구나. 보아하니 일이 재미있는 모양이지?”

“내사 멀쩡하게 살아있는 게 입하고 머리 밖에 어디 더 있나? 그게 밑천이라 카이.”

“그래, 아무튼 여자들 속에서 여자 냄새라도 맡으니까 화색이 도는 것 같구나. 그래 얼굴이 지지리 못난 아내라도 치마 두른 것 아주 없는 것보다 낫다 그랬어, 임마! 잘 해보아. 혹시 아냐? 너를 이해해 주고 감싸줄 여자라도 있을지, 잘 관찰해 보란 말이여. 후후후…….”

“짜식! 싱겁기는…….”

"어어, 농담 아녀 임마! 혹시 아냐? 나처럼 하늘에서 천사 같은 여자를 보내 줄지? 누군가 한 말인데 사람은 두 개의 눈과 하나의 혀를 가졌는데 그것은 지껄이는 것보다 두 배로 관찰하라고 조물주가 그렇게 만들었다고 하드라. 그러니까 지껄이지만 말고 잘 살펴서 제발 국수 먹으러 오라는 반가운 소식이나 보내라 이 말이다. 알았냐? 총각귀신 되지 말고, 흐흥……."

"그래, 관찰해 보지. 혹시 천사 같은 여자가 있을랑가……."

종걸은 참으로 오래 간만에 얼굴에 환한 웃음을 가득 피워냈다. 그 웃음만 바라봐도 흐뭇해지는 질범이었다.

행사를 마치고 버스가 떠나가기에 앞서 질범은 차 안에서 먹을 수 있도록 빵과 과자 그리고 음료수와 캔 맥주를 푸짐하게 안고 차 안으로 올라가 풀어 놓으면서 말했다.

"여러분! 저를 좀 주목해 주십시오! 저는 오늘 여러분을 모시고 올라온 여기 이종걸의 친구입니다. 이 친구와는 해병대 군복무를 하는 동안 형제 이상으로 한 몸같이 지내온 친구였습니다. 그런데 오늘 이 친구의 얼굴에 화사한 웃음이 도는 것을 보니 아마도 여러분 덕택인 것 같아 대신 고맙다는 인사를 드리러 올라왔습니다. 내려가시면서 시원하게 한 잔씩 들고 즐겁게 편안히들 돌아가십시오. 감사합니다!"

친구의 입장을 대신한 질범의 인사가 끝나자 박수가 터져 나왔다. 종걸은 옆에서 함께 박수를 따라 치면서 멋쩍게 웃다가 얼핏 들릴 듯 말 듯하게 말했다.

"짜슥, 그 말솜씨는 여전하구마……."

"그래, 지금 이 모습대로 희망 잃지 말고 우리 힘차게 살자. 그럼 또 소식 주고, 알았지?"

이윽고 차가 움직이면서 종걸은 아쉬운 듯 창밖으로 얼굴을 내밀고, 그 모습이 멀어질 때까지 손을 흔들고 있었다.

질범은 가슴 속 깊이 구겨 담아둔 가슴 시린 추억들을 펴보며 중얼거렸다.

"곰 발바닥인지 사람 발바닥인지 두 발의 발가락들이 몇 번의 허물을 벗고 엉겅퀴 풀처럼 살아온 세월 니나 내나 무어 그리 큰 차이가 있겠냐. 살다 보면 입다 버린 누더기처럼 몇 가지 불투명한 추억만 쌓여갈 뿐이지……."

어느새 입에 문 한 줄기 담배 연기가 인생은 미로라는 듯 하늘하늘 파란 하늘을 향해 흩어지고 있었다.

13 나는 해병대 특수임무 북파공작원이었다

산다는 게 무엇인지 세월의 주름살이 이마에 나이테를 그리면서 질범은 어느새 50대 중반에 들어서고 있었다.

흘러가는 것과 밀려오는 것들이 빠른 속도로 달음질치면서 변화를 보이는 것은 사람뿐이 아니었다. 눈을 뜨고 나면 만나는 세상도 그만큼 변해 가고 있었다.

그러니까 1979년 10월 26일 박 대통령 시해사건 이후 전두환, 노태우, 김영삼 정부가 정권을 잡는 동안 잠시 멈칫했었던 남북관계가 김대중 대통령의 국민의 정부가 들어서면서 다시 대화의 문이 열리고 있었다. 2000년 6월 15일 김대중 대통령과 김정일 위원장의 남북정상회담으로 남북한이 통일에 다시 관심을 갖기 시작한 것이다.

그러나 수구세력의 반격으로 민족의 생존과 깊은 관련이 있는 통일 논의는 다시 또 찬바람을 맞으며 잠복상태로 들어갔다.

그것은 해방정국에서 나라를 분단으로 몰고 간 지식인들도 있었고, 반대로 나라가 분단되어서는 역사를 바로 세울 수가 없다며 하나로 바로 세우려는 양파 갈림이 있었듯이, 그런 작태와 조금도 다를 것이 없었다.

6.15 남북정상회담 이후 당시 김대중 대통령의 대북정책은 반대측 인사들로부터 비난을 받기 시작했다. 그러한 인신공격은 해방정국에서부터 만들어진 색깔 덧씌우기였다. 공산주의를 지향하는 빨갱이로 포장하여 악의적인 루머를 유포하기에 급급했던 것이 사실이었다.

그처럼 진보적 입장에서는 보수 세력으로부터 공격을 받는 가운데 정부가 소위 '북한 퍼주기' 에 박차를 가한 것이 바로 금강산 개발에 따르는 경제 지원이었다. 물론 그것은 재벌기업 현대가의 정주영 회장이 경제 지원의 차원에서 일조(一助)한 것이기도 했다.

하지만 그러한 정부정책으로서 북한 관광개발 지원은 그처럼 보수파 세력들이 공격하는 소모성 분단비용이 아니라, 통일 이후를 바라볼 관광자원 개발로써 미래를 향한 투자이며 통일정책의 일환이었다.

그것은 어찌 되었거나 정부가 통일을 지향하는 당연한 일로, 통일은 자본주의 계산상으로도 국익과 국민 복지를 위해 절대 이익이 되는 것이다.

그동안 우리나라가 남북대립으로 인해 소모되는 분단비용 중에는, 우리나라 군사비용은 말할 것도 없고, 주한미군 주둔비용 분담은 많은 부분이 미국의 이익을 위해 쓰여지고 있는 것이 사실이다. 우리나라는 미국이 직접 관리하는 나라이기 때문이다.

그 한 예를 들자면 우리나라가 군사비용으로 미국으로부터 들여오는 F15전투기 구입비용만 해도 생각하기 어려울 만큼 큰 액수인 것이었다.

그러한 분단 소모비용을 감축 절감하기 위해서 정부는 통일대책

일환으로, 남북이 대화로써 통일의 물꼬를 트고자 한 것이었을 것이다. 언제까지 남북이 적대 관계로 국력을 소모할 수가 없는 일이기 때문이다.

특히, 진보적 입장을 지향하는 386세대는 통일에 걸림돌이 되는 '미국은 물러가라!' 는 구호를 외치며 나섰지만, 우리 시대 최대의 과제인 분단극복을 향해 남북이 밀약(密約)을 맺고, 그 첫 행진을 비밀리에 시도하다가 쓰러져 간 고(故) 박정희 대통령처럼, 그들의 절규 또한 작은 동물들의 몸부림에 불과했다.

사실 세계 경제의 3분의 2를 장악하고 있는 미국이 이 조그만 한반도를 쉽게 포기하지 않는 보다 큰 이유는 휴전선은 미국의 세계 전략의 일환으로 선이 그어져 있다는 사실 때문이다.

그런데 그처럼 북한에 퍼주기를 시도했던 김대중 정부에서 차기 후보로 민주당을 업고 대통령에 당선된 노무현 정부다. 물론 당시 노무현 지지 급상승 현상을 두고 여론은 분분했었다. 일시적인 거품이라고 하는 측도 있었고, 그보다는 새로운 변화에 대한 기대와 함께 비교적 건강한 진보노선에 대한 국민의 지지라고 말하는 사람들도 있었다.

그만큼 국민들에게 보여주는 노무현 대통령의 인상은 지역정서에 기대하지 않으려는 노력이 어쩌면 때 묻지 않은 정치인의 모습으로 신선해 보였던 것인지도 모른다.

이를 테면 과거 진보적 정당과 보수적 정당, 그 사이에서 기회주의로 줄을 타던 중소 정당인들의 모습과는 사뭇 달랐기 때문이다.

그러나 안타깝게도 우리 정치사에서는 진보와 보수의 논쟁이 지금까지도 그래 왔듯이 건강하게 진전되지 못하고 선정적인 폭로에 치중하는 느낌을 주고 있는 것이 사실이다.

인류의 역사 속에서 보수의 역할은 안정과 체제유지였고, 진보의 역할은 개혁이었으며 변화였다. 그래서 진보적 세력을 용납하지 않는 정치는 독재로 변했고, 보수적 경쟁 세력이 없는 급진정당은 국민으로부터 유리되었다.

하지만 분명히 인류 역사의 진전은 보수와 진보, 양 바퀴의 끊임없는 대화와 타협으로부터 그 동력을 얻어온 것이다. 그러나 과거부터 지금에 이르기까지 우리의 정치사에서는 안타깝게도 진보와 보수의 논쟁이 건강하게 진전되지 못했고, 늘 한쪽에 치우친 인상을 보여 주었다.

그러나 어제나 오늘이나 남북통일이라는 피할 수 없는 숙제를 안고 있는 대한민국이다. 보수와 진보, 양파간에 벌리는 논쟁은 보다 미래지향적일 때, 밝고 건강한 통일 국가로 타에 의존하지 않는 자주독립국가로 한민족 자존심을 세계 속에 세워 보일 수 있을 것이다.

그래서 진보는 보수의 소중함을, 보수는 진보의 의미를 인정할 수 있어야 하는 것으로, 곧 공존의 미학(美學)이 아니겠는가.

그런데도 정부나 국민이나 참으로 유감스럽게도 아직도 과거 민족주체성이 없었던 자유당 시절에 써먹던 색깔 운운하고 있는 모습들이라니 도대체 무슨 생각들을 하고 있는지 이제는 바라보는 것조차도 짜증스러워진다고 이맛살을 찌푸리는 사람들이 부지기수다.

이러한 오늘의 정치판 성향 때문인지 국민들 사이에도 진보와 보수로 양분되어 따지는 시시비비는 색깔론 시비를 빚게 하면서 국민들마저도 어떤 것이 옳고 그른 것인지 공정성을 잃고 있는 것이 현실이다.

그 시비는 오늘도 계속 이어지고 있다. 아침 저녁으로 신문과 방송은 정치인들의 엇갈린 시비의 모습을 보도하면서 바라보는 국민들을 실망하게 만들고 있는 것이다.

그러한 정치판 시비는 한 집안, 같은 직장 안에서도 진보파와 보수파를 지지하는 서로의 생각이 엇갈리면서 열을 올려대는 모습들을 가끔씩 볼 수 있게 했다.

화(禍)를 안고 사는 것은 독을 품고 사는 것이나 마찬가지라고 했던가. 서로가 이념을 달리하는 생각들이 가슴을 나누며 웃어야 할 이웃이나 공동체 생활 속에서 서로에게 그처럼 불편한 관계로를 만들어 주기도 했다. 바라보는 노선, 그 생각을 달리하고 있기 때문이다.

현실에서 시끄러운 것은 그것뿐만이 아니다. 기업주들이 종업원들의 노동의 대가를 얼마나 착취한 것인지 알 수 없는 일이지만, 걸핏하면 머리에 붉은 띠를 두르고 거리를 뛰쳐나와 '임금착취' 라고 기업주를 사회에 고발하는 풍조에 기업주들은 하나 둘씩, 임금이 헐한 이웃 중국이나 베트남, 심지어는 아프리카까지로 공장과 기업을 옮기면서 실직자들이 늘어나는 안타까운 현실에 처해진 것이다. 그래서 그 허물까지 몽땅 뒤집어써야 하는 것이 정부의 입장이라고나 할까?

정치적 인식공격으로 노무현 대통령에게 '북한 퍼주기' 라는 비난과 함께 "제 나라 국민들이 직장을 잃고 굶주리고 있는지도 모르고……"라는 말이 여기저기서 개짖듯이 멍멍거리면서 시끄럽다.

어쨌든 정치 경제가 불안하고 어수선한 속에서 질범이 조그맣게 벌려 놓은 사업이라고 순조롭게 잘 운영될 리가 없었다. 외국에서 헐한 자수정을 수입해서 자수정 매트리스와 벨트를 만들어 국내 시판을 하고 있었다. 그런데 생각대로 자금이 잘 회전되지 않았다.

그날따라 기분도 우울한 질범은 퇴근길에 직원 몇 사람과 식당엘 들어갔다. 그리고 음식을 주문해 놓고 기다리고 있을 때였다. 7시 뉴스 시간이었던지 식당 홀 안에 틀어 놓은 TV에서 또 그 지긋지긋하게 결말 없는 소리들이 이맛살을 찌푸리게 했다.

옆 좌석에 먼저 와 술잔을 돌리고 있던 손님 몇 사람도 같은 기분이었던지 혀를 끌끌 차대면서 말했다.

일본 다까노 대사의 망언에 규탄 성명을 발표하는 무궁화봉사회 이질범 회장과 회원들

"잘들 논다. 누가 똥개고, 누가 풍산개라고 한 것인지 도대체 모르겠네. 쳇!"

"그거이 어디 어제 오늘 일이여? 지나고 보면 누가 나라 팔아먹은 매국노고 애국자인지 밝혀질 것이니까 우리는 신경 쓰지 말고 그저 술이나 먹자고, 흐흥!"

이제는 그만큼 정치판 돌아가는 것에 염증을 느끼고 있는 국민들이었다. 어디를 가나 그 같은 이죽거림이 너부러졌다.

"우리 세대는 고통의 세대였지만 자라나는 다음 세대는 통일세대여야 할 텐데……."

질범이 중얼거리듯 하는 말이었다.

그러자 자리를 함께하고 있던 동업자가 질범을 흘끔 쳐다보면서 핀잔 주듯이 한 마디 했다.

"거, 통일, 통일 하지 말아요. 당신도 아차하면 빨갱이로 몰린다구, 흐흥!"

누구보다도 분단시대의 희생물로 곤혹을 치루었던 질범이었다. 듣기가 거북했다.

"무슨 소릴 하고 있어? 간첩 신고하면 보상금 준다던 시절인 줄 알어? 남북이 물꼬를 트고 있단 말이여. 박 대통령이 먼저 시도를 했던 것이지만……."

"사실 옛날에 박 대통령도 빨갱이였다며?"

그가 하는 말이었다.

"에끼 이 사람! 빨갱이가 뭔지나 알고 하는 소리여?! 자유당 시절 민족주의자들을 올가미 씌운 것이 빨갱이여. 그래 박통도 빨갱이였다는 거 아녀?"

그것은 이미 방송에서도 밝혀진 바 있는 사실이었다. 그러니까 그 색깔 사상이 가끔씩 말썽이 되어 온 박정희 대통령이었다.

제5대 대통령 선거가 있을 때였다. 박정희와 윤보선의 대결이었다. 그런데 그 선거전에서 사상 논쟁이 불거진 것이다. 각 당 후보자들은 지방유세를 갖고 각종 공약을 제시하면서 지지를 호소했다.

그런데 박정희 후보가 어느 방송 연설을 통해 "이번 선거는 민족적 이념을 망각한 가식된 자유민주주의와 강렬한 민주주의를 바탕으로 한 진정한 자유민주주의의 사상적 대결" 이라고 말했다. 이것이 불씨가 되어 '사상논쟁' 에 불이 붙게 된 것이다.

그때 전주에서 지방유세를 하고 있던 윤보선 후보였다. 바로 다음 날 기자회견을 청해 박정희 후보를 향해 화살을 날렸다.

"여순반란사건의 관련자가 정부안에 있으며, 이번 선거야말로 이질적 사상과 민주사상의 대결이다."

그 같은 응수의 발언은 마침내 사상논쟁으로 본격화 되었다. 윤보선 후보는 이어 매끄럽게 묘한 뉘앙스를 풍겼다.

"박정희 후보가 공산주의라고 말한 것은 아니다. 그러나 그의 민주주의 신봉 여부가 의심스럽다."

그러나 이 같은 윤보선 후보의 말은 빠르게 전해지면서 술렁이게 했다.

같은 날 여수에서 윤보선 후보의 찬조연설을 나온 윤재술 의원은 그 말의 뜻을 좀 더 밝혀 드러내는 연설을 했었다.

"이곳은 여순반란사건이란 핏자국이 묻은 곳이다. 그 사건을 만들어 낸 장본인들이 죽었느냐. 살았느냐? 살았다면 대한민국에서 지금 무슨 일을 하고 있는가를 여러분은 아는가. 모르는가? 여러분이 모른다면 저 종고산은 알 것이다."

박정희 후보를 향해 날리는 화살이었다. 말하자면 박정희 후보는 '강렬한 민주주의를 바탕으로 한 진정한 자유민주주의 사상대결' 을 감히 이야기할 수 없는 사람이라는 말이었다.

사상논쟁으로 궁지에 몰리게 된 박정희 후보였다. 긴급회의를 소집한 최고회의는 윤보선 후보의 발언을 국가안보의 차원에서 대처키로 하고 선거법 위반으로 고발하고 나섰다. 공화당측은 윤보선 후보를 강렬하게 '이중인격자' 라고 반박하고 나섰다.

"윤씨가 대통령에 재직하고 있을 때부터 5.16 사태를 미리 알고 있었다."

이 같은 폭로에 뒤이어 대통령 후보를 낸 재야 6당은 박정희 후보의 등록 취소를 청구하는 행정소송을 제기했고, 공명선거투쟁위원회 주최의 선거집회에서는 '간첩 황태성의 책략에 의해 공화당의 2원제 사전 조직이 추진되었으며 밀봉교육이 실시되었다' 고 주장하는 이 같은 삐라가 뿌려지면서 사상논쟁이 벌어졌다.

여기에 민정당 기획위원회가 가세했다.

"박 의장의 사상은 이질적이며 위험한 존재다!"

이 같은 성명을 발표함으로써 쌍방의 논쟁은 극으로 치달아 확산되면서 자민당 대표 김준연은 9월 25일 열린 시국강연에서 1961년 5월 26일자 '타임' 지의 박정희 프로필을 인용했다.

"박 소장은 전에 공인된 공산주의자였다. 그는 군반란(여순사건)을 조직하는 데 협력했다. 그래서 그는 이승만 씨의 장교들에 의해 사형선고를 받았다. 그러나 전향하여 반란군에 관한 정보를 제공하고 사형을 면제 받았다. 그는 지금 분명히 강력한 반공주의자다."

이 같은 포문에 대해 박정희 후보는 허무맹랑한 일이어서 해명할 필요조차 없다며 법이 가려 낼 것이라는 말로 일축해 버렸다.

박정희 대통령이 색깔론으로 빨갱이였다는 말에 자리를 함께 했던 백일환 씨가 물어왔다.

"그럼 그 같은 빨갱이 대통령을 왜 이북에서 죽이라고 남파공작원 김신조를 보냈다는 거여? 말이 안 되잖어?"

"거기에는 이유가 있었드라구요. 그러니까 박정희가 대통령에 당선이 되자 이북에서 이제는 대화가 되겠구나 하고 호의적으로 물꼬를 트기 위해 그것도 십만 불을 내려 보냈던 것인데 고맙다는 인사도 없고 반응이 없으니까 김일성이 화가 났었다는 거 아닙니까. 우리 국민들이 몰라서 그렇지 그 돈으로 당시 중앙정보부장이던 김종필 씨가 남산방송국을 세웠다는 일설이 있어요."

"에이……?"

"얼라? 그거이 지금 뭔 소리다냐?"

모두들 놀라는 것은 당연했다. 사실 그것이 이후락 중앙정보부장이 이북을 비밀리에 들락거렸던 이유였고, 그동안 북파비밀병기로 훈련시켜 왔던 해병대 특수부대는 무용지물이 된 것이나 마찬가지였다. 그래서 마침내 1975년 해체가 된 것이었다.

물론 질범이 제대하던 당시는 그러한 정부 변화가 있었음을 전혀 알지 못했고, 그 사실을 뒤늦게 알게 된 것이다.

그러나 이제는 어찌 되었거나 그로부터 시국이 많이 변해 있는 것은 사실이었고, 그래서 그런 저런 이야기들을 서슴없이 말할 수 있는 세상이 된 것만 해도 발전이라는 생각이었다.

질범은 목마른 입을 축이며 다시 입을 열었다.

"그래도 세상 많이 좋아진 거야. 이 말 저 말 할 수 있으니, 흐흥! 그럼 박 대통령이 왜 보도를 하지 않고 쉬쉬해 가며 중앙정보부장을 들락거리게 했겠어? 큰 고릴라가 쇠눈을 뜨고 지켜보고 있으니까 그럴 수밖에 없었던 거라구. 남북이 하나로 짝짜꿍이 되도록 놔두겠어, 싹뚝 제거해 버릴 텐데?"

"도대체 이게 무슨 소린지 모르겠네……."

당연히 놀랄 수밖에 없는 것이다. 질범은 사뭇 흥미 있어 하는 눈빛들을 바라보며 알고 있는 대로 들려주었다.

"이북 빨갱이가 남한에 남북대화를 열자고 퍼주기를 한 것이 그때 뿐이 아니었어. 나도 뒤늦게 알게 된 사실이지만 여순사건이 터지고 난 다음 좌익 학생들이 우익이던 손양원 목사 아들 둘을 죽였는데 세상이 다시 뒤집어지면서 그 좌익 학생이 붙잡혀 사형을 받게 되었다는 거 아냐?"

"그런 이야기가 있었지."

"그때 손양원 목사가 이때에 원수까지 사랑하라는 기독교 정신을 내보이기 위해 이승만 대통령에게 사면조치해 달라는 청원서를 보내 사면조치를 받았다는 거 아냐. 거기에 김일성이 감동을 받은 거지. 그렇다면 그 기독교 정신으로 우리가 대화의 물꼬를 트자 하고 미국에 있던 신부를 통해 십만불을 내려보냈단 말씀이거든. 그 때는 이북에 있는 수력발전소 하나만 가지고도 남북이 쓰고 남았을 때였으니까 이북이 이남보다 잘 살았고, 그래서 퍼 주기를 한 거란 말씀이야, 헛헛헛……. 그런데 이 박사한테 그 돈이 전달이 안 된 거야. 일신의 안일한 명예욕으로만 치달리고 있던 이기붕이 막은 거였어. 차기에 대통령 자리를 노리고 있던 이기붕인데 남북이 화해로 물꼬를 트게 되면 자기의 입지가 흔들리기 때문이었지 않겠어. 화친하자고 거액의 달러를 내려보낸 건데 이렇다 저렇다 말이 없었으니 김일성이 실망할 수밖에 더 있었겠어? 흐흥!"

"허허 이게 다 무슨 소린지, 머리가 다 멍멍해지네. 그럼 지금 정부가 퍼주는 것은 그때 빚 갚는 거로 보면 되겠네."

"외채 갚듯이 한참 갚아야 할걸. 이자가 붙었을 테니까. 흣흣후……."

"참 세상 많이 좋아졌다. 식당에 앉아 폭탄 같은 소리들을 늘어놓을 수 있다니……."

"옛날 같았으면 목이 몇 개라도 모자랐을 테지. 아 그러니까 제 나라 대통령 머리 위에 올라서서 지근지근 씹는 소리들을 해댈 수 있지. 그게 제 나라 망신인 줄도 모르고, 안 그런가? 나가서 제 서방 흉보면 제 얼굴에 침 뱉기지……."

"그게 문제야. 민족분열을 막고 통일을 하자고 나서면 무조건 빨갱이로 몰아붙이는 거 말이야. 그래, 그걸 빨갱이가 대통령을 해먹다가 한 방 맞고 간 거라고 하겠냐구? 흐흥……. 그때 무궁화 꽃이 피었습니다가 들통이 안 났으면 지금쯤 우리나라가 통일이 됐을 텐데 말야. 그러니까 박통이 미국과 원만한 관계 유지하랴, 물밑 통일 작업하랴, 그걸 우리 국민들이 상상이나 해봤겠냐구, 쯧쯧. 미국이 어떤 나라야, 세계적인 정보망인데 들통이 안 날 수가 없지. 흐흥! 아무튼 변화를 요구하는 시대적 변화에 희생양으로 제물이 된 것 아니었겠어? 예수 십자가에 매달렸듯이 말야."

질범은 지난날 정수사 스님으로부터 들었던 말이 새삼스럽게 생각이 나면서 예수를 얹고 말했다. 그러는 동안 몇 순배의 술잔이 돌았다.

사실 질범은 그동안 사회생활을 하면서 되도록 술을 멀리 기피했었다. 술이 들어가면 말이 많아지면서 혹시라도 말끝에 실수라도 하면 어쩌나 하는 염려 때문이었다.

그것은 솔직히 말해서 제대를 하면서 쓰고 나온 보안각서가 늘 목을 조여 오는 것 같았기 때문이었다.

하지만 이제는 달라진 세상이었다. 술이 기분 좋게 몇 잔 들어가면서 얼큰해져 오는 취기에 저절로 기분이 좋아졌다. 크게 웃음을 터뜨리면서 말했다.

"사실 이제 말이지만 내가 김일성이 목을 따오라고 정부가 길러낸 인간병기였다는 거 아닙니까. 카, 핫핫……."

"…?…?…?"

질범의 말에 모두들 '이게 무슨 소리?' 하는 눈빛들이었다.

"내가 해병대 특수북파공작요원 MIU였다는 말입니다, 으하하하……."

그토록 30년을 넘게 심지(心地)에 비늘진 해묵은 때를 속 시원하게 입 밖으로 날려 버린 질범이었다.

이제는 가슴 속에 답답하게 숨겨둘 것도 없는 두 팔을 휘저으며 질범이 밖으로 나왔을 때는 저녁 산뜻한 바람결이 축 내려 쓴 모자 차양을 다독거리며 감돌고 지나갔다.

오직 순리 그대로의 영원을 사는 대지(大地) 위에서 새롭게 태어나란 듯이…….

14 해병대 MIU를 아십니까?

아내가 질범을 깨우고 있었다.

"여보! 출근 안 하세요? 이 양반이 웬 늦잠을 이렇게 자나 모르겠네……."

부스스한 눈을 부비며 눈을 떴을 때는 벽시계의 괘종소리가 아홉 개를 치고 있었다. 어제 저녁 오래간만에 마셔댄 술기운이 바싹 마른 혓바닥에 머릿속까지 알딸딸하게 했다.

"밖에서 무슨 안 좋은 일이라도 있었어요? 술을 다 입에 대고……."

아내가 질범을 시무룩하게 바라보면서 걱정스러운 듯이 하는 말이었다.

"세상이 참 많이 좋아졌지. 창살 없는 감옥을 면하게 해주었으니까 말이야, 그래 한 잔 쭈욱 한 거라고, 흐흥……."

"?……."

알듯 모를 듯한 소리에 아내는 얼굴에 물음표를 하나 가득히 만들어내고 있었다.

"오늘 중요한 약속이 있는데 진즉 좀 깨우지 그랬어. 늦어서 어쩐다지. 그 참, 쯧쯧……."

그때였다. 전화벨이 따르릉 하고 울렸다. 일어나 머리맡에 있는 수화기를 집어 들었다.

"아, 여보세요!"

"나 김헌태요. 이형, 어젯 밤 뉴스 봤어요?"

"무슨 뉴스?"

"육군 HID 데모하는 거 말이요. 북파공작요원들 보상해 달라고 가스통 터뜨리고 난리가 났어요. 그렇게 요란을 떨었는데 아직 모르고 있었단 말이요? 일이 바쁜 거요. 아니면 뉴스를 안 보는 거요?"

"그게 아니고 어젯밤, 한 잔 먹느라고 그만……."

"그랬군요. 그런데 말이요. 우리 부대도 특수 임무를 수행했던 부댄데 우리도 나가서 합동작전해야 되는 거 아니요? 더군다나 해군 UDU까지 나와 합세했더라구요. 나라에서 보상을 해줘야 한다고……."

"뭐, 뭐라고요?"

질범은 정신이 화들짝 들었다. 세상이 좋아져서 보안각서를 쓰고 나왔던 그 지긋지긋한 해금에서 풀려난 것만으로도 다행으로 생각하고 있었는데, 이게 무슨 소린가 싶었다.

그런데 뜻밖에도 그의 말은 육군 HID부대와 해군 UDU가 거기에 합세하여 보상을 요구하고 나서는 마당에 해병대 특수요원들도 거기에 합세해야 되지 않느냐는 것이었다.

"UDU 해군첩보부대는 502기지고 우리가 503인데 우리라고 못할 거 뭐 있어요? 똑 같은 첩보부대인데 한 몫 끼어야 하는 거 아니냐구요."

"이봐요 김헌태 씨, 남들 한다고 우리도 튀어나가 부수고 때리고 해서 뭘 어쩌겠단 거요? 더군다나 우리는 제대할 때 그동안 있었던 일들을 죽을 때까지 발설하지 않겠다고 보안각서까지 쓰고 나왔는데 말이요. 그동안 우리가 나라를 위해 한 일이 뭐 어린애 장난입니까? 잘못 설쳤다간 재수 없이 욕만 볼 테니 신중히 생각해 봅시다. 그럼 다음에 통화합시다. 만날 약속이 있어서……."

약속시간이 바빠 간략하게 전화를 끊었을 때였다. 아내가 전화 내용을 듣고 있었던 듯 말했다.

"여보! 좀 전 뉴스에 HIU라던가, UDD라던가. 대대적으로 나와서 데모들을 하던데 있잖아요. 가스통에 불을 붙여서 뿜어대고 쇠파이프를 휘두르는데 무시무시하더라구요. 그 양반들이 북파공작원 보상하라고 한 것 같은데 당신도 북파공작원이었다며 거기에 해당이 안 되는 거예요?"

"쉿 그만해요! 세상이 편하니까 저 사람이 별소리를 다하네. 빨리 넥타이나 골라 와요. 약속시간 늦겠어……."

김 사장과의 약속 시간이 늦었다 싶은 질범은 바쁘게 옷을 챙겨 입고 집을 나와 자동차의 시동을 걸었다. 회사 수금 관계로 김 사장을 만나기로 했었기 때문이다.

그리고 그날 바쁘게 일을 마치고 집으로 돌아와 저녁상을 물리고 TV를 틀었을 때는 9시 뉴스시간이었다.

그런데 아침에 아내에게서 들었던 그 화면이 비춰지고 있었다. 뉴스를 보면서 질범은 아무리 바쁘더라도 뭔가를 해야 되겠다는 생각이 들었다.

그러나 어디서부터 어떻게 일을 해야 할지 막막하기만 했다.

'인천 UDU 사무실을 찾아가봐? 아니면 데모 현장을 나가봐?'

그때 얼핏 머리 속을 스치는 얼굴이 있었다. 같은 부대 요원이었던

송 선배였다.

'그래, 그 선배님이라면 혹시?'

질범은 수화기를 돌렸다.

"아, 여보세요."

송 선배가 직접 전화를 받았다.

"선배님 접니다, 이질범이요……."

"어? 참 오래간만이요. 그런데 어쩐 일이요? 이렇게 전화를 다 하고……."

"예, 다름이 아니고 요즈음 HID, UDU가 보상문제 때문에 데모를 하는 것 같은데 우리는 해당사항이 아닙니까? 우리도 뭔가 해야 할 것 같아서 선배님께 전화를 드렸습니다."

"글쎄? 중차대한 일이라서 신중을 기해야 될 것 같네요. 잘못 나섰다가 낭패를 볼 수도 있으니까. 그리고 우리는 제대한 지가 벌써 30년이 넘어서 누가 어디에 살고 있는지도 모르는데 인원 동원하기가 어디 쉽겠소? 그런 데다가 우리 부대가 1975년도 말에 해체돼서 없어졌는데 어디 가서 확인을 한단 말이요."

"하긴 그렇습니다만 아무튼 제가 한 번 알아보고 다시 연락을 드리겠습니다. 선배님."

전화를 끊고 난 질범은 캄캄한 동굴 속을 들여다보는 것처럼 막막했다. 물론 제대 후, 같은 부대 출신 서울 요원만 8, 9명이 친목회 형식으로 20년을 넘게 모이고 있었지만, 모두들 생활에 안정을 얻지 못한 채 먹고 살기에 급급한 처지였다. 그런데 확실치도 않는 보상 문제에 과연 그들이 나와 동참해 줄 수 있을 것인가? 생각이 거기에 머무르자 자신이 없었다.

그러나 그 생각은 그날로부터 계속 머릿속에서 떠나지 않고 맴돌았다. 그러면서 한 달이 지나갔다. 질범은 생각 끝에 알아나 보아야겠다고 마음먹고 걸음을 옮겼다.

2004년 2월이었다. 마침내 서초동에 있는 국군 정보사령부 정문 앞에 있는 북파공작 특수 임무자들의 위로금 지급을 위해 마련되어 있는 민원실로 얼굴을 내밀었다.

임시 사무실은 콘테이너 2개를 붙여 놓고 있었다. 그 중 하나는 위로 보상금을 위한 민원실로 사용하고 있었고, 또 한 동은 보훈 대상자를 위한 신청접수를 받고 있었다.

두리번거리다가 앞에 앉아 있는 현역인 듯한 젊은이를 보고 물었다.

"저 말 좀 물읍시다. 우리도 해병대 북파공작원 특수 임무 요원이었는데 어떻게 하면 됩니까?"

"아, 예, 잠깐만요. 저기 계신 저희 민원실장님하고 말씀해 보시지요."

그리고 그는 고개를 뒷좌석으로 돌렸다. 보아하니 거기에 앉아있는 40대 후반 정도의 사람이 담당인 듯 싶었다.

그가 자신이 담당이라는 듯 입가에 웃음을 담고 먼저 물어왔다.

"해병대 특수 요원이었다고 하셨습니까?"

"그렇습니다."

"해병대는 단 한 사람도 등록된 바 없고 보고된 것도 없는데요?"

얼마만에 책상 위에 놓인 서류를 뒤척이며 그가 하는 말이었다.

"우리도 분명히 북파공작 특수 임무자에 해당합니다. 그러니 당연히 법에 따라 보상금을 지급 받아야 합니다."

"부대 명칭이 뭡니까?"

"MIU였습니다."

"MIU요? 처음 들어 보는 이름인데요?"

"아니, MIU를 모른다구요?"

"글쎄요, 기록도 없고 저도 처음 들어보는데요. 부대가 언제 창설되었지요?"

그의 질문에는 머뭇해질 수밖에 없는 질범이었다. 사실 그때까지만 해도 해병대 MIU 부대가 언제 어떻게 창설되었는지에 대해서 전혀 알지 못하고 있었기 때문이다. 난감했다.

당시 차출된 요원들에게는 부대의 3대 원칙이 세워져 있었다. 불견(不見), 불청(不聽), 불언(不言)으로, 보아도 못 본 체, 들어도 못 들은 체하며 동료들간에도 말도 함부로 하지 말아야 한다는 것이었다.

그러한 엄격한 규칙으로 해병대 MIU가 언제 어떻게 창설되었는지, 또 처장의 성함과 계급이 뭔지에 대해서도 요원들은 알지 못했고, 또 그 부대 총 인원이 몇 명이나 되는 것인지에 대해서도 전혀 아는 바가 없었다.

그런데 담당이 언제 창설된 부대냐고 물어오는 데는 그만 벙어리가 될 수밖에 없는 질범이었다.

그러자 그가 다시 물어왔다.

"그럼 지휘관은 누구였습니까?"

"글쎄요? 특수부대여서 일반 회사 명칭으로 회장님, 상무님 했으니까요."

"그럼 부대 위치는요?"

"강화도 마니산에 있었습니다. 강화도에 가면 길상면 사기리 정수사 절이 있는데, 그 절 바로 밑에 있었지요, 그 뒷산이 마니산이었는데 고도 468 고지로 강화도에서는 제일 높은 산이었지요, 그리고……."

"됐습니다. 우리하고는 별 해당 사항이 없는 것 같군요. 그만 나가 주실래요?"

"아니 뭐라고요?"

담당이 해당사항이 아니라며 내몰듯하는 어투에 질범은 불쾌해졌다. 목소리가 자신도 모르게 톤이 높아졌다.

그러자 그는 아예 싹뚝 무 잘라내듯이 했다.

"이제 그만 여기서 나가 달란 말입니다."

"아니 여보세요! 내가 머리가 길고 수염이 길러져 있으니까 구걸하러 들어온 길거리 노숙자로 보입니까? 나가 달라니요? 나도 당당한 북파공작 특수 임무자였단 말입니다."

"아, 그 참, 되게 말을 못 알아들으시는구만. 해당사항 없으니 나가 달라는 거 아닙니까? 만약 더 이상 여기서 떠들면 애들 시켜서 끌어낼 겁니다."

처음에는 웃고 물어오던 사람이 부대가 언제 창설됐는지, 지휘 상관이 누구인지 모른다는 말에 마치 엉겨 붙어 보상금이나 타러 온 사람 취급하며 완전히 문전박대했다. 자존심이 있는 대로 상한 질범이었다.

하지만 근거가 없다는 데에는 달리 어찌 해 볼 도리가 없었다. 부아가 끓어 올라왔지만 참을 수밖에 없었다. 눈에 불이 켜지면서 두 주먹이 불끈 쥐어졌다.

'그래 어디 해보자!'

슬그머니 오기가 생기기 시작했다. 그래서 그날 이후 그와 똑 같은 시비를 몇 번 더 들락거리며 거듭했다.

그렇게 그곳 민원실을 들락거리고 있을 때였다. 타 군부대 특수요원들이 서류를 접수하고 위로금을 타가면서 좋아 어쩔 줄 몰라 하며 자랑하듯 흔들어 보였다.

은근히 약이 올랐다. 사나이가 한 번 칼을 뽑았으면 결말을 보아야 한다고 생각했다. 매듭을 풀어내기 위해 계속 분위기를 보며 민원실을 들락거리고 있을 때였다.

참으로 그 돈이란 것이 무엇인지 어느날은 같은 부대원들끼리 내가 진짜니, 니가 가짜니 막말까지 해대가며 싸우는 모습도 있었고, 또 어느날은 얼굴에 취기가 불콰하게 오른 몇 십 명이 몰려와 민원실을 발로 걷어차며 고래고래 소리를 질러대는 험악한 분위기도 연출했다.

아무래도 MIU부대 근거를 찾아 수소문해야겠다는 생각이 지배적이었다. 부대 성격상 어디엔가 깊숙이 감춰줘 있을 근거서류를 찾아 나서기로 결심했다. 적어도 부대의 명칭과 임무의 목적, 그리고 부대를 책임 맡았던 지휘관의 이름 정도는 알아내야 보상 문제를 거론할 수가 있을 것 같았다.

그것은 광부가 보이지 않는 광맥을 찾아 어두운 땅굴 속을 삽질하는 것이나 다를 것이 없었다. 사무실 일은 맡겨 두고 한 삽, 또 한 삽 파 들어가기 시작했다.

그렇게 얼마를 뛰어다니며 수소문한 끝에 마침내 당시 중앙정보부에 근무하면서 해병대 MIU 부대를 창설하는 데 기획부터 부대선정, 요원 차출 등을 직접 하였다는 사람의 신상명세를 얻어낼 수 있었다.

그 사람을 찾아 나섰다. 본명은 이운범 씨였으나 특수요원들이 그렇듯이 위장된 이름이 박철호란 사람이었다.

그러니까 그는 질범의 해병대 선배로 1973년 해병대가 해군으로 편입되는 것을 너무나 원통하게 생각한 나머지 옷을 벗고 전역을 했다. 그는 현재 69세로 의정부 민락동에 살고 있었다. 알아낸 주소를 들고 찾아갔을 때는 약간 중풍이 와 있는 듯 어눌한 몸짓이었다.

질범이 해병대 후배로 찾아오게 된 용건을 말하자 몸이 불편한 가운데에도 반갑게 안으로 맞아주었다.

이야기는 길어졌다. 점심시간이 지나고 저녁시간이 되어도 끝이 나지 않았다.

생각 끝에 질범은 집으로 모셔가야겠다고 생각하고 말씀을 드렸다.

"제 차가 있으니 저희 집으로 가십시다, 선배님. 누추하지만 양평 산 속이라서 별장처럼 공기도 좋고 한가하답니다."

"허허 산 속이라? 거 좋지!"

박철호는 산 속 별장이라는 말에 쾌히 승낙하고 불편한 몸을 이끌고 따라나서 주었다.

"아이들이 머리가 커서 둘은 제 둥지를 찾아 떠났고, 하나 남은 아이는 외국에서 연수중이어서 우리 내외 이렇게 도시를 떠나 한가롭게 살고 있습니다. 선배님."

"그래, 고맙게도 성공한 케이스구만……."

"다, 아내 덕분이지요. 제가 성공한 것이라면 아내 하나 잘 얻었다는 거 아닙니까. 핫핫핫……."

양평으로 달리는 차 속에서 30년이란 세월이 훌쩍 지난 뒤 앞서거니 뒤서거니 같은 길을 향해 걸었던 선후배가 만나 주고받는 말이었다.

두 사람은 집으로 돌아와서도 당시 특수임무부대가 창설된 동기하며 덧붙여 오늘 현재 시국 돌아가는 이야기로 끝이 날 줄 몰랐다. 그러면서 함께 일주일을 보냈다.

그때서야 질범은 각 군(軍) 특수부대가 존재하게 된 경위와 해병대 MIU 특수부대 창설경위를 소상하게 알기에 이르렀다.

"그러니까 해병대 MIU 특수부대는 보통 다른 군부대의 특수부대하고는 성격이 달랐지. 평양 주석궁을 목적으로 훈련을 시켰던 거니까 그 실체가 쉽게 노출이 되지 않기 위해 중정에서 민간인으로 철저하게 위장을 시킨 부대였어."

"그래서 도무지 근거를 확인할 수 없었던 거군요."

"그럴 수밖에. 중앙정보부하고 해병대 내에서도 몇 사람만 알고 창설된 부대였으니까. 그런데 자네 대단하이. 내가 그 중에 한 사람이었다는 것을 찾아냈으니 말이야. 허허허……."

"저도 한다면 끝까지 하는 놈입니다, 선배님."

"하긴, 그랬으니까 요원들이 탈영을 못해 안달이 난 그 부대를 다시 찾아가 복무 안 했겠나. 자네 고집도 알아줄 만하이, 핫핫핫……."

"사나이 의리 빼 놓으면 시체 아니겠습니까? 어차피 한 세상 살고 가는 목숨인데……."

"그래, 그 의리 살려 해보라구. 그게 해병대 정신 아니겠나."

이제 보상 문제도 문제려니와 마치 그 어떤 범죄자들처럼 쉬쉬 덮어왔던 MIU 부대의 실체를 밝혀 그처럼 혹독한 훈련을 받아왔던 요원들의 명예를 되살려 놓아야 한다는 의무감으로 똘똘 뭉쳐진 질범이었다.

마침내 질범은 박철호가 알고 있는 이야기를 토대로 실체를 인정받기 위해 부대창설 배경에 대한 글을 써서 정보사에 제출했다.

그러나 그것은 한계가 있었다. 창설 당시의 내용은 알고 있는 박철호였지만, 1968년 5월 1일부터 시작하여 1971년 10월까지만 근무하고 타부대로 옮겨갔기 때문에 부대가 해체하기까지의 경위를 찾아 다시 수소문해 나서야 했다.

생각 끝에 거기까지 만이라도 지면을 통해 먼저 세상에 실체를 밝혀 놓고 일을 추진함으로써 그 매듭을 풀어 가는 데 도움이 될 것 같았다.

그래서 「한국화보」라는 월간잡지에 '이제는 말할 수 있다!' '해병상륙공작대를 아십니까?' '베일에 싸인 35년의 비밀부대 MIU' 라는 제목으로 2004년 8, 9, 10월까지 3개월간의 연재로 해병대 특수임무 공작요원의 실체를 밝히는 기사를 실었다.

다까노 망언 규탄대회를 마치고, 해병대 북파공작 특수요원 MIU의 실체를 인정해달라고 건의서를 낭독하는 이질범 회장

그리고 또 다른 한편 별도로 탄원서를 작성하여 청와대 고충처리위원회, 국회 국방위원회, 국방부장관실, 해군 참모총장실, 국정원장실, 해병대사령관실 등에 제출하였으며 역대 해병사령관(1 ~ 20)대에 이르기까지 현재 거주하는 자택 주소를 찾아 탄원서를 보냈다.

특히 해병대 김인식 사령관에게 대원 16명과 함께 직접 찾아가서 면담을 요청하고, 요구사항을 전달했다.

— 첫째, 우리는 국방 의무를 다 하기 위해 해병대에 지원 입대하였는데 어떠한 법적 근거로 중앙정보부의 공작요원으로 전환이 되었으며, 중앙정보부나 해병대 사령부 어디에도 MIU 부대의 실체나 기록이 없느냐?

— 둘째, 우리는 북파공작 특수임무자들로서 대한민국 정부에 보상을 요구하고 있는데 실체를 인정받지 못해 여러 관계기관에 탄원

서를 제출하고 동분서주하고 있습니다. 그런데 정작 우리의 직속 관청인 해병대 사령부에서는 손을 놓고 있는 대서야 말이나 됩니까? 사령관님도 우리의 실체를 정보사령부에 인정해 달라는 공문서를 작성하여 보내주십시오.

— 셋째, 우리는 대한민국 규정 그 어디에도 없는 혹독한 훈련을 받아오면서 기록도 없이 적게는 수개월에서 수년씩 받아오다가 사망한 요원, 또는 신체불구자로 아무런 대책도 없이 사회에 버려졌던 관계로 후유장애를 앓다가 죽어간 요원들이 상당수에 속합니다. 그 요원들을 위한 위령탑이라도 부대가 있던 자리에 세워주실 것을 요구합니다.

청원서를 사령관실로 보내고 일주일 전에 면담 요청을 했었다. 그리고 몇몇 요원들과 함께 사령부를 찾아갔을 때였다. 면담을 신청받은 사령관은 얼굴조차 보이지 않았고, 인사과장과 문관 한 분이 대신 나와 맞으면서 물어왔다.

"우리가 무었을 도와드릴까요?"

"새삼 그렇게 물으시면 어쩝니까? 청원서를 서면으로 보냈지 않았습니까?"

잠시 어두운 눈빛이 교차하고 있을 때였다. 참모장이 모습을 나타내면서 물어왔다.

"문제가 무엇인지 해결해 드리겠습니다. 말씀해 보시지요?"

"아니, 사령관님 뵙기를 청했는데, 자리를 피하신 것 아닙니까?"

"그럴 리가 있습니까. 오늘 바쁘신 일정이 있어서 그만……."

말끝이 흐려지는 분위기가 불쾌감을 안겨 주었다. 요원들은 흥분하기 시작하면서 목소리가 고조되어 갔다.

"아니, 해병대 사령관하면 우리 친정 아버지나 마찬가지 아니겠소.

야간침투훈련을 하기 위하여 위장을 한 MIU 대원들이 한 자리에…

그래 친정 아버지 뵙고 고충을 털어놓고자 찾아왔는데 바쁘다는 이유로 이렇게 홀대하시면 안 되지요. 우리가 무슨 땡깡을 부리러 온 것도 아닌데 말입니다."

"사정이 좀 생겨서 제가 대신……."

참모가 하는 말로 미루어보아 사령관을 만나기는 틀린 것 같았다. 질범이 앞으로 나서며 할 수 없다는 듯이 카드를 내밀었다.

"우리가 누굽니까. 그동안 사회에서 어디다가 말도 못 내놓고 쥐 죽은 듯이 벙어리로 살아온 것도 억울한데 이러실 수 있습니까? 야! 밖에서 가스통 차에 싣고 대기하고 있는 요원들 또 지방에 있는 요원들 모두 연락해서 지금 사령부에 긴급 상황이 발생했다고 모두 모이라고 해!"

상황이 이쯤으로 심각하게 돌변하자 참모의 표정이 싹 달라졌다. 어떤 불상사가 일어나겠다 싶었던지 옆의 인사과장에게 빠르게 눈짓을 했고, 이윽고 인사과장이 어디론가 전화를 걸었다.

그리고 잠시 후 사이를 두고 일정이 바쁘다는 사령관이 모습을 나타냈다. 그와 동시에 "일제 차렷! 사령관님께 경례!" 하고 구령이 떨어지자 요원들은 일제히 부동자세로 경례를 올렸다.

그 자리에 있던 참모장 이하 현역 해병들은 긴장감 도는 분위기에 숨을 죽이고 있다가 요원들의 그런 모습에 크게 놀라는 눈빛들이었다. 안도의 숨을 내쉬며 누군가 말했다.

"역시 한 번 해병은 영원한 해병이야!"

마침내 요원들은 사령관과의 면담이 이루어졌고, 사령관은 해병대 MIU 실체를 인정받는 데 도움이 되어 주었다. 그러니까 요원들의 3가지 요구사항 중에 2가지를 풀어낸 셈이었다.

그것은 질범이 북파공작요원으로 3년 동안 받아왔던 극기 훈련에서 얻은 용기와 타고난 지략이 얻어낸 결과였다.

15 그날의 얼굴들

사령관과 면담을 끝내고 나온 질범에게 이제 남은 숙제는 전국에 흩어져 있는 요원들을 찾아나서는 일이었다.

이제는 오직 그 일만이 생활의 전부가 되었다. 자연스레 벌려 놓은 사업은 뒷전으로 정리할 수밖에 없었다.

"어쩌자고 매일 그 일에만 몰두하는 거예요. 벌려 놓은 사업까지 치워가면서 그렇게 혼자 총대를 메고 뛰어다닌다고 보상금을 더 타는 것도 아닐 텐데……."

"저 사람이 지금 무슨 소릴 하고 있는 거야? 잘 나가다가 일의 성질이 지금 누구한테 미루게 생기질 않아서 그런 건데, 걱정 말고 아이들이나 잘 챙겨요."

아내가 걱정하는 것도 무리는 아니었다. 가장이 가정과 사업은 뒷전으로 오직 그 명예회복만을 위해서 태어난 사람처럼 뛰어 다녔기 때문이다.

드디어 2004년 8월 14일, 질범은 국가정보원(전 중앙정보부)으로부터 반가운 공문서 한 통을 받았다. 한 눈으로 읽어 내려가기 시작했다.

문서번호 : 조행33420-000

시행일자 : 2004. 4. 13(1년)

수신 : 북파공작 MIU 해병상륙공작대 대표 이질범

재목 : 민원에 대한 회신

귀 단체가 제출한 보상민원(2004. 8. 6)에 대하여 2004. 8. 12 관련기관(정보사)에 "긍정적으로 검토함이 바람직하다는 의견으로 통보했음"을 참고하시기 바랍니다. — 끝 —

국가정보원장.

공문을 읽어 내려가던 질범은 와락 눈물이 솟구쳤다. 그 한 통의 공문을 받아내기까지 그동안 쏟아냈던 속울음이 얼마였던가.

그로 하여 질범은 마침내 35년 전 중앙정보부 캐비닛 깊숙하게 감춰둔 해병상륙공작대 MIU 북파공작요원들의 명단을 찾아낼 수 있게 되었다.

질범은 마치 35년 전 저 땅속 깊이 슬프게 암장되어 있는 전우의 시체를 찾아낸 듯이 울음이 터져 나왔다.

해병대 MIU 부대가 1968년 12월 창설되면서 해체되었던 1975년 12월까지 만 7년 동안 특수임무 북파공작원 명단에 올라있는 요원들의 이름은 장교를 제외하고 약 170명이었다.

질범은 2004년 초봄 그때부터 35년 전 요원들의 인적사항만을 들고 미친 듯이 전국방방곡곡을 동분서주하기 시작했다. 요원 분포는 서울 경기가 약 70여명, 대전 충청도가 6명, 경상남북도가 22명, 부산이 10명, 전라남북도가 5명, 강원도가 5명, 제주도 4명, 외국에 나가 있는 요원도 영주권자 3명, 시민권자 2명 등 5명이었다.

하지만 부대를 제대한 뒤 그때 받은 혹독한 훈련의 후유증으로 특별한 병명도 없이 죽어간 요원이 5명이었으며, 정신이상 증세를 보이는 요원도 5, 6명 정도였고, 그 당시 사고를 쳐서 수감되어 살고 있거나 도피 중에 있는 요원이 7, 8명이나 있었다.

그런데 유감스러운 것은 요원 90%가 술을 먹지 않고는 잠을 잘 수가 없다는 불면증세로 고통받고 있었으며, 결혼생활도 순탄하지 못해 이혼경력이 80%나 되었다. 그것뿐 아니라 나이 50이 넘도록 결혼도 못하고 독신 생활을 하는 요원도 2명이나 있었다.

그것이 인간병기로 특수훈련을 받아온 요원들의 정신적 육체적 후유증으로 사회에 나와 적응을 하지 못한 채 술로 세월을 보내게 되면서 빚어진 가정파탄인 것이었다. 반면에 사회생활에 열심히 적응하여 밥술이나 먹고 사는 요원도 10여명 정도 있었고, 공부를 열심히 하여 박사 학위를 취득하고 공인으로서 존경을 받고 있는 요원도 3, 4명 정도 있었다.

질범이 전국을 누비며 요원들을 찾기에 힘이 들었던 것은 함께 훈련을 받았던 요원들 외에는 선배나 후배들의 얼굴을 전혀 모르기 때문에 그 진위를 가려내는 데 이중 삼중의 확인이 필요했기 때문이었다.

또 함께 훈련을 받았던 요원들도 너무나 많이 변해 있어서 몰라 볼 정도였고, 특히 훈련기간이 짧았던 요원들의 얼굴은 알아볼 수조차 없어 재확인할 정도였다. 보상금이 따르는 문제였기 때문이다.

그런데 참으로 반가웠던 만남은 질범이 늘 마음 한 구석에 담고 궁금해 하던 선배요원 이창화였다. 그는 산악훈련을 받던 중 낙엽 때문에 아래로 미끄러져 의식을 잃고 그대로 사흘을 부대 밖을 배회하면서 부대가 탈영소동으로 수색을 나서게 했던 바로 그 요원이었다.

사흘 동안 밤나무에 양손을 묶인 채 혹독한 기합을 받고 몇 번을 졸도하고도 모질게 살아났던 요원, 그가 제주도에 살고 있다는 소식을 알아냈을 때였다. 얼마나 변해 있을까? 어떤 모습으로 살아가고 있을까? 궁금한 것이 한두 가지가 아니었다.

질범은 바로 내려가겠다는 연락을 그쪽으로 띄웠다. 기다리던 창화의 기별이 반갑게 날아왔다. 서울 삼성의료원에 아들이 입원해 있으므로 올라와서 만나자는 거였다.

만나자는 약속이 다음날로 다가온 전날 밤, 질범은 뜬눈으로 꼬박 날밤을 새우고 아침 일찍 양평에서 출발하여 병원에 도착했을 때였다. 약속한 병원 대기실에서 아무리 두리번거리고 찾아봐도 창화의 모습은 보이지 않았다.

그래서 대기실 의자에 걸터앉아 오가는 사람을 혹시나 하고 유심히 훑어보고 있을 때였다. 아까부터 한쪽 의자에 걸터앉아 누군가를 기다리는 듯한 환자 같은 초췌한 모습에 허름한 잠바 차림의 한 남자가 있었다.

그런데 그 남자가 질범이 그토록 만나고 싶어 마음을 콩당거리며 기다리고 있던 선배요원 이창화일 줄이야 누가 알았겠는가. 앉아 있기가 지루한 듯 일어나 서성이고 있는 그의 모습은 뼈만 앙상하게 남아있었지만, 그만의 특이한 걸음새가 아득한 지난날 어두웠던 추억의 그림자를 아직도 간직하고 있었다.

"선배님! 제가 이질범입니다. 이게 얼마만입니까?"

한 걸음에 달려가 창화의 야윈 어깨를 감싸 안는 질범의 목소리는 어느새 물기로 젖어 안으로 잠겨들었다.

"이게 뉘기여? 질범이 맞는 거여?"

못 알아보는 것은 창화도 마찬가지였다. 서로를 껴안은 두 사람은 더 이상 말을 잃고 눈끝에 잔잔한 이슬을 맺고 있었다.

질범이 얼마 만에 입을 열었다.

"그동안 많이 변하셨군요. 선배님……."

"그래, 자네도 몰라보게 변했네 그려. 그동안 어떻게 지냈나?"

"저야 그런대로 잘 지냈습니다. 그런데 병원은 왜 오신 겁니까?"

"아들놈이 입원을 해서 벌써 6개월이 넘었어. 그런데 희망이 안 보여. 희망이……."

창화는 멀리 시선을 피하며 중얼거리듯이 말했다.

"아니, 무슨 병인데 희망이 없다는 겁니까?"

"그게 뭐라더라. 응, 백혈병이래. 그것도 악성 골수 백혈병이라는 게야. 그래서 속이 타지 뭔가. 돈이 들어가도 낫기나 했으면 좋으련만 하느님의 뜻에 맡길 뿐이라네."

그는 그 옛날 고된 하루의 훈련을 받고 취침에 들어갈 때도 '오늘도 무사하게 해주셔서 감사합니다' 하고 중얼거렸었다. 지난날 보이던 모습이 그대로 남아있었다.

"다른 어떤 방법은 없답니까?"

이럴 때 다른 어떤 위로의 말을 찾지 못한 질범이었다. 겨우 찾아내 하는 말이었다. 창화는 말없이 고개를 흔들었다.

그 많은 세월이 지나 처음 만난 두 사람의 분위기는 어둡기만 했다. 병원 입원대기실에서 밤을 함께 새우며 그동안 살아왔던 이야기에 시간가는 줄을 몰랐다. 그대로 날이 밝아왔다.

해장국으로 속을 달래고 다음에 또 만날 것을 약속하고 헤어졌다. 그리고 일주일이 지났을 무렵이었다. 그로부터 연락이 왔다. 아들이 위독하다는 것이었다.

질범이 달려갔을 때는 창화의 아들은 중환자실에서 사경을 헤매고 있었다. 밤이 깊었지만 헤어져 돌아설 수가 없었다. 그대로 함께 대기실에 앉아 환자의 경과를 기다리면서 그동안의 이야기를 주고받았다.

새벽녘이었다. 간호원이 나와 환자의 사망 소식을 알려왔다. 이미 각오는 하고 있다던 그였지만, 막상 사망 소식이 전해지자 바라보기조차 민망할 정도로 슬픔에 젖어 있었다.

질범은 비통해 하는 가족들을 대신해서 제주도로 시신운구(屍身運柩)를 위한 수속절차를 밟았다.

그리고 서울에 있는 동료 4명과 함께 비행기로 제주도에 도착했다. 마침 그곳에 거주하는 김영진 요원이 마중을 나와 있었다.

영진은 제주도에서 고급 공무원으로 근무하고 있다고 했다. 그래도 사회에 잘 적응하여 건강하게 살고 있는 모습이어서 그렇게 고마울 수가 없었다.

모두들 창화의 집으로 향했다. 그가 살고 있는 집은 제주도 서쪽 끝자락에 위치한 용수리에 있었다. 벌써 소식을 전해 듣고 많은 동네 사람들이 모여 술렁이고 있었다.

그런데 분위기가 어쩐지 이상했다. 슬픔을 당한 창화를 대하는 동네 사람들의 인사가 의례적일 뿐 따뜻한 가슴이 전혀 없는 그런 분위기였다.

질범은 직감적으로 창화가 그때의 후유증으로 그동안 생활 속에서 주위 사람들에게 부담을 주고 살아왔음을 직감적으로 느낄 수 있었다.

주변 정리가 되고 집 마당에는 대형 솥이 걸리면서 잠시 후 돼지고기가 삶아져 나왔다. 저녁을 먹고 뒷애기를 할 때였다.

질범은 창화를 위해서 모인 사람들에게 뭔가를 말해 주어야겠다고 생각했다.

그의 가슴 속 깊이 옹이 박혀 있는 그 설움의 덩이를 이제는 친척과 동네 사람들에게 말해 주어야 한다고 생각하고 입을 열었다.

"저는 여기 이창화 선배님과는 해병대 선후배로 함께 훈련을 받아 왔던 관계로 제가 선배님을 각별하게 존경하는 분입니다. 들어보셨을지 모르지만 우리는 해병대에서 특수한 자들만 차출하여 북파공작 훈련을 받게 했던 특수요원들이었지요. 그때 이 선배님은 후배들에게 여러 가지로 많은 생각을 하게 가르쳐 주셨던 우리 부대의 귀감이 되셨던 선배님이셨습니다. 그런데 오늘 여기 와서 선배님이 살아오신 모습을 바라보면서 여간 마음이 아프지 않습니다."

그때였다. 한 쪽에서 이야기를 듣고 있던 창화의 처제가 갑자기 울음을 터뜨리면서 말했다.

"오메, 오메. 나는 형부가 그렇게 훌륭한 사람인 줄도 모르고, 흑흑흑……."

처제의 울음 섞인 말로 미루어보아 창화가 그동안 살아온 생활을 대충 읽어낼 수 있었다.

그러니까 창화는 제대를 하고 나와서 그때의 후유증으로 고통을 받으면서 술만 먹으면 이성을 잃어버린 것이 틀림이 없었다.

가족들의 말에 의하면 무슨 소린지 알아들을 수도 없는 말을 횡설수설했고, 때로는 동네를 쏘아다니며 팔을 휘두르며 소리를 질러대는 바람에 동네 사람들은 마치 정신 이상자처럼 취급할 때가 많았다는 처제의 울음 섞인 하소연이었다.

듣고 있던 동네 사람들도 그제서야 그가 눈살을 찌푸리게 했던 행동에 대해서 이해할 것 같았던지 혀를 끌끌 차대면서 말했다.

"우리는 그런 줄도 모르고 아주 정신병 환자 취급을 했지 뭡니까. 그 참……."

"그냥 우리 언니가 불쌍해서 형부를 구박하기도 했었는데 그렇게 훌륭한 형부였는지도 모르고, 흑흑……."

창화의 처제는 흐르는 눈물을 손등으로 닦아내면서 형부에게 용서를 빌었다.

"지금까지는 몰라서 그랬겠지요. 조국의 부름을 받고 젊음을 뜨겁게 불살랐던 저 선배님에게 여러분들의 따뜻한 위로의 말 한 마디가 상처를 치유하는 약이 될 겁니다. 부탁드리겠습니다."

그 말을 하면서 질범의 눈 안에 뜨겁게 물기가 차올랐다. 아직도 악몽처럼 살아 마신 계절의 가슴앓이로 쿨룩거리고 있는 창화의 모습이 너무나 처절하고 남의 일 같지가 않았기 때문이다.

다음 날 질범의 일행은 힘없이 흔들리는 야윈 손의 전송을 받으며 서울로 올라왔다.

그로부터 일주일이 지났을 때였다. 다시 이창화로부터 전화가 걸려왔다.

"이봐 질범인가? 자네들이 문상을 다녀가고 동네 사람들이 나를 대하는 눈빛들이 달라졌지 뭔가. 내 인생에 새 전환점을 맞은 거 같단 말이여. 어제는 전에 쳐다보지도 않던 농협 조합장이랑 면장님이 다녀가셨다구. 그래, 나도 부끄럽지 않은 선배가 돼 보일 테니까 기다려 보시게, 하하하……."

"선배님 파이팅입니다. 한 번 해병은 영원한 해병이니까요."

질범은 창화의 밝아진 웃음에서 뿌듯한 보람을 느꼈다.

그러면서 더욱 깊은 보람을 느낀 질범이었다. 전국을 누비며 찾아낸 요원은 그때쯤은 모두 123명이었다.

하지만 대체적으로 그 정신적 후유증 때문에 불행한 삶을 살아가고 있었다. 마산에 거주하고 있는 선배 요원 김진화를 찾아갔을 때였다. 진화의 부인은 그동안 살아오면서 있었던 일을 소설로 써도 몇십 권을 써도 모자랄 것이라고 머리를 절래절래 흔들며 눈시울을 붉혔다.

그 역시도 그때의 정신적인 충격에서 벗어나지 못하고 있는 듯했다. 부대를 나오면서 보안각서를 쓰고 나왔던 만큼 누군가에게 미행을 당하고 있다는 강박관념에서 벗어나지 못하고 하루도 술을 먹지 않고는 잠을 이루지 못한다고 했다. 그러한 심적 불안은 자다가도 비가 오거나 천둥이 치면 침대 밑이 아니면 책상 밑으로 기어들었고, 심할 때는 밖으로 뛰쳐나가 평양에 임무를 완수하러 가야 한다고 소리지르며 허우적대는 바람에 견디지 못한 부인은 몇 번이나 이혼을 생각했지만, 큰 집 형님의 남다른 위로와 보살핌으로 참고 견디어 나올 수 있었다는 이야기를 들을 때는 가슴이 미어지듯 아파왔다.

그렇듯 꿈과 희망을 잃고 안타깝게 살아가고 있는 요원들이 대다수였다. 그것은 인간병기로 특수훈련을 받아온 요원들의 정신적 육체적 후유증 때문에 스스로 살아내야 하는 삶의 레일 위에서 적응하지 못한 채, 술로 세월을 보내게 되면서 마침내는 가정이라는 둥지까지도 아픔 속에 몰아넣게 한 것이었다.

그것은 나라가 슬프게도 주권을 잃어버리고 허우적거리고 있는 모습처럼, 그들에게 있어 죄라면 대한민국에 태어난 것이 유죄로 그때 국방 의무를 하다가 형벌처럼 그렇게 잃어버린 웃음이었다.

해병상륙공작대 MIU 1차수 한기호를 찾아나섰을 때였다. 한기호는 경주에서 택시운전을 하고 있었다. 며칠을 수소문 끝에 첫 통화가 겨우 이루어졌을 때였다.

"한기호 씨입니까?"

"네, 그렇소만, 누구신기요?"

"다름이 아니고 전에 마니산에 근무하셨나요?"

"뭐라꼬 얘, 다시 말 좀 해 보이소."

조금은 의외라는 듯이 반문을 해왔다. 목소리를 높이고 재차 물었다.

"전에 강화도 마니산에 근무하셨냐구요?"

그러자 그쪽의 목소리가 갑자기 긴장한 듯 조용해지면서 말했다.

"저 잠깐만 기다려 보소, 내 차 한쪽에 세우고 통화합시더."

전화가 끊겼다. 그리고 잠시 후 그 쪽에서 전화가 걸려 왔다.

"나 한기호라는 사람인데 아께 뭐라 했능교?"

"아, 예, 저는 1973년도에 그 부대에 근무했던 이질범입니다."

"그래서요? 그 옛날 부대 애기를 와 묻능기요?"

바짝 긴장된 목소리가 경계심을 갖는 듯 튕겼다. 그러는 것은 당연했다. 그때의 일은 생각하고 싶지도 않았을 것이고, 또 그 부대를 밖에 나가서 말하는 자체가 금기 사항이었는데 느닷없이 생면부지의 사람이 불거져 나와 혹시 그 부대에 근무하지 않았느냐는 물음에는 경계와 함께 놀랄 수밖에 없었을 것이다.

질범은 그 마음이 이해되면서 차분하게 이제는 세상이 많이 달라져 과거에 극기 훈련을 받았던 부대요원들이 고생했던 것을 인정받고 정부에 보상을 신청하고 있는 중임을 말했다.

그러자 그는 믿어지지 않는다는 듯이 말에 톤을 높였다.

"뭐라꼬요? 보상은 무슨 보상이란 말인겨?"

"그러니까 그 당시 우리가 북파공작임무를 수행하기 위해서 극기 훈련을 받지 않았습니까? 거기에 대한 보상법이 생겨서 제가 그 당시 요원들을 찾아 나서고 있는 중입니다."

질범은 그가 경계심을 늦추도록 최대한 자세하게 설명을 했다. 하지만 그 쪽에서는 여전히 경계심을 풀지 않고 되물었다.

"누가 내 전화번호를 가르쳐 주든기요?"

"아, 예, 부산에 있는 이봉환이라는 분인데 오래 전에 적은 번호라며 지금도 맞는지 모르겠다고 하시더군요, 선배님."

"이봉환이라고 했소? 그 친구 내하고 같이 있었지. 그런데 당신이 지금 보상을 타주겠다고 내를 찾았다는 거요?"

"네, 선배님."

그러자 그는 잊고 살아왔던 그때의 슬픔이 왈칵 되살아나는지 다음 말을 잇지 못하고 흐느끼는 울음소리만 내고 있었다.

"선배님! 아 여보세요? 한기호 선배님, 제 말소리 들립니까?"

그러자 그는 이제 꺼이꺼이 울음소리를 내며 울음을 풀어내기 시작했다. 당혹해진 질범이었다. 계속 '선배님 말씀 좀 해보라' 는 소리만 거듭했다.

그렇게 전화기를 붙든 채 난감한 시간이 얼마간 지나갔다. 이윽고 울음 섞인 목소리가 들려왔다.

"내가 그 부대를 떠나온 지가 35년이 넘었는데 이름도 모르는 후배님이 내 보상을 타 주겠다는 거요, 시방? 흐흐흑……."

"고정하십시오, 선배님! 이제 곧 그동안 고생하신 보상을 받게 될 겁니다."

"내 경주에서 택시 운전하고 있는 기라요. 마 밑바닥 기는 택시 운전수라 카이, 흑흑……. 내 보상 같은 거 안 타도 좋은 기라요. 내 조국 대한민국이 우리를 인정해 준다는 것만 해도 고맙고 감격해서 그만 눈물이 나는 기라요. 내사 참말로 억울해서 죽어도 눈 못 감을 줄 알았드니, 흑흑흑……."

얼마나 한이 맺혔으면 저토록 말을 잇지 못하고 울음을 풀어내고 있단 말인가. 말끝마다 흐느끼는 설움이 전이되면서 질범도 마침내 같이 따라 울면서 위로를 했다.

"선배님, 죽기는 왜 죽습니까? 이제부터 좋은 세상 보고 살으셔야지요. 흐흑흑……. 그때 같이 고생했던 전우들도 만나보고 보상도 타서 같이 여행도 한 번 가보고 해야 되는 거 아닙니까?"

그렇게 두 사람은 얼굴도 모른 채 장시간 동안 핸드폰을 붙들고 마

치 잃어버린 가족이 만난 것처럼 울음 섞인 목소리로 소식을 주고받았다.

그러다가 얼마만에 상대방 한기호는 겨우 정신을 차린 듯 정색을 하고 말했다.

"그때 1차수가 13명인데 지금 몇 명이나 찾았는겨?"

"예, 1차수는 아는 분이 없어서 선배님이 처음이고, 다만 그 당시 교육 담당이셨던 박철호 선배님으로부터 1차로 들어오신 분들이 13명이라는 것만 알고 있습니다."

"그럼 그 이름은 다 아능기요?"

"아뇨, 이름도 지금 세분 밖에 모릅니다."

"그 세 사람 이름이 누구누구라요?"

한기호는 궁금증에 마음이 바빠져 오는지 채근하며 물었다.

"남정진, 공중열, 김공원, 이렇게 세 분이십니다."

"남정진은 내 동긴데 지금 어디 있능기요?"

"네, 지금 일산에 살고 계십니다."

"전화번호가 몇 번인기요? 지금 전화 됩니꺼?"

"네, 가르쳐 드리지요. 그런데 혹시 그때 같이 계셨던 분들 이름이라도 기억하고 계십니까?"

"와 모르겠능기요. 평생을 못 잊을 사람들 앙인기요."

"그럼 불러 주시지요. 메모를 할 테니까요."

"김화숙, 현차환, 백동열, 김경조, 맞다 송상웅도 있었제. 지금 그 친구들 어디에 살고 있능교? 잘 살고 있능가 몰겠네……."

"그럼 선배님은 전역 후 이분들을 한 번이라도 만나 보셨습니까?"

그러자 그 쪽에서는 잠시 무엇을 생각하는 듯 사이를 두었다가 말을 이었다.

"한 사람도 못 만났지. 또 우연히 만난다 캐도 서로 피했을 끼라."

"아니 그건 왜요?"

"와긴? 그때 생각만 해도 지긋지긋해서 안 그렇겠나. 내사 강화도 떠나옴서 그쪽으로 오줌도 안 눌끼라고 했다 마."

"하하하, 그렇지요. 저도 그랬으니까요."

"그래, 내 시간 내서 우에든지 서울 한 번 올라 갈란다. 그때 우리 만나서 긴 이야기하기로 하고 목구멍이 포도청이라 일을 해야 목구멍에 풀칠하게 생겨가꼬, 차암말로 오늘 이렇게 전화 줘서 고맙구마."

"네, 그럼 다음에 시간 내서 꼭 한 번 서울 다녀가십시오. 이 번호로 전화 주시고요. 그럼 안녕히 계십시오."

그렇게 전화로 주고받은 시간이 두 시간이 넘는 것 같았다. 전화를 끊고 질범은 한참 동안을 멍하니 서서 그대로 하늘만 쳐다보고 있었다.

초여름 신록이 우거진 사이로 뭉게구름이 어두운 세상일과는 상관이 없다는 듯 저만치 두둥실 한가롭게 떠가고 있었다.

질범은 싸르르한 슬픔이 몰려오면서 세상이 싫어졌다. 그런 가슴을 있는 대로 토해내고 싶었다. 하늘을 향해 주먹질을 해대며 소리를 질러대기 시작했다.

"젠장 맞을 놈의 세상, 세월을 원망할 거나, 하늘을 원망할 거나. 아니, 하나님이 계시다면 이렇게 슬픈 세상을 왜 만들었단 말입니까? 인간 슬픔을 가만히 내려다보시고 즐기시는 악취미 하나님이란 말입니까? 어디 대답 좀 해 보세요! 대답을요? 흐흐흑!"

가슴이 답답한 질범은 하늘을 향해 소리를 질러대며 얼마를 그렇게 혼자 울었다.

그렇게 가슴 젖어가면서 또 다른 전우를 찾아 전국을 두리번거렸다. 인천 문학동에 또 한 요원이 있다는 소식을 접하고 인천으로 향했다.

그 요원의 이름은 김원배로 1975년 3월 경에 부대에 들어와 제대를 앞둔 질범과는 1개월 정도 함께 훈련을 받았던 요원이다. 그런 관계로 이름만 기억될 뿐 얼굴이 떠오르질 않았다. 주소를 들고 이 골목 저 골목을 헤맨 끝에 겨우 찾아냈다. 허름한 연립 주택이었다.

질범은 북파공작 특수임무 수행자 보상신청서를 손에 들고 올라가면서 혼자 중얼거렸다.

'이 친구 나를 알아볼까? 아니야, 기억 못할지도 몰라.'

질범은 501호 앞에서 초인종을 눌렀다. 그런데 안에서는 사람이 없는지 조용했다.

"사람이 없나?"

이번에는 초인종을 거듭 두세 번을 눌러댔다. 그래도 안에서는 인기척 소리가 나질 않았다. 사람이 없는 것으로 간주하고 막 뒤돌아 계단을 내려 올 때였다.

"누구세요?"

가느다란 여자의 목소리가 희미하게 들려왔다. 반가웠다. 한 걸음에 다시 뛰어 올라가 문고리를 잡고 물었다.

"여기가 김원배 씨 댁인가요?"

"그런데 누구세요?"

"아, 예, 저는 옛날 강화도 마니산에서 김원배 씨와 훈련을 같이 받았던 사람입니다. 김원배 씨 계시나요?"

"훈련을 같이 받았다구요? 그런데 그게 뭐가 잘못됐나요?"

서울 생활이란 게 보통 쉽게 문을 열지 않는다고는 하지만, 이름을 밝히는데도 문을 열지 않은 채 안에서만 되물어왔다. 못마땅했다.

'뭐 이래, 사람이 찾아왔으면 문을 열고 물어보는 게 인사지.'

질범은 속으로 중얼거리며 문이 열리기만을 기다렸다.

그런데 한참을 기다려도 문을 열어줄 기미가 보이질 않고 조용했다. 이번에는 답답해서 신경질적으로 문을 두들겼다.

"아, 여보세요!"

그제서야 마지못한 듯이 문이 빼꼼하게 열리면서 반쯤은 문에 얼굴을 가린 여자가 경계하는 듯한 눈빛으로 물었다.

"저는 이질범이라고 하는 사람입니다. 김원배 씨는 출근하셨나요? 만나뵙고 보상 신청을 하라고 서류를 가지고 찾아왔습니다."

그러자 그녀는 빠르게 질범의 아래 위를 훑어보고는 경계심을 푸는 듯한 눈빛이었다. 문을 열어주며 들어오라고 했다. 여자는 하얀 피부에 몸이 마른 편이었다.

"앉으세요."

그리고 여자는 주방으로 들어가 차를 끓여 내오면서 말했다.

"어쩌지요? 사는 게 이렇게 누추해서……."

"다, 사는 게 그렇지요. 김원배 씨 부인 되시나요? 김원배 씨는 어디 나가셨습니까?"

두리번거리면서 묻는 질범의 물음에 부인은 갑자기 눈시울을 붉히면서 고개를 아래로 떨구었다. 목소리도 가늘게 떨리고 있었다.

"저세상으로 떠나셨어요. 그런데 어떻게 알고 찾아오셨어요?"

"네에? 돌아가셨다구요?"

질범은 잠시 말을 잃고 멍해졌다가 다시 물었다.

"어떻게, 왜 돌아가셨습니까?"

"그 양반이 평소에 술을 많이 마셨지요."

"그럼 술병으로 돌아가셨나요? 언제쯤 돌아가셨습니까?"

"십년이 조금 넘었어요. 그러니까 우리 아이들이 어려서 그랬으니까. 아무튼 우리 큰 아이가 중학교 3학년 땐가 그랬어요."

"마니산 까치부대에 대한 이야기를 한 번이라도 하시던가요?"

"네, 가끔 술을 인사불성이 될 정도로 먹은 날에는 횡설수설했는데, 뭐 이북에 가서 임무를 완수해야 된다나요. 자다가도 벌떡 일어나 뛰쳐나가곤 했어요. 그러고는 다시 또 술을 찾곤 했는데, 아무튼 술을 마셔야 잠이 들곤 했었지요. 그렇게 짧게 살고 갈려고 했던지……."

말끝을 흐리면서 그녀는 손등으로 눈물을 훔쳤다. 그 모습이 너무나 처연해서 질범의 눈 안에 물기가 차올랐다.

어둡게 가라앉는 분위기를 가르고 질범이 다시 질문을 했다.

"그럼 그때부터 아이들을 혼자서 키우셨나요?"

"그럼요. 안 해 본 것이 있나요? 단란주점 같은 데서 과일도 깎아주고, 식당 허드레 일도 해주고……."

그녀는 그동안 살아온 세월의 아픔이 되살아 오르는지 휴지로 코를 킁킁 풀어가면서 말했다.

"그럼 지금 애들은 아직 학생인가요?"

"네, 두 애들 다 군에 입대했어요. 큰애는 엄마가 힘들다고 장교로 갔고, 작은 애는 사병으로 갔는데 엄마 생활비를 보내겠다고 이라크에 지원해서 갔어요. 제가 얼마 전에 심장 수술을 받았거든요. 그래서 심장혈관에 파이프를 집어넣은 뒤부터는 몸이 많이 힘들어요. 그래서 웬만하면 문을……."

그 말 속에는 그녀가 문을 늦게 열어준 이유가 변명처럼 담겨 있었다.

"그러셨군요……."

질범은 그녀가 그동안 살아온 세월을 말해주는 듯 가난이 구석구석 묻어 있는 실내를 둘러보면서 무심한 조국에 대하여 다시 한 번 울화가 치밀어 올라왔다.

저 여인의 한 많은 눈물을 누가 무엇으로 어떻게 보상해 줄 것인가?

그래도 한 때 이 나라 조국의 부름을 받고 특수훈련을 받아왔던 대한의 아들이었다. 그런데 그때의 후유증으로 사회에 적응을 하지 못하고 골방 한쪽에 누워서 술로 슬픈 세상을 탄식하다가 쓸쓸하게 죽어갔다니……. 그 옆에서 뒷바라지를 해야 했던 가족들의 고통과 슬픔은 또 얼마였겠는가?

질범은 미어지는 가슴으로 그녀를 가슴 아프게 바라보다가 봉투에서 서류를 꺼내 보여주면서 말했다.

"신청 서류는 일반용, 장애자용, 사망자용이 있는데 김원배 후배께서는 사망하셨으니까 사망자용으로 서류를 준비해서 주시면 제가 접수해 드리겠습니다."

"이렇게 고마울 때가…… 정말 감사합니다. 그 분이 하늘에서 도우셨나 봐요. 불쌍해서……."

그리고 그녀는 목이 메이는지 말끝을 맺지 못했다.

그것은 치유할 수 없는 아픔을 안겨준 세상을 원망하며 두 눈을 감지 못했을 후배의 울음이기도 했다.

그녀와 이야기를 끝내고 돌아 나오는 질범의 걸음은 가난이 아프게 묻어나는 그녀의 울음에 자꾸만 뒤를 돌아보게 했다.

질범이 그렇게 요원들을 찾아다닐 수 있었던 것은 한 요원을 찾아내면 그로부터 또 다른 요원의 이름을 알아내게 되고, 그 요원의 해병대 기수를 알아낸 다음 그 당시 해병 보안대에 근무하고 있는 해병상륙공작대 출신 선배 정한철에게로 가지고 갔다. 그러면 정한철은 해병 입대 당시의 인적사항과 주소를 찾아내 알려주었다.

그렇게 해서 한 사람씩 찾아낸 주소를 들고 해당 면사무소나 동사무소에 전화를 걸어 민원담당을 찾아 경위를 말하고 협조를 요청했다. 그리고 2, 3일이 지나고 나면 민원실에서 연락이 왔다. 본인을 직접 찾아 줄 때도 있었지만, 그 요원이 몇 년, 몇 월에 외국으로 이민을 떠났다고 연락을 해 줄 때도 있었다.

그런 방법으로 요원들 한 사람씩 찾아냈을 때 질범의 기쁨은 남다른 것이었다. 그러나 보람과 기쁨만이 있는 것이 아니었다. 마치 그런 것을 빌미로 사기나 치고 다니는 사람 취급을 당할 때도 있었다.

한 번은 전라북도 군산에 살고 있다는 이계상(가명)이라는 요원을 찾았을 때였다. 그 요원은 MIU 부대가 창설되고 제2진으로 들어온 요원이었다.

질범은 그 집으로 전화를 돌렸다.

"실례합니다, 이계상 씨 댁인가요?"

"네? 아, 아닌데 왜 그러시죠?"

여자의 목소리였다. 그런데 어쩐지 상대방에서 말을 더듬는 뉘앙스가 이상했다. 그래서 전화를 끊으려다 말고 재차 물었다.

"저, 혹시 이계상 씨를 알고 계십니까?"

"그 분을 왜 찾으시는데요?"

여전히 한 자락을 깔고 나오는 묘한 뉘앙스에 전화를 건 경위를 대략 간략하게 설명했다.

그러자 그녀는 더 들어볼 것도 없다는 듯이 싹둑 잘라 말했다.

"그런 일이라면 됐어요."

"보상금을 타 드리겠다는데도 말입니까?"

"그만 됐다니까요."

전혀 반가워 하질 않는 시큰둥한 말투였다. 슬그머니 오기가 올라왔다. 질범은 그 이유나 알아야겠다는 생각이 들면서 다시 다이알을 돌렸다.

"방금 전화를 드렸던 사람입니다."

"그런데요?"

"혹시 재혼을 하셨나요?"

"그건 왜 물어요? 참 내……."

그럴지도 모른다는 생각에 다시 재차 물었다.

"재혼하셔서 혼인 신고를 하셨나요? 혼인 신고를 하셨으면 부인께서는 자격이 안 되지만 혹시 슬하에 아들은 없었습니까?"

그러자 그쪽의 목소리가 조금은 부드러워졌다.

"아들이 있어요."

"그 아들이 지금 어디에 있습니까? 몇 살이나 됐지요?"

"……."

그 쪽에서는 잠시 대답이 없는 채 곤혹스러워 하는 숨소리만 들려왔다. 아무래도 느낌이 이상했다.

"그럼 됐습니다. 제가 지금 찾아가 뵙고 이야기 나누시지요."

"뭐, 뭐라구요? 이리로 오신다구요? 그만 됐어요!"

놀라는 목소리가 핑퐁처럼 튀어 올랐다. 그럼과 동시에 어이없게도 전화가 뚝 끊어졌다. 더 없이 불쾌해진 질범이었다. 또 다시 다이알을 돌렸다. 수화기를 내려놓았는지 '뚜뚜뚜' 소리만 들려왔다.

여간 불쾌하지 않았다. 하지만 뭔가 이유를 꼭 알아내야겠다는 생각에 이틀 후 다시 전화를 걸었다.

"여보세요?"

그 여자의 목소리였다.

"안녕하세요, 지난번에 전화 걸었던 사람입니다."

그러자 화들짝 놀라는 그녀의 목소리가 쇠붙이를 매달은 듯 카랑카랑 퉁겼다.

"아저씨 돈이 필요하세요? 돈이 필요하시면 말씀하세요. 제가 드릴테니까. 그리고 다시는 우리 집에 이따위 전화하지 마세요!"

"저 사기꾼이 아닙니다. 이번에 국회에서 북파공작 특수 임무자들에게 보상을 주는 법이 통과돼서 제가 우리 부대요원들을 찾고 있는

중입니다. 오해하지 마십시오."

질범은 울화가 치밀어 올랐지만 그 선배를 생각해서 꾹 눌러 참았다. 세상이 그런 유사한 방법으로 사기를 처먹고 사는 사람이 많아서 경계를 갖는 것이려니, 그렇게 생각하고 부아를 삭히면서 가만하게 달래듯이 한 것이다.

"됐습니다. 아저씨! 그런 돈 다른 사람들에게나 많이 타 주세요. 저는 그런 돈 없어도요, 지금 행복하게 잘 살고 있거든요. 부탁해요, 아저씨 제발요."

그 말을 하고 그쪽에서는 별 볼일 없다는 듯이 전화를 뚝 끊어버렸다. 완전히 사기꾼 취급을 당한 질범은 기분이 엉망이 되어 버렸다.

하지만 평양감사도 저 싫으면 할 수 없는 것이고, 그 돈이 없어도 지금 행복하게 잘 살고 있다는 그녀에게 더 이상은 전화를 하지 않기로 했다.

이렇게 고달픈 행진이 계속되면서 질범은 전국을 누비며 그때의 요원을 찾는데 보람도 있었지만, 때로는 그처럼 사기꾼 취급을 받는 등 곤혹스런 상황도 맞이했다.

그러던 어느날 반가운 임○○이란 요원의 이름을 찾아냈다. 그는 그때 두 사람이 함께 탈영했다가 모진 기합을 받고 어디론가 지프차에 실려 나갔던 요원 중의 한 사람이었다.

머릿속에 그 뒤의 일이 언제나 궁금했던 질범이었다. 그를 만났을 때였다. 그 역시도 이제 50대 중반이 넘은 나이로 몰라볼 정도로 많이 변해 있었다.

"이렇게 살아서 만날 수 있게 되다니 정말 반갑습니다."

"차암말로 이것이 뭔 일인가 몰겄네요."

그는 호벅지게 웃으면서 질범을 와락 끌어안았다. 그리고 어린애처럼 말했다.

"우리 그때 참 많이들 울었는디 아직도 흘릴 눈물이 남았는가."

어느새 그의 목소리에는 흥건하게 물기가 젖어 있었다.

"어떻게 지내셨습니까, 그동안?"

"못 죽어 산 거쥬, 뭐……."

허름한 점퍼 차림을 하고 나온 그의 모습은 보지 않아도 그가 살아온 세월과 생활을 말해 주는 듯했다.

"슬하에 몇 남매나 두셨습니까? 선배님."

질범이 물었을 때였다.

"아직 독신이여. 다 잘 견디는 훈련을 못 견디고 탈영한 나같이 못난 놈이 남의 집 귀한 딸 데려다가 어쩌게……."

"아니, 그럼 아직도 독신으로 지내고 계신단 말입니까?"

"차라리 그때 죽었어야 하는디, 살아서 흐흥!"

그는 그때 탈영사건의 일을 두고두고 자책하면서 살아온 듯 자조 섞인 웃음을 흘렸다.

"그럼 생계는 어떻게 하고 계십니까?"

"집짓는 데 따라다니면서 실내 장식이나 해주고 먹고 살고 있쥬."

"그럼 돈은 잘 버시겠네요?"

"벌긴 해도 술하고 사니께 모아지남유, 술이 없으면 하루도 못 사는디……."

그 얼굴에는 아픈 세월이 할퀴고 간 외로움이 흥건히 배어 있었다. 바라보고 있는 가슴이 짜르르 아파왔다.

그는 보상을 타게 해준다는 말에도 크게 관심이 없다는 듯이 공허하게 웃으면서 말했다.

"보상금이라고 했시유? 그 돈 받으면 우리 실컷 술이나 먹읍시다, 흐흐흐……."

"술하고 원수졌습니까? 그 돈으로 술을 먹게요? 이제라도 그 돈으로 결혼도 하시고 가정을 꾸려 행복하게 사셔야죠."

"흐흥! 행복하기는 날샌 인생이유. 누가 나 같은 놈헌티 시집올 여자가 있대유? 술 안 묵으믄 못자는 놈인디, 허허허……."

아직도 탈영이 빚어낸 후유증에서 벗어나지 못하고 있는 자조 섞인 웃음이었다. 허탈한 웃음을 바라보면서 질범은 그때 부대를 떠난 뒤의 일이 궁금해졌다.

"그 뒤에 우리 부대를 떠나서 어디로 가신 겁니까?"

"음, 그때 우리를 태우고 간 지프차 안에서 한 분이 묻는 거여. 다른 부대로 보내 주면 군생활 잘할 수 있겄냐고. 그래 까치부대만 아니면 지옥이라도 좋다고 했지유. 흐흥! 그랬더니 어차피 특수부대에서 훈련을 받았으니께 김포여단 수색대로 보내준다는 게여. 거기 가서 절대로 북파공작부대에서 있었던 일은 표시내지 말라고 하드구만유. 죽어서 무덤에 갈 때까지 어떤 경우에도 북파공작원으로 차출됐던 일 말하지 않겄다는 각서를 쓰고 나왔는디 나 죽을라고 말하겄어유? 그래 보내줌서 근무 잘하라고 하드구만유. 거기서 군복무를 마치고 나와 요러큼 살아도 죽은 목숨으로…… 요거이 천상 내 팔자다 하고 살고 있쥬. 훗훗후……."

그때의 이야기를 풀어놓고 그는 허탈한 웃음을 날렸다. 그것은 아직도 그날의 아픈 상처를 곱씹고 있는 고독한 웃음이었다.

16 겨레사랑 무궁화

질범은 다시 또 지난날의 전우들을 찾아 두리번거렸다.

그때 참으로 눈을 반짝하게 하는 한 소식이 날아들었다. 산악 로프를 타다가 떨어져 병원으로 후송되었던 이해곤의 소식이었다. 그는 그때 병원에서 척추타박상으로 반신불수 판정을 받았다고 했다.

그 몸을 하고 어떻게 살아가고 있을까? 가끔씩 그때 일을 떠올릴 때마다 궁금증을 유발했던 해곤의 소식을 반갑게 접하게 된 것이었다.

그런데 놀랍게도 장애인올림픽에서 금메달을 5개나 획득한 탁구왕이 된 것이라니, 놀라움과 감격에 눈물이 글썽해졌다.

질범은 곧 바로 서울시 장애인협회로 전화를 걸었고, 거기에서 해곤의 핸드폰 전화번호를 알아냈다. 해곤은 경기도 상의군인협회 탁구부에 소속돼 있었다.

핸드폰으로 35년 전에 그처럼 안타깝게 헤어졌었던 해곤의 목소리를 듣게 된 것이다.

감격적인 순간이었다.

"정말이지 이해곤이가 맞는 거여? 나 이질범이네."

"예? 뭐, 뭐라고요? 다시 한 번 말씀해 보세요."

"우리 강화도에서 함께 훈련을 받았던 이질범이라고."

"아! 살아서 이렇게 목소리를 듣다니 그러니까 이게 정말 얼마만입니까?"

반가움에 떨리고 있는 해곤의 목소리에 질범은 어느새 눈물이 그렁해지면서 말했다.

"참으로 축하하네! 정말이지 자랑스럽구만, 자랑스러워."

"보고 싶습니다. 지금 당장요."

"그걸 말이라고 하나, 어디로 나오겠나?"

"그런데 죄송해서 어쩌지요? 지금 시합 때문에 체육관에 와 있거든요. 내일 뵙기로 하죠."

"할 수 없지 않은가. 그럼 내일 우리 집에서 만나서 긴 이야기 나누자구……."

그리고 질범은 살고 있는 양평집 약도를 가르쳐 주었다.

그날 밤 질범은 지난 날 그 악몽의 현장을 서성거리면서 잠을 청했지만 잠은 자꾸만 멀리 달아났다.

다음 날 질범은 약속시간도 되지 않았는데 집 앞을 서성거리며 이제 곧 나타날 해곤을 목을 빼고 기다리고 있었다.

이윽고 해곤을 실은 차가 산장어귀로 들어서면서 기다리고 있는 질범의 앞에서 멈췄다. 그런데 놀랍게도 해곤은 직접 운전을 하고 오는 것이 아닌가, 아니 이럴 수가?

질범의 상상을 완전히 뒤엎고 있는 해곤이었다. 신체장애를 극복하고 금메달 5관왕이 되었다는 것도 그랬고, 그 몸으로 운전을 하고 왔다는 것도 도무지 믿어지질 않았다.

세월의 뒤안길에서 만난 두 사람의 해후는 눈물부터 쏟아지게 했다.

"이, 이게 얼마만입니까? 정말이지 살아서 이렇게……."

해곤은 질범을 바라보자 목이 메여 오는지 말끝을 흐렸다. 그것은 질범도 마찬가지였다.

"참, 악몽이었어. 그래도 죽지 않고 이렇게 살아 만나볼 수 있게 되다니……."

모질게 살아남은 목숨들이 더 무슨 말을 할 수 있을 것이든가. 칙칙한 기억들을 밀어내기 위해 질범은 지난날 함께 고생했던 전우들을 찾아 나서게 된 그 동안의 경위를 말해 주기 시작했다.

"그래도 세상이 참 많이 좋아졌지 뭔가. 북파공작 요원이었다는 말을 감히 이렇게 꺼낼 수 있으니 말이야. 어디 그 뿐인가? 이제 그 실체를 정부에서 인정해 준다는 거 아니겠나. 과거 정부가 만들어 놓은 무거운 숙제 덩어리를 이 정부가 고맙게도 풀어내주지 뭔가……."

그 말에 해곤은 다시 눈시울이 붉어지고 있었다.

그동안 자신이 해병대 특수임무 요원이었다는 것을 숨기고 살아왔기 때문이었을 것이다.

질범은 해곤이 장애인으로서 금메달 5관왕에 오를 수 있게 되었다는 것이 여간 대견스럽지가 않았다.

"오늘 자네를 보니 인간 정신력의 무한한 가능성을 다시 본 것 같네. 그러기까지 오죽했겠는가, 자신과의 싸움이……."

"다 저를 불쌍히 여기신 하느님의 도움이 있었기 때문이지요. 저 사람과 만남도 그렇구요."

해곤은 같이 온 여자를 턱짓으로 가리키며 말했다. 그러니까 그 몸으로 결혼까지 한 모양이었다.

"아이구, 결례했습니다. 그런 줄도 모르고 저 동생이나 다름없는

후배를 보살펴 주시느라 고생이 많으십니다."

"별 말씀을요."

"내가 결혼까지 하게 될 줄 어찌 알았겠습니까? 고마운 사람이지요."

지나온 시간 속에서 기억을 건져 올리는 해곤의 눈빛이 그 옛날의 그림자를 따라가고 있는지 실눈을 하면서 아득해지고 있었다.

해곤은 사고를 당하고 국군통합병원에서 하반신 마비상태라는 진단으로 1년동안 병원생활을 한 후 1급 장애등급을 판정받고 의가사 제대를 했던 것이다. 그래서 일반 재활 센터로 옮겨가게 된 해곤이었다.

그곳에서 병동생활을 할 때였다. 유난히도 해곤에게 관심을 보이는 수녀 한 분이 있었다. 그녀가 어느날 휠체어를 타고 앉아 먼 산을 바라보고 있는 해곤의 손에 가만하게 탁구채를 쥐어주면서 말했다.

"어두운 생각은 떨쳐 버려야 해요. 이거라도 해봐요."

휠체어를 타고 탁구를 하라니, 해곤은 누구를 향한 분노인지 울컥 소리를 높였다.

"날더러 지금 병신 육갑하란 말인가요?"

그리고 해곤은 탁구채를 멀리 던져버렸다. 그러자 놀란 수녀는 잠시 흠칫하다가 달래듯이 말했다.

"이거 봐요, 해곤 씨! 지금 해곤 씨 나이가 몇 살이에요? 앞으로 살아갈 날이 구만리인데 그 세월을 어떻게 그렇게 앉아서 하늘만 쳐다보고 지낼 거예요? 소아마비로 손발이 마비돼서 입으로 붓을 들고 그림을 그려 화제가 된 사람도 있고, 타고나면서부터 팔이 기형이라 발가락으로 그림을 그려 많은 사람들에게 감동을 준 사람도 있어요. 탁구를 하든지 안 하든지 그건 자유지만 잘 생각해 봐요. 하나님이 각 사람에게 고통을 주시는 것은 다 뜻이 있다고 했으니까요."

해곤은 할 말을 잃고 말았다. 그만큼 수녀의 그 말은 가슴을 크게 울려 준 것이 사실이었다.

해곤이 탁구를 치든 안 치든 세월은 흘러갈 것이고, 그 세월 동안 무엇을 위해 무슨 생각으로 살아간단 말인가.

'그렇다. 무엇인가를 해야 한다! 하물며 팔다리 소아마비 장애인도 입으로 붓을 물고 그림을 그렸다고 하지 않던가.'

해곤은 휠체어를 움직이기 시작했다. 그리고 저만치 무색하게 던져 버린 탁구채를 다시 주워들었다. 그런 해곤의 모습을 지켜보고 있던 수녀는 입가에 지긋한 웃음을 피워내면서 가만하게 말했다.

"나도 할 수 있다는 생각을 늘 잊지 말아야 해요, 알았지요?"

"수녀님, 저는 오늘부터 새로 태어난 기분으로 살아갈 겁니다. 정말입니다. 지켜봐 주십시오."

"그래요, 꼭 그렇게 해야 해요."

그렇게 해서 해곤의 절망에 싸인 어둠을 밀어내 준 수녀였었고, 또 그 이후 탁구의 상대가 되어주면서 용기를 북돋아 주기도 했다.

그런 수녀가 선교활동을 마치고 본국으로 돌아가게 되었다고 말했을 때, 해곤은 세상이 갑자기 텅 빈 것만 같았다.

그리고 며칠 후, 수녀는 해곤에게 작별 인사를 하면서 말했다.

"우리 다시 또 만나게 될 거예요, 그때 우리 누가 이기나 내기해요."

"정말 꼭 와 주실 건가요?"

"그럼요, 그때는 해곤 씨가 탁구 치는 선수가 돼 있어야 해요, 알았지요?"

그렇게 용기와 힘을 실어준 수녀였다. 그 뒤로 해곤은 그 수녀가 미치도록 보고 싶어질 때면 더욱 더 탁구에 매달렸다. 탁구를 치다가 죽는다 해도 후회가 없을 것 같았다. 날아오는 탁구공이 마치 수녀가

웃음 웃던 하얀 미소처럼 “자, 받아 봐요, 해곤 씨!” 하며 날아왔기 때문이었다.

그렇게 탁구공은 수녀가 해곤의 가슴에 묻어두고 간 약속이었고 희망이 되어버린 것이다.

그로부터 30년, 마침내 해곤은 세계장애인올림픽에 대한민국 탁구 국가대표 선수로 출전하여 금메달 5관왕으로 현재 장애인 탁구 국가대표 감독을 맡고 있다는 이야기였다.

“역시, 한 번 해병은 영원한 해병이다! 우리의 전사 파이팅! 핫핫핫…….”

그동안의 이야기를 다 듣고 난 질범은 크게 ‘파이팅’ 을 외쳤다. 참으로 너무도 감동적이었기 때문이다.

그리고 절망 속에서 그처럼 역경을 딛고 오늘의 모습으로 반짝이고 있는 해곤의 이야기는 해병대 전체의 자랑이 되면서 또한 특수 공작부대 MIU의 명예의 위상을 올려 준 것임에도 틀림이 없었다. 그때처럼 만남의 기쁨으로 크게 감동을 받기는 처음이었다.

그런가 하면 멀리 외국에 거주하고 있다는 요원들의 소식은 또 다른 감동으로 다가왔다.

부대 몇 개월 선배로 최창백이라는 요원이었다.

캐나다에서 편지를 보내왔다.

이 회장님께.

많은 시간이 흘렀고…….

30년 세월이 훌쩍 지나버린 오십대 중반에 재회가 가능하리라 짐작을 전혀 못했지요.

그동안 안녕하셨습니까? 가내 무고하신지요? 우리에게도 많은 시련과 역경이 지난 30년 세월 동안 때로는 스쳐가기도 하고, 때로는 물살을 역으로 헤쳐 가는 시련의 시간들이었지요. 한창 일할 나이들인지라, 또한 자식들의 성장기라 여러모로 숨가쁘게 달려왔지요.

최선을 다하는 인생을 살았노라 외쳐 보지만 성공도 실패도 나와는 거리가 먼 다만, 현실에 충실했던 한 범부의 30년 세월, 뒤돌아보면 허무한 세월이었다는 죄책감이 뇌리를 때리는 오십대 중년이 되었군요. 새삼 감개가 무량하기도 하고, 이번 일을 계기로 과거를 다시 되돌아볼 수 있다는 사실에 고맙기도 하구요.

이 회장님!

나이가 1살 위라는 사실에 놀랐습니다. 그 옛날 군대 일찍 들어왔다고 고참답지도 못한 고참이 본의 아니게 실수도 했으리라 생각하니 우선 지면으로나마 사과를 해야 된다는 생각에 숙연해지는군요.

또한 이번에 위임장까지 써놓고 보니 젊은 시절 누구보다도 확실하고 생각이 깊었던 이형이 그래도 있어서 우리 MIU 대원들은 행운이 아닌가 생각이 드는군요.

이형을 잊을 수 없는 것이 흙다방 사건과 온수리에서 공군들과 싸우고 이형이 영창 살 때 면회 한 번 가지 못했던 아픈 기억들이 두고두고 기억을 쫓아다녔지요.

영창 이후, 다른 대원들은 다른 부대로 간다는데 이 회장님께서만은 원대복귀한 사실을 두고 우리는 얘길 했지요. 저놈 사나이 중에 사나이라고, 이형께 얘기는 안 했지만…….

그리고 가끔 이형이 하던 음담패설도 생각나지요. 백○○ 애기 등등 비록 오늘이 슬퍼도 추억은 아름답다고 했지요. 캐나다에 한 번 놀러오세요. 아주머니와 함께 2주 정도 머무르시면서 럭키 마운틴이나 나이아가라 폭포에 자동차로 여행하면 좋지 않을까 생각합니다. 모쪼록 건강하시고 다시 만나는 그날까지 건강과 행복과 무운을 빕니다.

캐나다에서 최창백 올림.

멀리서 반갑게도 살아있음으로 보내는 따뜻한 그의 숨결을 받아 마시면서 질범은 살포시 살아나는 지난날의 기억들이 눈시울을 붉어지게 했다.

질범은 그동안 고생은 했지만 요원 한 사람, 또 한 사람을 찾아낼 때마다 보람을 느끼곤 했다. 그래서 아직도 찾지 못한 약 50명을 찾기 위하여 해병 「전우일보」와 책자 「한국화보」, 「국방119」, 「KMC저널」 등에 '해병대 북파공작원 MIU를 아시나요?' 하고 소식을 기다려 보았지만 처음에는 별로 반응이 없었다. 하지만 그것은 어떻든 요원들의 실체를 인정받는 데에 많은 도움이 되어준 것이 사실이었다.

그렇게 언론매체까지 동원하기도 했던 전우 찾기 2년 동안 질범은 동지들을 찾아다니면서 "몇 년도에 근무하셨습니까? 같이 근무했던 요원들 기억나는 이름은 누굽니까?" 해 가며 재확인을 거듭하며 메모를 했다.

질범은 그 메모지를 아내와 같이 마루에 펴 놓고 선임 순서대로 성명과 계급, 그리고 주소와 전화번호를 기록하여 처음으로 해병상륙공작대의 인명부를 만들어냈다. 이 명단이 해병상륙부대 MIU의 유일한 공식 문서가 되어 정보사령부, 해병대 사령부, 국가정보원, 보상위원회 등에서 보상 근거로 삼게 되었다.

그렇게 수소문해서 찾아낸 요원들이 30명 정도가 되었을 때는 그 첫 모임을 양평 자택(털보산장)에서 가졌다. 그리고 다음 50명 정도 찾았던 2차 모임도 털보산장에서 가졌고, 요원 70명을 찾았을 때는 집이 비좁아 양평콘도를 빌려서 모임을 가졌다.

그리고 90명을 찾았을 때 대전 유성온천에서 4차 모임을 갖게 되었다. 선후배들이 모인 자리에는 그 옛날 악몽 같은 이야기들이 너부러질 수밖에 없었다.

"그때 하사관들이 일으킨 동막리 무기탈취 미수사건 말이여, 그때 만약에 성공을 했으면 어찌 됐을까? 생각만 해도 끔찍하이."

"성공했으믄 그때 민간인 피해도 많았을 거여."

지난날 하사관들이 동막리 무기탈취 미수사건을 두고 주고받는 말이었다. 그때 만약 그 모의가 성공했다면 심각한 문제가 크게 일어날 뻔했던 일이었다.

하지만 작전 모의가 끝나고 그 시작 불과 몇 십분 전에 그 중의 한 사람이 상부에 보고를 하여 그 위기를 모면했던 사건이었다.

"나는 그때 일을 생각하고 싶지도 않아. 그때 밀고자라는 낙인 때문에 말이여."

"무슨 말씀입니까? 선배님의 용기와 결단이 없었다면 우리가 지금 이렇게 모여 웃을 수가 있겠습니까? 우리 부대 전원의 목숨을 구했는데요."

"하긴 그렇지만, 그때는 모의했던 동료들에게 미안하고 떳떳하지 못했어. 밀고자였으니까."

그는 그때 자신이 한 일이 생각하면 잘 한 일이었지만, 아무튼 당시는 배신자였다는 것에 민망해 하면서 손을 내저었다. 모임 장소는 30년이 넘은 지난날의 악몽 같은 이야기들이 너부러지면서 나름대로 간직하고 있던 사건의 비밀들을 털어놓기도 했다. 그것은 사선(死線)을 함께 넘나들었던 전우애였다.

그 이후, 120명을 찾았을 때는 대구에서 전국 모임을 개최하면서 보상신청에 따른 여러 가지 비용을 감안 회원들이 10만원씩 회비를 거두어 모임의 경비와 회원 애경사에 지출할 수 있도록 점차적으로

해병 상륙공작대 MIU전국대회 모습

단체형성의 모습이 만들어져 나가기 시작했다. 그것은 질범의 노력이 얻어낸 땀방울의 결실이기도 했다.

이제 회원은 전국구가 되면서 질범은 애경사에 찾아다니기도 바빠지기 시작했다. 경상남도 삼천포에서 조그만 슈퍼를 운영하고 있다는 문영길로부터 전화가 걸려왔다. 아들을 결혼시킨다는 말끝에 덧붙였다.

"여기 삼천포 해병 전우회에서는 지난번 이 회장님이 일본 대사관 앞에서 망언규탄대회를 갖는 것을 텔레비전을 보고 꼭 만나보고 싶다는 사람이 많다는 거 아닙니까. 하하하……."

질범은 그 날짜에 맞추어 내려갔다. 결혼식장에는 몇몇 낯익은 요원들의 모습들도 보였다. 결혼식이 끝난 후였다. 따로 안내를 받은 곳은 조용한 삼천포 바닷가 2층 횟집이었다.

그런데 이게 웬일인가? 거기에는 삼천포 해병전우회 30여명이 벌써부터 횟상을 차려 놓고 기다리고 있었다.

"이렇게 만나뵈니 영광입니다. 이 회장님 말씀은 많이 들었고 책자나 텔레비전에서도 뵈었지요. 오셨으니 좋은 말씀 한 마디 부탁드립니다."

그 모임을 이끌어가고 있는 듯한 한 남자가 정중하게 말했다.

질범은 뭐라고 인사로 한 마디는 해야 했다. 좌중을 둘러보면서 말했다.

"저는 여러분이 생각하고 계시는 것처럼 그렇게 훌륭한 사람에는 못 미칩니다. 그러나 한 가지는 분명합니다. 여러분들과 같이 살고 계시는 우리의 문영길 선배님은 우리 해병상륙공작대에서 특수임무자로 혹독한 훈련을 받을 때 그 누구보다도 뛰어난 요원으로 활동하셨지요. 그런데 오늘 여기 와서 보니 역시 한 번 해병은 영원한 해병이다, 이 말을 실감나게 하는군요. 이렇게 훌륭한 어르신들과 친목을 도모하고 있으니 말입니다. 정말이지 감사합니다."

인사가 끝나자 박수가 터져 나왔다. 생각지도 않은 자리에서 대접을 잘 받고 올라오게 된 질범이었다.

그런 며칠이 지나서였다. 그 문영길로부터 전화가 걸려왔다.

"이 회장님 덕분에 감투를 다 쓰게 됐지 뭡니까? 하하하. 삼천포 해병전우회에서 우리 고장에 해병북파공작원이 있다는 자체만으로도 영광이고 자랑이라고 전우회 회장을 맡아달라고 하는데 이게 다 회장님이 다녀가신 덕분 아니겠능교, 핫핫핫……."

영길은 참으로 좋아라 하고 크게 웃으면서 시간이 나면 자주 들러달라고 했다. 참으로 가슴이 뜨거워지면서 또 다시 자신이 뛰어들어 벌린 일에 보람을 느꼈다.

마침내 하나둘씩 찾아 모이기 시작한 모임은 해병상륙대 MIU 북파공작요원들의 실체를 인정받기에 이르렀다.

특수임무 수행자의 국가유공자 보상법과 예우법을 대표 발의하여 통과시킨 16대 국회의원 김성호(민주당). 이후 MIU의 실체도 인정받아 보상법과 예우법을 적용받게 되었다.

대한민국 16대 국회의원 김성호(민주당) 의원께서 법안 발의를 하여 2004년 1월 28일 국가유공자 보상법과 예우법이 만들어졌다.

이 법을 근거로 국무총리 산하에 보상위원회가 만들어져 서초동 한림빌딩에 사무실을 두고 같은 해 7월 30일까지 보상대상자들로부터 보상신청을 받으면서 최초로 북파임무 1945년 ~ 1984년까지 차순으로 보상을 실시했다.

그러니까 1년에 약 1000 ~ 1200명 정도 보상을 실시함에 따라 MIU 요원들도 1968년차부터 보상을 받게 되었다.

그 보상을 받게 되면서 요원들은 서로의 생각들을 내놓았다.

"한 번 해병은 영원한 해병이라는 자부심 하나로 정부에 우리의 실체를 인정받게 되었는데 이제 우리가 이 보상금 일부라도 내놓아 나라를 위해서 무엇을 할 것인가 한 번 생각들을 해봅시다."

"그럽시다. 각자가 성의껏 내서 30년 전에 이 조국에 목숨을 바쳤던 정신으로 무언가 다시 한 번 조국과 겨레를 위해 조그만 힘이라도 되어 봅시다. 어떻습니까?"

"옳은 말입니다. 이 돈을 일부라도 뜻있게 써야겠지요. 제 생각으로는 우리 국민들에게 민족정신을 심어주는 일에 쓰면 보람되지 않을까 생각합니다. 나라꽃 무궁화 심는 일에 말입니다. 지금 우리나라는 일제가 민족사관을 말살하면서 우리 민족정신을 상징하는 무궁화꽃이 들꽃보다 못하게 버림을 받아 심지어는 식목일에 남산에 심어져 있는 무궁화를 뽑아버리고 다른 나무를 식목하는 것을 보고 저는 분개했습니다. 그럴 수가 있는 것입니까? 민족의 얼이 빠진 작태지요. 우리라도 나서서 뽑혀져 나간 우리 민족의 얼, 무궁화를 전국에 심는 운동을 벌립시다. 한 사람이 한 포기라도 좋습니다. 어떻습니까?"

질범은 지난날 정수사 스님께서 정부나 우리 국민 모두가 역사의식 부재라고 한탄하던 말이 떠오르면서 무궁화 심기안을 내놓았다. 회원 모두가 만장 일치로 찬성했다.

마침내 관계기관에 정식으로 법인허가를 신청하기에 이르면서 2006년 4월 20일 행정자치부로부터 비영리 사단법인 무궁화봉사회로 승인을 받았다.

허가장을 받아든 질범의 가슴은 뿌듯하고 벅찼다. 자신이 나라를 위해서 무엇인가 조그만 일이라도 할 수 있게 되었다는 것이 삶의 의미를 다시 되새기게 하면서 뿌듯한 기쁨을 안겨 주었기 때문이다.

다시 모임을 갖고 말했다.

"여러분! 우리는 잊혀져가는 우리의 나라꽃 무궁화를 전국 어디에 단 한 뿌리라도 심다가 죽기로 결의합시다. 그래서 잊혀져가는 우리 민족정신을 되찾는 일에 적은 힘을 모아 보다 밝은 이 나라의 미래를 우리의 후손들에게 '아! 내 조국 대한민국이여!' 하고 안겨줍시다.

일본 다까노 대사의 망언 규탄대회에 참석한 MIU 요원들

그래서 '한 번 해병은 영원한 해병이다!' 라는 것을 보여 줍시다!"

박수, 또 박수였다. 그렇게 쏟아지는 박수는 마침내 민간회원 1000여명이 단체의 참 뜻을 알고 달려와 뜨거운 박수로 여기에 힘을 실어 주고 있었다.

벅찬 기쁨을 말로는 표현할 수 없는 질범이었다. 종걸을 돌아보면서 말했다.

"친구야, 그때 내가 영창을 살고 나와 부대로 갔을 때 다른 부대로 가려고 했던 나를 니가 안 붙잡았으면 오늘 내가 어찌 자랑스러운 해병특수부대 MIU라고 소리칠 수 있었겠나. 다 종걸이 니 덕이란 생각이다. 고맙다 친구야. 오늘 나를 있게 해줘서……."

"그건 니가 오늘을 만든 기라. 그때 내가 붙잡아도 지옥 같은 훈련에 나 몰라라 떠날 수도 있었던 기라. 니 그 뜨거운 우정이 오늘을 만든 거 아니겠나. 그기 또 오늘 우리 해병대 MIU 명예를 회복시킨 거 아니겠나. 그래, 니는 역시 멋진 사나이 짱이다 카이, 핫핫핫……."

"고맙다 친구야! 그래 우리 이제 그 옛날에 우리의 우정을 약속했던 그 자리에 무궁화를 심으러 가자."

어느새 서로를 마주 바라보는 눈시울이 그 옛날 그랬듯이 붉어지고 있었다.

마침내 질범과 종걸은 뜨거운 두 손을 마주잡고 강화도 마니산을 향해 가고 있었다.

달리는 차 안에서였다. 질범은 저절로 노래가 나왔다.

"아리랑 아리랑 아라리요, 아리랑 고개를 넘어간다."

노래를 부르다가 멈추고 질범이 말했다.

"종걸아, 니 아리랑이 무슨 뜻인 줄 모르지?"

"우리 민요 앙이가……."

"그래 우리 민요지. 우리 조상들의 애환이 담아져 있는, 근데 말이다, 거기에는 무궁한 뜻이 있다는 걸 얼마 전에 알게 됐지 뭐야."

"그 뜻이 뭔데?"

"그러니까 아리랑이 이 땅에 처음 심어진 천도, 그 진리라는 말이드라구."

질범이 뒤늦게 알게 된 우리 민요 '아리랑'의 유래는 처음 중앙아시아 땅 백두산정에 백이민족을 세운 우리 조상 음적(陰的) '한울님' 환웅께서 하늘 천법의 이치를 가르쳐 주었다는 뜻이 담겨져 있는 것이라고 했다.

그래서 '중앙아시아라 할 때의 아(亞)는 처음 시작이라는 의미며, 리(理)는 하늘과 땅의 이치(理致)를, 밝게 편다 해서 밝을 랑(朗)으로 그것이 '아리랑'이 내포하고 있는 뜻이라는 것이었다.

질범은 그 뜻이 담고 있는 의미를 종걸에게 다시 말해 주고 있었다.

"그래서 아라리요, 하는 것은 그 이치를 알 듯 모를 듯 인생 고개를 넘어간다는 것이니까 바로 우리 배달민족 조상들이 인생살이에 힘이 들 때면 흥얼거리던 가슴의 노래 아니었겠냐구, 하하하……."

참으로 힘들었던 하수도 오물 적응훈련을 마치고 잠시 휴식 중인 대원들 모습

"그럼 우리 민족의 찬송가 앙이가? 훗훗훗……."

"맞다. 바로 우리 민족이 하나로 분단과 경계 없이 가슴으로 부를 찬송가지. 흐흥……."

어느새 두 사람의 입에서는 합창처럼 아리랑을 부르고 있었다.

차를 멈춘 곳은 마니산 정수사가 저만치 보이는 그때 그 자리에 와 있었다. 감회에 젖어 바라보는 그때 그 텐트를 쳤던 막사 자리에는 잡초들만 우거져 있었고, 그 언저리에 있던 숲과 나무와 바위들이 그 옛날의 사연들을 그대로 말해주고 있는 듯 가슴을 젖게 했다.

"그래 어느새 30년이 넘는 세월이 흘렀구나, 세월의 무상함이여……."

어느새 두 사람의 눈에는 물기가 차오르면서 그 옛날 아프게 산정을 허위거리며 오르던 길을 따라 걷고 있었다. 그리고 참성단 밑자락에 닥나무를 뽑아내던 그때 그 자리에 가지고 간 무궁화 나무를 심으면서 종걸이 말했다.

"친구야! 니도 참 대단한 놈이라 카이, 니 그때 내 보고 우리 이담에 또 다른 길에서 만나 함께 가자고 하던 말 기억나나? 제대해 가지고 보따리 싸서 저어기 저 길 내려가면서 하던 그 말……."

질범은 대답 대신 지긋한 눈웃음을 날렸다. 그리고 다시 아리랑을 부르기 시작했다.

"아리랑 아리랑 아라리요, 아리랑 고개로 넘어 간다."

한승연 장편소설

아! 무적

•

지은이 / 한승연
발행인 / 김재엽
발행처 / 한누리미디어
디자인 / 지선숙

•

110-816, 서울시 종로구 부암동 185-5번지 4층
전화 / (02)379-4514, 379-4519
Fax / (02)379-4516
E-mail/hannury2003@hanmail.net

•

신고번호 / 제300-2006-61호
등록일 / 1993. 11. 4

•

초판발행일 / 2007년 4월 25일

•

•

값 10,000원

•

※잘못된 책은 바꿔드립니다.

•

ISBN 978-89-7969-301-0 03810